CB000606

O MASSAGISTA MÍSTICO

Obras do autor publicadas pela Companhia das Letras

Além da fé: Indonésia, Irã, Paquistão, Malásia — 1998
Um caminho no mundo
Uma casa para o sr. Biswas
O enigma da chegada
Entre os fiéis: Irã, Paquistão, Malásia, Indonésia — 1981
Guerrilheiros
Índia — Um milhão de motins agora
O massagista místico
Meia vida
Os mímicos

V. S. NAIPAUL

O MASSAGISTA MÍSTICO

Tradução:
ALEXANDRE HUBNER

COMPANHIA DAS LETRAS

Título original
The Mystic Masseur

Capa
Angelo Venosa

Preparação
Maria Cecília Caropreso

Revisão
Carmen T. S. da Costa
Ana Maria Barbosa

Dados Internacionais de Catalogação na Publicação (CIP)
(Câmara Brasileira do Livro, SP, Brasil)

Naipaul, V. S., 1932-
O massagista místico / V. S. Naipaul ; tradução Alexandre Hubner. — São Paulo : Companhia das Letras, 2003.

Título original: The Mystic Masseur.
ISBN 85-359-0321-6

1. Ficção inglesa I. Título.

03-6805 CDD-823

Índice para catálogo sistemático:
1. Ficção : Literatura inglesa 823

2003

EDITORA SCHWARCZ LTDA.
Rua Bandeira Paulista 702 cj. 32
04532-002 — São Paulo — SP
Telefone (11) 3167-0801
Fax (11) 3167-0814
www.companhiadasletras.com.br

À memória de meu pai,
e para Gordon Woolford

SUMÁRIO

Todos os personagens, organizações e acontecimentos deste romance são fictícios. A afirmação é necessária porque, embora os políticos tenham se acostumado a chamá-la de país, Trinidad não passa de uma pequena ilha, que em tamanho não supera Lancashire e em população é pouco menor que Nottingham. Neste romance, a geografia da ilha foi distorcida. Foi inevitável citar algumas datas, mas nenhum dos ocupantes de cargos públicos retratados é real. A greve mencionada no capítulo 12 não tem o menor respaldo na realidade.

1
O MASSAGISTA INICIANTE

Anos mais tarde, ele se tornaria famoso e seria reverenciado em todo o sul do Caribe. Estava predestinado a ser um herói do povo e, depois disso, representante britânico em Lake Success. Mas quando o conheci ainda era um massagista iniciante, numa época em que em Trinidad havia massagistas às pencas.

Isso foi logo no começo da Guerra, quando eu ainda estava na escola. Forçaram-me a jogar futebol, e em minha primeira partida levei um pontapé tão forte na canela que precisei ficar de cama por algumas semanas.

Minha mãe não confiava nos médicos e jamais me levou a uma consulta. Não a culpo por isso. Naquele tempo as pessoas preferiam ser tratadas por massagistas pouco qualificados e dentistas charlatões.

— Sei muito bem o tipo de médico que temos em Trinidad — ela costumava dizer. — Não estão nem aí se matam dois ou três antes do café-da-manhã.

Isso não era tão ruim quanto parece: em Trinidad, o café-da-manhã é a refeição do meio-dia.

Minha perna ardia, estava inchada e cada vez mais dolorida.

— O que vamos fazer então? — perguntei

— Fazer? — replicou minha mãe. — Fazer? Dê mais um pouco de tempo à sua perna. A gente nunca sabe o que pode acontecer.

— *Eu* sei o que vai acontecer. Vou acabar ficando sem essa porcaria de perna. A senhora sabe muito bem como esses médicos de Trinidad gostam de cortar fora as pernas de gente preta.

Isso deixou minha mãe um pouco preocupada, e naquela noite ela fez um grande emplastro de barro para a minha perna.

Dois dias depois ela disse:

— A coisa está parecendo um pouco mais séria do que eu imaginava. Agora só te resta o Ganesh, menino.

— Quem é esse tal de Ganesh?

Era a mesma pergunta que muitas pessoas fariam mais tarde.

— Quem é *esse tal* de Ganesh? — zombou minha mãe. — *Esse tal* de Ganesh? Olha só o tipo de educação que andam dando para os filhos da gente hoje em dia. Você machuca a perna e está aí morrendo de dor, e agora fala sobre esse homem como se fosse pai dele; um homem com idade para ser seu pai.

— O que ele faz? — perguntei.

— Ah, ele cura as pessoas pra valer.

Minha mãe disse isso num tom circunspecto, e percebi que não queria falar muito sobre Ganesh porque seu dom de cura era uma coisa sagrada.

Foi uma longa viagem até a casa de Ganesh, mais de duas horas. Ele vivia num lugar chamado Fuente Grove, não muito distante de Princes Town. O nome parecia curioso. Não havia o menor sinal de fonte por ali, e tampouco de água. Ficava em uma região plana, que se estendia por vários quilômetros, sem árvores, quente. Era preciso atravessar quilômetros e mais quilômetros de canaviais; então, de repente, os canaviais acabavam e davam lugar a Fuente Grove, um vilarejo triste, formado por cerca de uma dúzia de casebres com telhado de sapê enfileirados na beira da estrada estreita e esburacada. A venda do Beharry era o único sinal de vida social, e foi em frente dela que paramos. Das paredes da construção de madeira descolavam-se camadas de uma pintura a têmpera desbotada. O telhado de ferro corrugado estava empenado e enferrujado. Um pequeno cartaz dizia que Beharry tinha licença para vender bebidas alcoólicas, e avistei esse sujeito tão privilegiado — como então eu supunha — sentado numa banqueta, de frente para o balcão. Sobre a ponta de seu nariz repousavam óculos que ele usava para ler um exemplar do *Trinidad Sentinel*, mantido à distância da vista por seus braços estendidos.

O taxista gritou:

— Ei!

O jornal foi arriado.

— Oi! O Beharry sou *eu*. — O vendeiro desceu da banqueta e pôs-se a esfregar a barriguinha com a palma da mão. — Estão atrás do pândita,* é?

— Que nada. Viemos lá de Port of Spain só para apreciar a paisagem — disse o taxista.

Beharry não estava preparado para tal incivilidade. Parou de coçar a barriga e enfiou a camiseta para dentro da calça cáqui. Uma mulher grandalhona surgiu atrás do balcão e, ao nos ver, cobriu a cabeça com o véu.

— Esse pessoal aí está querendo uma informação — disse-lhe Beharry, e foi para trás do balcão.

A mulher gritou:

— Estão procurando quem?

Minha mãe respondeu:

— O pândita.

— A casa dele fica um pouco mais adiante — explicou a mulher. — Não dá para errar. Tem uma mangueira no quintal.

A mulher tinha razão. Não havia como não encontrar a casa de Ganesh. Era a que possuía a única árvore do vilarejo e parecia um pouco melhor que a maioria dos outros casebres.

O taxista tocou a buzina e uma mulher saiu de trás da casa. Era jovem, de ossos grandes porém magra, e tentou nos dar atenção enquanto espantava algumas galinhas com uma vassoura de *cocoye*. Examinou-nos por instantes, depois gritou:

— Homem! Ei, homem!

Tornou a olhar fixamente para nós, puxou o véu sobre a cabeça.

— Não está escutando eu chamar? Homem! Ei, homem! — berrou novamente.

De dentro da casa saiu uma voz aflautada.

— Já vai.

O taxista desligou o motor. Ouvimos sons de passos arrastados no interior da casa.

Pouco depois um rapaz apareceu na pequena varanda. Vestia roupas comuns, calças e camiseta, e não achei que parecesse par-

(*) Brâmane versado em sânscrito e na filosofia e religião hindus. Tradicionalmente, desempenha funções sacerdotais. (N. T.)

ticularmente sagrado. Ao contrário do que eu esperava, não estava usando *dhoti*, *koortah** e turbante. Fiquei um pouco mais sossegado quando percebi que ele segurava um livro grande. Por causa da claridade excessiva, tinha de proteger os olhos com a mão livre ao olhar para nós. Assim que nos viu, desceu correndo a escada de madeira, atravessou a área que havia entre a casa e a estrada, e disse à minha mãe:

— Prazer em vê-la. Como vão as coisas?

O taxista, agora curiosamente bem-comportado, mascava um palito de fósforo enquanto fitava as ondas de calor que emanavam em circunvoluções da estrada escura.

Ganesh reparou em mim e disse:

— Ai, ai, aconteceu alguma coisa com o menino — e produziu uns sons tristes.

Minha mãe desceu do carro, alisou o vestido e comentou:

— *Baba*, o senhor sabe que hoje em dia as crianças andam impossíveis. Veja só este menino.

Os três — Ganesh, minha mãe e o taxista — olharam para mim.

— Por que estão todos me olhando com essa cara? Por acaso matei algum padre? — indaguei.

— Vejam só este menino — disse minha mãe. — Acham que ele dá conta de fazer esportes um pouquinho mais brutos?

Ganesh e o taxista balançaram a cabeça.

— Hum! — continuou ela. — Escutem só o que este garoto me aprontou. Um dia desses ele entra mancando em casa. Pergunto: "Por que está mancando, filho?". E o valentão responde: "Estava jogando bola". Então eu digo: "Claro, jogando bola. Você acha que eu sou trouxa?".

Ganesh falou para o taxista:

— Me ajude a levar o menino para dentro de casa.

Ao ser carregado, reparei que alguém havia tentado cavar a terra dura e seca da área da frente para fazer um pequeno jardim, mas, exceto pelos canteiros demarcados com garrafas e alguns sólidos tocos de hibisco, nada sobrara da iniciativa.

(*) Trajes hindus tradicionais. O *dhoti* é uma tanga feita com uma única peça de pano branco enrolado na cintura e passada frouxamente entre as pernas. O *koortah* é uma camisa leve de algodão branco com gola alta e mangas compridas. (N. T.)

Ganesh parecia ser a única coisa fresca em todo o vilarejo. Tinha olhos profundamente negros, pele amarelada e seu corpo era apenas um pouco flácido.

Nada havia me preparado, porém, para o que eu iria encontrar no interior de seu casebre. Assim que entramos, minha mãe piscou para mim e pude perceber que até o taxista esforçava-se para controlar o assombro. Havia livros, muitos livros, aqui, ali, em toda parte; livros instavelmente empilhados sobre a mesa, amontoados nos cantos, espalhados pelo chão. Eu nunca vira tantos livros juntos num lugar só.

— Quantos livros o senhor tem aqui, pândita? — indaguei.

— Para ser sincero, nunca contei — disse Ganesh, e chamou: — Leela!

A mulher com a vassoura de *cocoye* entrou tão rápido que fiquei com a impressão de que ela estava esperando ser chamada.

— Leela, o menino quer saber quantos livros tem aqui.

— Deixe-me ver — disse Leela, segurando a vassoura junto à cintura. Começou a contar com os dedos da mão esquerda. — Quatrocentos da Everyman, duzentos da Penguin, são seiscentos. Seiscentos, com mais cem da Reader's Library, dá setecentos. Acho que no total, considerando todos os outros, são uns mil e quinhentos.

O taxista assobiou, Ganesh sorriu.

— São todos seus, pândita? — perguntei.

— É meu único vício — disse Ganesh. — O único. Não fumo, não bebo, mas preciso dos meus livros. Todas as semanas vou a San Fernando comprar mais. Quantos livros eu comprei na semana passada, Leela?

— Só três, homem — disse ela. — Mas eram enormes, muito, muito grandes. Empilhados, chegavam de quinze a vinte centímetros.

— Vinte centímetros — disse Ganesh.

— É, vinte — confirmou Leela.

Fiquei com a impressão de que Leela era mulher de Ganesh, pois prosseguiu num tom de falsa irritação:

— Ele só serve pra isso. Já cansei de dizer que não devia ficar lendo o tempo todo. Mas não há quem consiga fazê-lo se afastar dos livros. Ele lê dia e noite.

Ganesh deu uma risada curta e fez sinal para que Leela e o taxista saíssem do aposento. Mandou que eu me deitasse sobre uma manta estendida no chão e começou a apalpar minha perna, da coxa ao tornozelo. Minha mãe ficou num canto, observando. De tempos em tempos, Ganesh batia em minha perna, eu gritava de dor e ele dizia "Hum!" cheio de consideração.

Tentei esquecer as pancadas de Ganesh e me concentrei nas paredes. Estavam recobertas de citações religiosas, em hindi e inglês, e de imagens religiosas hindus. Meu olhar fixou-se sobre a de um bonito deus de quatro braços, retratado de pé sobre uma flor de lótus aberta.

Ao completar o exame, Ganesh levantou-se e disse:

— Não há nada de errado com o menino, *maharajin*. Nada mesmo. Esse é o problema de muitas pessoas que vêm me ver. Não têm nada de errado. A única coisa que eu poderia dizer sobre o menino é que ele tem um pouco de sangue ruim. Isso é tudo. Não há nada que eu possa fazer.

E começou a murmurar um dístico hindi por cima de mim enquanto eu permanecia deitado no chão. Se na época eu fosse mais esperto, teria prestado mais atenção naquilo, pois ali se revelavam, estou convencido, as incipientes inclinações místicas do homem.

Minha mãe aproximou-se, olhou para mim e interpelou Ganesh num tom de queixa quase imperceptível:

— O senhor tem certeza de que não há *nada* de errado com o menino? Pra mim, a perna dele parece péssima.

— Não se preocupe — disse Ganesh. — Vou lhe dar uma coisa que vai fazer a perna dele melhorar num piscar de olhos. É um preparado que eu mesmo inventei. Faça ele tomar isso três vezes ao dia.

— Antes ou depois das refeições? — indagou minha mãe.

— Depois *nunca*! — advertiu Ganesh.

Minha mãe ficou satisfeita.

— E a senhora também pode misturar um pouco na comida dele — acrescentou Ganesh. — A gente nunca sabe o bem que isso pode fazer.

Depois de ver todos aqueles livros no casebre de Ganesh, eu estava pronto para acreditar nele e perfeitamente disposto a tomar seu preparado. Minha admiração cresceu ainda mais quando ele deu um livreto a minha mãe, dizendo:

— Leve. Estou lhe dando isso de graça, embora tenha me custado muito escrevê-lo e publicá-lo.

— Foi o senhor mesmo que escreveu esse livro, pândita? — perguntei.

Ele sorriu e confirmou com a cabeça.

No caminho de volta, comentei:

— Sabe de uma coisa, mamãe? Eu bem que gostaria de ter lido aquele monte de livros que o pândita Ganesh tem em casa.

Por isso fiquei melindrado e surpreso quando, duas semanas depois, ela disse:

— Eu devia era ter largado você aqui, para sarar por conta própria. Se não tivesse feito tanta onda para ir ver o Ganesh, a esta altura já teria melhorado e estaria andando.

Por fim, acabei indo ao consultório de um médico na Saint Vincent Street, que deu uma olhada na minha perna e concluiu:

— Abscesso. Tem que cortar fora.

E cobrou dez dólares.

Nunca li o livreto de Ganesh, *101 perguntas e respostas sobre a religião hindu*; e embora tivesse de tomar o horrível preparado três vezes ao dia (não deixei que minha mãe o misturasse na comida), não guardei rancor dele. Ao contrário, pensava muitas vezes, com boa dose de interesse e perplexidade, naquele homenzinho encerrado com seus mil e quinhentos livros no enfadonho e quente vilarejo de Fuente Grove.

— Trinidad está cheia de gente maluca — eu disse.

— Pode falar assim, se isso faz você se sentir bem — retrucou minha mãe. — Mas, ao contrário do que pensa, o Ganesh não tem nada de louco. É o tipo de homem que na Índia seria tratado como um *rishi*.* Um dia você ainda vai se orgulhar de dizer às pessoas que o conheceu. Agora cale a boca e me deixe fazer o curativo nesta sua perna.

Menos de um ano depois, Trinidad deparou-se uma manhã com um anúncio sobre Ganesh na página três do *Trinidad Sentinel*. O anúncio incluía uma foto sua e a seguinte legenda:

(*) Sábio, em hindi. (N. T.)

Os interessados devem enviar suas respostas a Fuente Grove para receber gratuitamente um prospecto ilustrado com todos os detalhes.

Não creio que muitas pessoas tenham escrito para obter maiores informações sobre Ganesh. Estávamos acostumados a esse tipo de anúncio, e o de Ganesh suscitou poucos comentários. Nenhum de nós pressentiu as conseqüências espantosas que aquilo teria. Foi somente mais tarde, quando ele já havia conquistado a fama e a fortuna a que tanto fez jus, que as pessoas se lembraram do anúncio. Comigo também foi assim.

Mil novecentos e quarenta e seis foi o ano da virada na carreira de Ganesh, e, como que para sublinhar o fato, ele publicou nesse ano sua autobiografia, *Os anos de culpa* (Cia. Editora Ganesh Ltda., Port of Spain, 2,40 dólares). O livro, descrito às vezes como um *thriller* espiritual, às vezes como um romance policial metafísico, obteve considerável sucesso de crítica na América Central e no Caribe. Ganesh, todavia, confessou que a autobiografia havia sido um equívoco. Por isso a obra foi retirada de circulação no mesmo ano em que foi publicada, e a Companhia Editora Ganesh fechou as portas. As pessoas de outras partes do mundo ficaram sem saber das agruras iniciais de Ganesh, e Trinidad se ressente disso. Eu mesmo acredito que a história de Ganesh é, a seu modo, a história de nosso tempo, e há talvez quem venha a saudar esse relato imperfeito da vida de Ganesh Ramsumair, massagista, místico e, a partir de 1953, MBE.*

(*) Abreviação, em inglês, de Membro da Ordem do Império Britânico, título honorífico da Coroa britânica. (N. T.)

2
PUPILO E PROFESSOR

Durante os quatro anos que passou no Queen's Royal College, Ganesh jamais foi verdadeiramente feliz. Ao ingressar, tinha quase quinze anos, mas não estava tão adiantado nos estudos como os demais rapazes de sua idade. Era sempre o mais velho da classe, e alguns de seus colegas chegavam a ser três ou até quatro anos mais novos que ele. De qualquer modo, era um felizardo só pelo fato de estar no colégio. Foi pura sorte que seu pai dispusesse dos recursos necessários para mandá-lo para lá. Por anos a fio, o velho mantivera-se agarrado a dois hectares de terra estéril perto de Fourways, na esperança de que as companhias petrolíferas resolvessem perfurar um poço ali, mas não tinha dinheiro para subornar os responsáveis pelas perfurações e, por fim, teve de se contentar com um poço instalado na divisa com a propriedade vizinha. Foi desapontador e injusto, mas oportuno; e com os *royalties* pôde manter Ganesh em Port of Spain.

O sr. Ramsumair fez grande alarde sobre o fato de que iria mandar o filho para o "colégio da cidade" e, na semana anterior ao início do ano letivo, levou Ganesh pelo distrito afora, exibindo-o a amigos e conhecidos. Obrigou-o a vestir um terno cáqui e um chinó de mesma cor, e muitos disseram que o rapaz parecia um pequeno *sahib*. As mulheres choramingavam, rogando que Ganesh não se esquecesse da falecida mãe e fosse bom para o pai. Os homens suplicavam-lhe que estudasse bastante e ajudasse as pessoas com seu saber.

Naquele domingo, pai e filho deixaram Fourways e tomaram o ônibus para Princes Town. O velho trajava suas roupas domingueiras: *dhoti*, *koortah*, boina branca e um guarda-chuva, que ele levava aberto, dependurado no cotovelo esquerdo. Ao entrarem no trem, em Princes Town, sabiam que sua aparência era imponente.

— Tome cuidado com o terno agora — disse o velho em voz alta, e os que estavam nos assentos vizinhos o ouviram. — Lembre-se de que está indo para o colégio da cidade.

Quando chegaram a Saint Joseph, Ganesh começou a ficar envergonhado. Suas roupas e maneiras já não despertavam olhares respeitosos. As pessoas sorriam e, ao saltarem no terminal ferroviário de Port of Spain, uma mulher riu.

— Bem que eu falei para o senhor não me vestir com essas roupas chiques — mentiu Ganesh, quase soluçando.

— Deixe que riam — replicou o velho em hindi, e passou a mão no basto bigode grisalho. — Os asnos zurram por qualquer coisa.

"Asno" era seu xingamento preferido, talvez porque a palavra em hindi fosse especialmente sonora e expressiva: *gaddaha*.

Rumaram apressados para a casa da Dundonald Street, onde Ganesh ficaria hospedado. Ao vê-los, a sra. Cooper, a proprietária negra, alta e obesa, não conteve o riso, mas disse:

— Puxa, o menino está tão elegante que até parece homem.

O velho comentou em hindi com Ganesh:

— É uma boa senhora. Aqui você não terá que se preocupar nem com comida nem com coisa alguma. Ela vai cuidar de você.

Ganesh preferia não recordar o que havia acontecido no dia seguinte, quando foi levado à escola. Os garotos mais velhos riram dele, e, embora não estivesse usando o chinó, sentiu-se desconfortável no terno cáqui. Em seguida veio a cena no gabinete do diretor: seu pai gesticulando com a boina branca e o guarda-chuva; o diretor inglês aguardando, primeiro paciente, depois inabalável, por fim exasperado; o velho enraivecido, resmungando *"Gaddaha! Gaddaha!"*.

Ganesh jamais se livrou da sensação de constrangimento. O nome indiano causava-lhe tanta vergonha que durante algum tempo espalhou a história de que na verdade chamava-se Gareth. Isto serviu-lhe de muito pouca ajuda. Continuava a se vestir mal, não participava dos jogos desportivos e seu sotaque permanecia nitidamente identificado com o dos indianos do interior. De fato, nunca deixou de ser um garoto interiorano. Não abandonou a crença de que ler sob qualquer outra luz que não a natural fazia mal à vista. Assim que terminavam as aulas, saía correndo em direção à casa da Dundonald Street e sentava-se na escada dos fundos para ler. Deitava-se com as galinhas e acordava antes dos galos.

— Esse Ramsumair é um cu-de-ferro — escarneciam os outros rapazes; mas Ganesh nunca passou de um aluno medíocre.

Aguardava-o novo tormento. Ao voltar para casa em suas primeiras férias e excursionar novamente em exibição pelo distrito, seu pai disse:

— Está na hora de esse menino virar um brâmane de verdade.

A cerimônia de iniciação foi realizada na mesma semana. Rasparam-lhe a cabeça, deram-lhe uma pequena trouxa cor de açafrão e disseram:

— Pronto, agora já pode partir. Vá estudar em Benares.

Ganesh pegou seu bastão e saiu andando ligeiro, dirigindo-se para fora de Fourways.

Conforme o combinado, Dookhie, o vendeiro, correu atrás dele, choramingando e implorando em inglês:

— Não, rapaz. Não. Não vá para Benares estudar.

Ganesh continuou andando.

— O que deu no menino? — perguntaram as pessoas. — Ele está levando essa coisa muito a sério.

Dookhie pegou Ganesh pelo ombro e disse:

— Pare com essa tolice, rapaz. Deixe de ser idiota. Pensa que tenho o dia todo pra ficar correndo atrás de você? Acha que vai mesmo para Benares? Isso fica na Índia, sabia? E a gente está em Trinidad.

Trouxeram-no de volta para casa. Mas o episódio é significativo.

Ao retornar às aulas ainda estava praticamente calvo, e os colegas riram tanto que o diretor o chamou e disse:

— Ramsumair, você está provocando confusão na escola. Dê um jeito de esconder essa careca.

Por esse motivo, Ganesh passou a usar o chinó cáqui em sala de aula até seu cabelo crescer novamente.

Na casa da Dundonald Street vivia outro garoto indiano, chamado Indarsingh. Também estudava no Queen's Royal College e, embora fosse seis meses mais novo que Ganesh, estava três séries à sua frente. Era um rapaz brilhante e todos que o conheciam diziam que ele seria um grande homem. Aos dezesseis anos, Indarsingh pronunciava longos discursos nos debates da Sociedade Literária, recitava versos escritos por ele próprio em concursos de declamação e sempre vencia os concursos de discursos improvisados. Indarsingh também participava de todos os jogos desportivos. Não era excepcionalmente bom, mas tinha instinto de esportista e era por isso que os outros rapazes viam nele um ideal. Certa feita, Indarsingh convenceu Ganesh a jogar futebol. Quando Ganesh expôs suas pernas pálidas e ictéricas, um garoto cuspiu enojado e disse: "Nossa! Há quanto tempo suas pernas não tomam um solzinho?". Ganesh nunca mais jogou futebol, mas continuou amigo de Indarsingh. Este, por sua vez, percebeu que o outro podia lhe ser útil. "Vamos dar uma volta no Jardim Botânico?", sugeria-lhe, e durante o passeio falava sem parar, ensaiando seu discurso para o debate seguinte. Quando acabava, dizia: "Está bom, não? Bom demais". Esse Indarsingh era um garoto atarracado e forte, e seu andar, assim como sua fala, tinha a vivacidade dos baixotes.

Era o único amigo de Ganesh, mas a amizade não duraria. Ao final do segundo ano de Ganesh no colégio, Indarsingh ganhou uma bolsa de estudos e foi para a Inglaterra. Aos olhos de Ganesh, o amigo conquistara uma grandeza que ultrapassava qualquer ambição.

Em seu devido tempo, Ganesh submeteu-se ao Cambridge School Certificate e surpreendeu a todos ao ser aprovado com uma nota ligeiramente acima da média. O sr. Ramsumair enviou-lhe cumprimentos, ofereceu um prêmio anual ao colégio e contou ao filho que havia encontrado uma linda garota para se casar com ele.

— O velho está querendo mesmo ir depressa com você, hein? — disse a sra. Cooper.

Ganesh escreveu de volta, dizendo que não tinha a menor intenção de se casar, e quando o pai retrucou, afirmando que se ele não pretendia se casar podia se considerar órfão, Ganesh resolveu considerar-se órfão.

— Agora você vai ter que arrumar um emprego — disse a sra. Cooper. — Veja bem, não é que eu esteja pensando no dinheiro que você precisa me pagar, mas, de qualquer forma, vai ter de trabalhar. Por que não fala com o diretor do colégio?

Foi o que ele fez. O diretor pareceu um pouco perplexo e indagou:

— O que pretende fazer?

— Lecionar — disse Ganesh, pois achou que devia adular o diretor.

— Lecionar? Mas que coisa! No primário?

— Como assim?

— Não está pensando em dar aulas *nesta* escola, está?

— Não, não, nem por brincadeira.

Por fim, com a ajuda do diretor, Ganesh matriculou-se na Escola Oficial de Magistério, em Port of Spain, onde havia um número bem maior de indianos e ele se sentiu menos constrangido. Estudou muitos assuntos importantes, e de tempos em tempos praticava em pequenas classes das escolas das redondezas. Aprendeu a escrever na lousa e superou a aversão ao ruído do giz riscando o quadro-negro. Então mandaram-no lecionar.

A escola para a qual foi designado ficava num distrito turbulento da região leste de Port of Spain. O gabinete do diretor também servia de sala de aula e estava abarrotado de meninos. Sentado sob um retrato do rei Jorge V, o diretor entrevistou Ganesh.

— O senhor não imagina como tem sorte — começou, e de súbito pulou da cadeira dizendo: — Me dê um minuto. Tem um moleque aqui que está precisando levar umas bordoadas no traseiro. Me dê só um minuto.

Espremeu-se por entre as carteiras até alcançar um menino sentado na última fileira. No mesmo instante os alunos ficaram em silêncio e foi possível ouvir o barulho que vinha das outras classes. Em seguida Ganesh escutou o garoto gritando atrás do quadro-negro.

Ao retornar, o diretor suava. Limpou o rosto enorme com um lenço cor de malva e disse:

— Então, como eu ia dizendo, o senhor é um homem de sorte. Na maior parte das vezes, eles despacham os novos professores para o interior, mandam novatos como o senhor para os lados de Cunaripo ou mais longe ainda.

O diretor riu, e Ganesh ficou com a sensação de que devia rir também. Assim que o fez, porém, o outro assumiu um aspecto severo e disse:

— Senhor Ramsumair, não sei o que o senhor pensa sobre a educação dos jovens, mas quero que saiba desde logo, antes mesmo de começarmos, que o objetivo desta escola é formar, e não informar. Tudo aqui é planejado. — Apontou para um cronograma emoldurado, feito com tintas de três cores, pendurado na parede ao lado do retrato do rei Jorge V. — Foi o Miller, o sujeito que o senhor vai substituir, que fez isso. Ele ficou doente — disse o diretor.

— O cronograma parece ótimo, e sinto muito pelo Miller — disse Ganesh.

O diretor recostou-se na cadeira e bateu com uma régua no mata-borrão verde que tinha diante de si.

— Qual o objetivo desta escola? — inquiriu subitamente.

— Formar... — começou Ganesh.

— E não... — encorajou o diretor.

— Informar.

— O senhor é rápido, senhor Ramsumair. Vejo que é dos meus. Vamos nos entender às mil maravilhas.

Ganesh ficou com os alunos de Miller, a classe de recuperação. Era uma espécie de estação de repouso para os mentalmente mutilados. Os garotos permaneciam ali anos a fio, desinformados, e havia alguns que nem queriam sair. Ganesh tentou todas as coisas que aprendera na Escola de Magistério, mas os alunos não faziam a parte deles.

— Não consigo fazê-los aprender nada — queixou-se com o diretor. — Se esta semana dou uma aula sobre o Teorema Um, na semana seguinte já o esqueceram.

— Olhe aqui, senhor Ramsumair. Gosto do senhor, mas tenho de ser firme. Responda rápido, qual é o objetivo desta escola?

— Formar, e não informar.

Ganesh desistiu de ensinar o que quer que fosse, contentando-se em anotar melhorias semanais em seu livro de registros. Segundo esse livro, em duas semanas a classe de recuperação havia passado do Teorema Um ao Teorema Dois, e marchava incansável rumo ao Teorema Três.

Dispondo de tempo de sobra, Ganesh podia observar Leep na sala ao lado. Leep fora seu colega na Escola de Magistério e continuava entusiasmado. Permanecia quase o tempo todo junto ao quadro-negro, escrevendo, apagando, constantemente informando, exceto nas freqüentes ocasiões em que corria a açoitar algum menino e desaparecia atrás da divisória de compensado que separava sua classe da de Ganesh.

Na sexta-feira anterior à data marcada para o retorno de Miller (que sofrera uma fratura na pelve), o diretor chamou Ganesh e disse:

— O Leep ficou doente.

— O que ele tem?

— Só disse que está doente e não pode vir na segunda.

Ganesh inclinou-se para a frente.

— Olhe, não vá comentar isso por aí — disse o diretor. — Não comente isso com ninguém, mas é assim que encaro a coisa. Se deixamos os garotos sozinhos, eles é que acabam nos deixando sozinhos. São bons meninos, mas os pais... Santo Deus! Por isso, quando o Miller voltar, você assume a classe do Leep.

Ganesh concordou; mas ficou com a classe apenas uma manhã.

Em seu retorno, Miller mostrou-se profundamente irritado com Ganesh, e no intervalo da manhã de segunda-feira queixou-se com o diretor. Ganesh foi chamado.

— Deixo uma classe excelente — disse Miller. — Os garotos estavam indo bem. Aí viro as costas uma semana... Quer dizer, uns dois ou três meses... E quando volto, o que é que encontro? Não aprenderam nada de novo e ainda esqueceram o que levei tanto tempo para ensinar. Lecionar é uma arte, mas essas pessoas que acham que podem sair dos canaviais e vir dar aulas em Port of Spain não sabem disso.

Subitamente enfurecido pela primeira vez na vida, Ganesh disse:

— Vá pro inferno, cara!

E nunca mais voltou à escola.

Resolveu dar uma volta pelo cais. O sol ainda estava a pino e as gaivotas grasnavam entre os mastros das chalupas e escunas. Avistou ao longe os transatlânticos ancorados. Deixou que a idéia de viajar entrasse em sua cabeça e com igual indolência permitiu que ela fosse embora. Passou o resto da tarde num cinema, mas isso acabou representando uma verdadeira tortura. Ficou particularmente ressentido com os créditos. Pensou: "Todos esses nomes que aparecem na tela em letras grandes são de gente que tem seu ganha-pão. Até os de letrinhas pequenas. Não são como eu".

De volta à Dundonald Street, precisou de todo o consolo da sra. Cooper.

— Não tolero esse tipo de grosseria — disse a ela.

— Você se parece um pouco com seu pai, sabia? Mas não se preocupe, menino. Sou capaz de ver a sua aura. E é uma aura e tanto, muito poderosa. Só não devia ter atirado um emprego bom como esse para o alto. Afinal de contas, não chegava a ser um lugar em que você tivesse que se matar de trabalhar.

No jantar ela disse:

— Não vai poder pedir ajuda de novo para o diretor do colégio.

— Não — Ganesh apressou-se em concordar.

— Eu estava aqui pensando. Tenho um primo que trabalha no Departamento de Trânsito. Acho que ele seria capaz de arrumar um emprego para você lá. Sabe dirigir automóvel?

— Não sei dirigir nem carroça, senhora Cooper.

— Não faz mal. Ele consegue uma carteira de motorista para você. E não é um trabalho em que você tenha que pegar muito no volante, não. É só aplicar o teste nos outros motoristas, e se tiver as manhas como o meu primo, vai faturar uma nota preta aprovando os trouxas que toparem pagar pela carteira.

Ela pensou mais um pouco.

— Ah, claro. Também conheço um sujeito que trabalha na Cable & Wireless. Ora essa, não sei onde ando com a cabeça ultimamente. Tem um telegrama aqui para você, chegou hoje à tarde.

Foi até o aparador e tirou um envelope debaixo do vaso cheio de flores artificiais.

Ganesh leu o telegrama, depois o mostrou à sra. Cooper.

— Quem foi o imbecil que mandou isto? — disse ela. — É o tipo de coisa capaz de matar uma pessoa do coração. *Más notícias venha já para casa*. Quem é esse que assina, esse tal de Ramlogan?

— Nunca ouvi falar — disse Ganesh.

— O que acha que pode ter acontecido?

— Ah, talvez...

— Estranho, não é? — interrompeu a sra. Cooper. — Sabe que ontem à noite mesmo eu sonhei com um morto? É, muito estranho.

3

LEELA

Embora fossem quase onze e meia da noite quando o táxi chegou a Fourways, a vila estava em ebulição e Ganesh percebeu que a sra. Cooper tinha razão. Alguém havia morrido. Sentia a agitação no ar e reconhecia todos os sinais. A maioria das casas e casebres estava com as luzes acesas, havia muito movimento na estrada e seus ouvidos captavam um zumbido indistinto, como se ao longe houvesse uma festa animada. Não demorou para se dar conta de que fora seu pai que havia morrido. Fourways parecia estar aguardando o táxi, e assim que as pessoas o viram no assento de trás, começaram a se lamentar.

A casa estava um caos. Foi só ele entreabrir a porta do táxi que um grande ajuntamento formou-se à sua volta. Pessoas que ele não conhecia aproximaram-se de braços abertos, ululando, e levaram-no, quase carregado, para dentro de casa, onde havia quantidade ainda maior de pessoas que ele não conhecia ou das quais não se lembrava.

Ouviu o taxista dizer repetidas vezes:

— Moço, eu logo percebi o que tinha acontecido. Vim pisando fundo no acelerador de Port of Spain até aqui, dirigindo feito um louco nessa escuridão. E o rapaz estava tão doído por dentro que nem chorava.

Um sujeito gordo que não parava de soluçar abraçou Ganesh e disse:

— Recebeu meu telegrama? Foi o primeiro telegrama da minha vida. Eu sou o Ramlogan. Você não me conhece, mas conheço seu pai. Ontem mesmo... Ontem mesmo... — Ramlogan não se conteve e caiu no choro de novo. — Ontem mesmo encontrei ele e falei: "Baba" — sempre o chamava assim — "Baba, entre um pouco e coma alguma coisa". Fiquei com a venda do Dookhie, sabia? Pois é, já faz quase sete meses que o Dookhie morreu, e eu fiquei com a venda dele.

Os olhos de Ramlogan estavam vermelhos e comprimidos por causa do choro.

— "Baba", eu falei, "entre um pouco e coma alguma coisa." E sabe o que ele me respondeu?

Uma mulher colocou o braço em torno de Ganesh e perguntou:

— O quê?

— Quer saber o que ele respondeu? — Ramlogan abraçou a mulher. — Ele disse: "Não, Ramlogan. Hoje eu não quero comer".

Mal conseguiu terminar a frase.

A mulher soltou Ganesh e levou as mãos à cabeça. Deu dois gritos agudos e disse aos prantos:

— "Não, Ramlogan, hoje eu não quero comer."

Ramlogan enxugou os olhos com um dedo grosso e peludo.

— Hoje — disse soluçando, apontando com as duas mãos para o quarto —, hoje ele não vai mesmo poder comer.

A mulher soltou outro grito agudo.

— Hoje ele não vai mesmo poder comer.

Em seu desconsolo, arrancou o véu que lhe cobria o rosto e Ganesh reconheceu uma de suas tias. Colocou a mão no ombro dela.

— A senhora acha que eu poderia ver o papai? — indagou.

— Vá ver seu papai, vá vê-lo antes que ele parta para sempre — recomendou Ramlogan. Lágrimas escorriam-lhe pelas bochechas rechonchudas e desciam até o queixo, onde a barba estava por fazer. — Já lavamos e vestimos o corpo, está tudo pronto.

— Não venham comigo, não — disse Ganesh. — Quero ficar sozinho.

Depois de fechar a porta atrás de si, o som dos lamentos pareceu ficar distante. O caixão havia sido colocado em cima de uma mesa, no meio do quarto. De onde estava, não conseguia ver o corpo. À sua esquerda, um pequeno lampião a óleo luzia debilmente, produzindo sombras monstruosas nas paredes e no teto de ferro galvanizado. Ao aproximar-se da mesa, seus passos reverberaram no assoalho de madeira e a luz do lampião tremulou. O bigode do velho permanecia ferozmente eriçado, mas o rosto estava desfeito e sua expressão era frágil e cansada. O ar em volta da mesa parecia frio, e ele percebeu que isso era causado pelo recipiente cheio de gelo que cingia o caixão. Era um quarto fúnebre, que o odor exalado pelas bolas de cânfora tornava ainda mais sinistro. Não havia nada de vivo ali dentro além dele próprio e da pequena chama amarela do lampião, e ambos estavam em silêncio. A água que escorria do gelo derretido e pingava em quatro panelas dispostas junto aos pés da mesa era a única coisa que, de tempos em tempos, perfurava o silêncio.

Não sabia ao certo o que estava pensando ou sentindo, mas não queria chorar, de modo que preferiu sair do quarto. As pessoas o aguardavam do lado de fora e rapidamente o cercaram. Ouviu Ramlogan dizer:

— Vamos, gente, deixem o rapaz respirar. Foi o pai dele que morreu, sabiam? O único pai que ele tinha.

E os lamentos recomeçaram.

Ninguém perguntou se ele fizera planos para a cremação. Parecia que tudo já havia sido arranjado, e Ganesh ficou contente que fosse assim. Deixou que Ramlogan o levasse para longe daquela casa e de seus soluços, gritos, prantos, seus lampiões a gás e a óleo, archotes feitos com garrafas, luzes brilhantes espalhadas por toda parte, menos no pequeno quarto.

— Ninguém pode cozinhar aqui esta noite — disse Ramlogan. — Venha, vamos comer lá na venda.

Ganesh passou a noite em claro e tudo o que fazia lhe parecia irreal. Posteriormente, lembrou-se da solicitude de Ramlogan e de sua filha; lembrou-se de ter voltado à casa onde nenhum fogo podia ser aceso, lembrou-se das canções tristes que as mulheres entoavam, prolongando a noite; e, ao amanhecer, os preparativos para a cremação. Teve de fazer várias coisas e, sem pensar nem questionar, fez tudo o que o pândita, sua tia e Ramlogan lhe pediram que fizesse. Lembrava-se de ter andado em volta do corpo do pai, de ter aplicado as últimas marcas de casta à testa do velho e de ter feito muitas outras coisas até ficar com a impressão de que o ritual substituíra a dor.

Quando tudo acabou — seu pai fora cremado, as cinzas tinham sido espalhadas e todos, inclusive sua tia, haviam ido embora —, Ramlogan disse:

— Bom, Ganesh, agora você é um homem.

Tomou pé na situação. Primeiro examinou a questão financeira. Devia onze dólares à sra. Cooper por duas semanas de hospedagem e alimentação. Verificou ter consigo apenas dezesseis dólares e 37 centavos. A escola lhe devia cerca de vinte dólares, mas decidira não cobrar esse dinheiro e, caso o enviassem, estava resolvido a devolvê-lo. Na hora não parou para pensar em quem teria pago a cremação. Foi só mais tarde, pouco antes de seu casamento, que descobriu que os custos haviam sido cobertos por sua tia. De imediato, dinheiro não era problema. Dispunha agora dos *royalties* do petróleo — quase sessenta dólares por mês —, montante que num lugar como Fourways fazia dele praticamente um homem rico. Acontece que o pagamento dos *royalties* poderia minguar a qualquer momento e, embora contasse com seus estudos e tivesse 21 anos de idade, não possuía nenhum meio de ganhar a vida.

Uma coisa lhe deu esperanças. Como escreveria posteriormente em *Os anos de culpa*: "Conversando com Shri Ramlogan, soube de um fato curioso. Meu pai morrera naquela manhã de segunda-feira, entre dez e cinco e dez e quinze — em outras palavras, mais ou menos na mesma hora em que tive a discussão com Miller e resolvi abandonar o emprego de professor. Fiquei muito impressionado com a coincidência, e pela primeira vez na vida senti que o futuro me reservava algo de grandioso. Pois foi realmente uma estranha combinação de eventos que me afastou da vacuidade da vida urbana e me levou de volta à estimulante paz e tranqüilidade do interior".

Ganesh ficou feliz por escapar de Port of Spain. Vivera cinco anos lá, mas jamais se acostumara à cidade nem sentira-se parte dela. Era um lugar grande demais, barulhento demais, alheio demais. Foi bom voltar para Fourways, onde era conhecido e respeitado, além de exercer o duplo fascínio de alguém que completara o ensino médio e cujo pai morrera recentemente. Chamavam-no de "*sahib*", e alguns pais encorajavam os filhos a chamá-lo de "professor Ganesh". Isto, porém, trazia-lhe à memória tristes recordações e Ganesh os fez parar com aquilo.

— Não devem me chamar assim — dizia, e acrescentava enigmaticamente: — Acho que estava ensinando as coisas erradas para as pessoas erradas.

Passou mais de dois meses à toa. Não sabia o que queria ou poderia fazer, e começava até mesmo a duvidar do valor de fazer alguma coisa. Comia na casa de conhecidos e, no resto do tempo, simplesmente vagava pelos arredores. Comprou uma bicicleta usada e fazia longos passeios pelas íngremes veredas que havia perto de Fourways.

As pessoas diziam: "Esse Ganesh não pára de pensar. Tão cheio de preocupações e, mesmo assim, o tempo todo pensando, pensando".

Ele gostaria que seus pensamentos fossem profundos, e incomodava-lhe que fossem coisas simples, voltados para futilidades passageiras. Começou a se sentir um pouco estranho e receou estar ficando louco. Conhecia as pessoas de Fourways, elas também o conheciam e gostavam dele, mas às vezes sentia-se apartado delas.

Só não conseguia escapar de Ramlogan. O vendeiro queria casar a filha de dezesseis anos e queria casá-la com Ganesh. A vila toda sabia disso. Ganesh vivia recebendo presentinhos de Ramlogan — um abacate especial, uma lata de salmão canadense ou de manteiga australiana — e não podia passar pela venda sem que Ramlogan o convidasse a entrar.

— Ei, *sahib*! Como é que vai passando assim sem falar nada? Vão pensar que a gente se desentendeu.

Ganesh não encontrava forças para rejeitar o convite, embora soubesse que, ao olhar para a passagem que dava para o aposento dos fundos, inevitavelmente veria a filha de Ramlogan perscrutando através da encardida cortina de renda. Ele a havia visto na noite da morte de seu pai, mas não prestara muita atenção nela. Agora percebia que a garota era alta e, às vezes, quando se aproximava muito da cortina para espiar, seus olhos arregalados revelavam-lhe, simultaneamente, malícia, simplicidade e assombro.

Não conseguia associar a garota ao pai. Ela era magra e tinha a pele clara; ele era gordo e quase negro. Ramlogan parecia ter uma única camisa, uma coisa azul, listada, que ele usava sem colarinho, desabotoada no peito peludo até a altura da barriga grande e rotunda. Combinava com a venda. Ganesh tinha a impressão de que todas as manhãs alguém passava um pano engordurado nas coisas que havia ali: balança, Ramlogan e tudo o mais.

— Não está sujo, não — dizia o vendeiro. — *Parece* sujo, mas é só impressão. Sente-se, *sahib*, sente-se. Não precisa passar a mão para tirar o pó nem nada. Sente-se nesse banco encostado à parede para trocarmos dois dedos de prosa. Não sou um sujeito estudado, mas gosto de ouvir o que as pessoas instruídas têm a dizer.

Ganesh sentava-se com relutância, e permanecia calado.

— Não há nada como um bom papo — começava Ramlogan, descendo da banqueta e espanando o pó de cima do balcão com as mãos gordas. — Gosto de ouvir as pessoas instruídas falando sobre suas idéias.

Diante do prolongamento do silêncio, Ramlogan trepava de novo na banqueta e falava sobre a morte. — *Sahib*, seu pai foi um homem bom. — O tom de voz era pesaroso. — Mas o que é que a gente vai fazer? Pelo menos demos a ele um belo funeral. Foi o meu primeiro em Fourways, sabia? Já fui a um monte de funerais na vida, mas vou dizer uma coisa e não me importo que alguém me escute dizendo isto: nunca vi um funeral tão bonito como o do seu pai. Para falar a verdade, minha filha Leela — a segunda e a melhor delas — diz que foi o funeral mais bonito que *ela* já viu. Ela diz que contou mais de quinhentas pessoas, tinha gente de Trinidad inteira e uma porção de carros acompanhando o corpo. As pessoas gostavam mesmo do seu pai, *sahib*.

Então os dois ficavam em silêncio. Ramlogan por respeito ao falecido, Ganesh por não saber o que devia falar; e a conversa chegava ao fim.

— Gosto desses nossos bate-papos, *sahib* — dizia Ramlogan, caminhando até a porta com Ganesh. — Não sou um sujeito estudado, mas gosto de ouvir as pessoas instruídas falando sobre suas idéias. E então, *sahib*, quando é que aparece de novo? Que tal amanhã?

Posteriormente, Ramlogan resolveu o problema da falta de diálogo dizendo-se analfabeto e pedindo a Ganesh que lesse os jornais para ele. Ouvia com os cotovelos apoiados no balcão, as mãos sustentando a cabeça sebenta, os olhos cheios de lágrimas.

— Esse negócio de leitura é incrível, *sahib* — disse certa vez. — Pense só. Você pega esse jornal, que para mim não passa de um monte de folhas sujas de papel, cheias de sinais pretos, todas rabiscadas — deu uma risadinha autodepreciativa —, você pega esse jornal, começa a ler e, veja só que coisa, num piscar de olhos entendo tudinho o que está escrito aí. É incrível, *sahib*.

Noutro dia ele falou:

— *Sahib*, você lê de um jeito tão bonito que eu poderia fechar os olhos e ficar só escutando. Sabe o que a Leela me disse ontem à noite, depois de eu fechar a venda? Ela perguntou: "Papai, quem era o homem que estava falando hoje de manhã na venda? A voz dele era igualzinha à da rádio que eu ouço em San Fernando". Respondi: "Menina, não era rádio, não. Você ouviu foi o Ganesh Ramsumair. O pândita Ganesh Ramsumair". Foi o que eu falei para ela.

— O senhor está caçoando de mim.

— Ah, *sahib*, e eu por acaso caçoaria de você? Quer que eu chame a Leela aqui para você perguntar diretamente a ela?

Ganesh ouviu uma risada abafada atrás da cortina de renda. Baixou rapidamente os olhos e viu que o chão estava repleto de maços de cigarro vazios e sacos de papel usados.

— Não faça isso, não. Não vá incomodar a menina.

Uma semana depois, Ramlogan disse a Ganesh:

— Aconteceu alguma coisa com o pé da Leela, *sahib*. Será que se importaria de dar uma olhada?

— Não sou médico, seu Ramlogan. Não entendo nada sobre os pés das pessoas.

Ramlogan riu e quase deu um tapa nas costas de Ganesh.

— Como é que você tem coragem de dizer uma coisa dessas, *sahib*? Não passou o tempo todo lá na escola da cidade estudando feito um louco? Além do mais, não vá pensar que eu me esqueci que seu pai foi o melhor massagista que tivemos por aqui.

O velho sr. Ramsumair manteve essa reputação por muitos anos, até que, tendo sua sorte chegado ao fim, foi massagear uma garotinha e acabou matando-a. O diagnóstico do médico de Princes Town foi apendicite, e o sr. Ramsumair teve de gastar um bom dinheiro para não se meter em encrenca. Depois disso, nunca mais fez massagens.

— Não foi culpa dele — disse Ramlogan, levando Ganesh para trás do balcão, rumo à passagem fechada pela cortina de renda. — Ele continuou sendo o melhor massagista que já houve por aqui, e tenho muito orgulho de conhecer seu único filho.

Leela estava sentada em uma rede feita com saco de açúcar. Trajava um vestido limpo de algodão. Seus cabelos pretos e compridos pareciam ter sido lavados e penteados.

— Por que não dá uma olhada no pé da Leela, *sahib*?

Quando Ganesh examinou o pé da garota, uma coisa curiosa aconteceu. "Mal encostei nela", escreveu mais tarde, "e seu pé já estava curado."

Ramlogan não disfarçou a admiração:

— É como eu disse, *sahib*. Tal pai, tal filho. Só pessoas especiais conseguem fazer esse tipo de coisa. Por que não se torna massagista?

Ganesh lembrou-se da sensação esquisita de estar apartado das pessoas, e pensou que Ramlogan talvez não estivesse completamente equivocado.

Ficou sem saber a opinião de Leela, pois assim que lhe curou o pé a garota deu uma risadinha e saiu correndo.

Depois disso Ganesh passou a sentir maior disposição para visitar a venda de Ramlogan, e a cada visita notava melhorias no lugar. A mais espetacular foi a instalação de uma vitrine nova, que teve a honra maior de ser colocada no meio do balcão. Era tão brilhante e limpa que parecia não combinar com o resto da venda.

— Para falar a verdade, foi idéia da Leela — disse Ramlogan. — É muito boa para manter as moscas longe dos bolos, e é mais moderna.

Agora as moscas reuniam-se dentro da vitrine. Pouco depois, uma das laterais se quebrou e foi remendada com um pedaço de papel pardo. Agora o recipiente de vidro já parecia fazer parte do lugar.

Ramlogan disse:

— Como pode ver, *sahib*, estou dando tudo de mim para fazer desta Fourways um lugar moderno. Mas não é mole, não, meu rapaz.

Ganesh continuava a dar seus passeios de bicicleta, o pensamento a devanear entre si mesmo, seu futuro e a vida. Foi durante uma dessas excursões vespertinas que encontrou o homem que viria a ter influência decisiva em sua vida.

O primeiro encontro não foi feliz. Aconteceu na estrada empoeirada que começa em Princes Town e atravessa o verde dos canaviais, sinuosa como uma serpente negra, até chegar a Debe. Ele não esperava ver gente na estrada àquela hora morta do dia, com o sol quase a pino, quando já não se ouvia o farfalhar das folhas da cana-de-açúcar provocado pelo vento. Havia cruzado a passagem de nível e deslizava sem pedalar pelo declive que antecede o vilarejo de Parrot Trace, quando um homem correu para o meio da estrada no final da descida e fez sinal para ele parar. Era um sujeito alto, de aparência bastante bizarra, mesmo para Parrot Trace. Cobria-se aqui e ali com um manto amarelo de algodão, à maneira dos monges budistas, e levava um bastão e uma trouxa.

— Irmão! — gritou o homem em hindi.

Ganesh parou porque não teve outra alternativa, e o medo que o sujeito lhe inspirou o fez reagir de forma rude.

— Quem é você, hein?

— Um indiano — disse o homem em inglês, com um sotaque que Ganesh jamais ouvira antes. O rosto, comprido e magro, era mais claro do que o de qualquer indiano, e seus dentes estavam em péssimo estado.

— Está mentindo — disse Ganesh. — Saia da frente e me deixe em paz.

O sujeito contraiu o rosto num sorriso.

— Sou indiano. Da Caxemira. E hindu também.

— Então por que está usando essa coisa amarela?

O sujeito buliu com o bastão e abaixou os olhos para examinar o manto.

— Está querendo dizer que esta roupa não é apropriada?

— Talvez na Caxemira. Aqui não.

— Mas nas fotos... Parecem assim. Gostaria muitíssimo de conversar com você — acrescentou com súbita cordialidade.

— Tudo bem, tudo bem — respondeu Ganesh em tom apaziguador, e antes que o homem pudesse dizer qualquer coisa já trepara no selim e pedalava para longe dali.

Ao saber do encontro, Ramlogan disse:

— Era o senhor Stewart.

— A mim pareceu ser louco de pedra. Tinha uns olhos de gato esquisitos que me botaram medo, e o senhor precisava ver como o suor escorria por aquele rosto vermelho. Como se ele não estivesse acostumado com o calor.

— Conheci esse sujeito em Penal — disse Ramlogan. — Foi pouco antes de me mudar para cá, há uns oito ou nove meses. Todo mundo diz que ele é louco.

Ganesh ficou sabendo que o sr. Stewart surgira recentemente no sul de Trinidad, vestido como um mendigo hindu. Afirmava ser da Caxemira. Ninguém sabia de onde ele viera, nem como vivia, mas supunha-se que fosse inglês, milionário e um pouco maluco.

— Ele se parece um pouco com você, *sahib*. Vive cheio de pensamentos. É como eu digo: quando a pessoa tem dinheiro de sobra, pode muito bem se dar ao luxo de passar o tempo todo pensando. *Sahib*, esse povo me deixa envergonhado. Roubam o fulano de tudo quanto é jeito, só porque é cheio da gaita e mão-aberta. Quando ele chega a uma dessas vilas que tem por aí, é um tal de distribuir dinheiro que não acaba mais; depois ele se muda para outro lugar, e começa a distribuir dinheiro de novo.

Na vez seguinte que o encontrou, na vila de Swampland, o sr. Stewart estava em apuros: era alvo de uma barafunda de meninos pequenos que tentavam a todo custo desenrolar seu manto amarelo. O sr. Stewart não resistia nem protestava. Limitava-se a olhar em volta, bestificado. Ganesh saltou rapidamente da bicicleta e pegou um punhado de pedras junto a um monte de cascalho abandonado na beira da estrada. O cascalho fora deixado ali pelo Departamento de Obras Públicas, que decerto desistira de reaproveitá-lo.

— Não os machuque — gritou o sr. Stewart quando Ganesh saiu correndo atrás dos meninos. — São apenas crianças. Jogue fora essas pedras.

Os meninos partiram em debandada e Ganesh aproximou-se do sr. Stewart. — O senhor está bem?

— Minha roupa ficou um pouco empoeirada — admitiu o sr. Stewart —, mas continuo firme e forte. — Então reanimou-se. — Sabia que encontraria você novamente. Lembra-se da primeira vez que nos vimos?

— Sinto muito por aquilo.

— Ah, não se preocupe. Mas precisamos conversar, e não temos tempo a perder. Sinto que você é uma pessoa com quem posso me abrir. As vibrações são boas. Não, não negue. As vibrações são boas, sim.

Ganesh sorriu para a cortesia e acabou aceitando o convite para um chá. Aceitou-o apenas por educação, não tinha a menor intenção de ir, mas uma conversa com Ramlogan o fez mudar de idéia.

— Ele é um homem solitário, *sahib* — disse o vendeiro. — Aqui ninguém gosta dele de verdade e, acredite em mim, acho que é muito menos louco do que dizem. Em seu lugar, eu iria. Vocês vão se dar bem. Afinal, tanto você como ele são homens esclarecidos.

Assim, Ganesh dirigiu-se aos arredores de Parrot Trace, onde ficava o casebre em que àquela altura vivia o sr. Stewart. Visto de fora, era igual a todos os outros casebres da região, com seu telhado de sapê e suas paredes de pau-a-pique. Lá dentro, porém, tudo era ordem e simplicidade. A mobília resumia-se a uma pequena cama, uma pequena mesa e uma pequena cadeira.

— Um homem não precisa de mais nada — disse o sr. Stewart.

Ganesh estava prestes a se sentar na cadeira sem ter sido convidado a fazê-lo, quando o sr. Stewart advertiu: — Não! Nessa não. — Ergueu a cadeira e a exibiu. — Eu mesmo a fiz, mas temo que não seja muito confiável. Sabe como é, usei materiais das redondezas.

Ganesh interessou-se mais pelas roupas do sr. Stewart, que estava vestido de forma convencional, com calça cáqui e camisa branca. Não havia nem sinal do manto amarelo.

O sr. Stewart adivinhou o interesse de Ganesh.

— Não importa com que roupa a pessoa se veste. Cheguei à conclusão de que isso não tem o menor significado espiritual.

O sr. Stewart mostrou-lhe algumas estatuetas de deuses e deusas hindus que fizera com argila. Ganesh ficou estupefato, não pela qualidade artística, mas pelo simples fato de que o sujeito as tivesse feito.

O sr. Stewart apontou para uma aquarela pendurada na parede.

— Faz anos que trabalho nesse quadro. Tenho idéias novas para ele uma ou duas vezes por ano, e aí sou obrigado a refazê-lo inteirinho.

A aquarela, pintada em tons de azul, amarelo e marrom, retratava diversas mãos pardas estendidas na direção de uma luz amarela no canto superior esquerdo.

— Isto, creio, é bastante interessante. — Ganesh seguiu o dedo do sr. Stewart e notou uma mão azul encolhida, que se afastava da luz amarela. — Alguns vêem a Iluminação, mas às vezes se queimam e se retraem — explicou o sr. Stewart.

— Por que todas as mãos são pardas?

— São mãos de hindus. O único povo que realmente busca o indefinido hoje em dia. Você parece preocupado.

— É, ando preocupado.

— Com a vida?

— Acho que sim. É, acho que ando preocupado com a vida.

— Dúvidas? — sondou o sr. Stewart.

Ganesh limitou-se a sorrir, pois não entendeu o que o sr. Stewart queria dizer com aquilo.

O sr. Stewart sentou-se na cama a seu lado e perguntou:

— O que você faz?

Ganesh riu.

— Nada. Acho que ando apenas pensando bastante.

— Meditando?

— É, meditando.

O sr. Stewart levantou-se de um salto e postou-se com as mãos juntas diante da aquarela.

— Típico! — exclamou, e fechou os olhos, como se em êxtase. — Típico!

Então reabriu os olhos e disse:

— Deixemos de conversa... Vamos ao chá.

Ele cuidara dos preparativos com grande esmero. Havia sanduíches de três tipos, biscoitos e bolos. No entanto, embora Ganesh estivesse começando a se afeiçoar ao sr. Stewart e desejasse comer de sua comida, todos os seus instintos hindus entraram em ação, causando-lhe náuseas quando ele mordeu um sanduíche frio de ovo e agrião.

O sr. Stewart percebeu.

— Não tem problema — disse. — Hoje está mesmo muito quente.

— Não, não, eu gosto dessas coisas. Acontece que estou com mais sede do que fome, só isso.

Os dois conversaram longamente. O sr. Stewart estava ansioso para saber de todos os problemas de Ganesh.

— Não pense que a meditação é perda de tempo. Sei o que anda lhe preocupando e creio que um dia você talvez encontre a resposta. Talvez até venha a escrever um livro sobre isso um dia. Se não tivesse tanto medo de me envolver, eu mesmo poderia ter escrito um. Mas você precisa encontrar o seu ritmo espiritual antes de começar a fazer o que quer que seja. Deve parar de se *preocupar* com a vida.

— Está certo — disse Ganesh.

O sr. Stewart falava como alguém que houvesse economizado conversa por muitos anos. Contou tudo sobre sua vida, suas experiências na Primeira Guerra Mundial, sua desilusão, sua rejeição ao cristianismo. Ganesh ficou extasiado. Exceto pela insistência em dizer-se hindu caxemiriano, o sr. Stewart era tão equilibrado quanto qualquer um dos professores do Queen's Royal College, e conforme entardecia seus olhos azuis foram deixando de ser assustadores para lhe parecer tristes.

— Por que não vai para a Índia, então? — indagou Ganesh.

— Política. Não quero me envolver de jeito nenhum. Não imagina como as coisas aqui são tranqüilizadoras. Talvez você vá a Londres um dia — rezo para que isso não aconteça — e então perceberá como a gente adoece ao olhar do táxi para as fisionomias estúpidas e cruéis da multidão que circula pelas calçadas. Lá é impossível não se envolver. Aqui isso não é necessário.

A noite tropical caiu de repente e o sr. Stewart acendeu um lampião a óleo. O casebre pareceu muito pequeno e triste. Ganesh lamentou ter de partir dali a pouco, deixando o sr. Stewart entregue à solidão.

— Você precisa colocar seus pensamentos no papel — disse o sr. Stewart. — Isso pode ajudar outras pessoas. Sempre achei que acabaria encontrando alguém como você.

Antes de Ganesh partir, o sr. Stewart presenteou-o com vinte exemplares da *Revista da Ciência do Pensamento*.

— Elas me proporcionaram enorme consolo. Talvez também lhe sejam úteis.

Surpreso, Ganesh disse:

— Mas essa revista não é indiana, senhor Stewart. Aqui diz que ela é impressa na Inglaterra.

— Sim, na Inglaterra — respondeu com tristeza o sr. Stewart. — Mas em uma de suas regiões mais belas. Em Chichester, Sussex.

Foi assim que terminou a conversa. Ganesh nunca mais viu o sr. Stewart. Ao passar pelo casebre umas três semanas depois, encontrou-o ocupado por um jovem trabalhador e sua esposa. Só muitos anos mais tarde é que veio a saber o que acontecera com o sr. Stewart. Cerca de seis meses depois da conversa entre os dois, regressou à Inglaterra e entrou para o Exército. Morreu na Itália.

Esse foi o homem cuja memória Ganesh honrou com tanta elegância na dedicatória de sua autobiografia:

PARA LORDE STEWART, DE CHICHESTER,
Amigo e conselheiro
de tantos anos

Ganesh tornara-se visitante mais que regular da venda de Ramlogan. Comia lá todos os dias e, quando aparecia, Ramlogan não o deixava mais ficar na venda, convidando-o imediatamente a entrar para o aposento dos fundos. Isso obrigava Leela a se retirar para o quarto ou para a cozinha.

Até o aposento dos fundos começou a receber melhorias. A mesa foi coberta com um oleado; os tabiques embolorados e sem pintura foram alegrados com enormes calendários chineses; a rede feita com saco de açúcar foi substituída por uma de saco de farinha. Um vaso apareceu certo dia sobre o oleado da mesa, e menos de uma semana depois rosas de papel floresciam no vaso. No próprio tratamento dispensado a Ganesh eram cada vez maiores as honrarias. No início, sua comida vinha em pratos esmaltados; agora era servida em pratos de louça. Eles não conheciam honra maior que essa.

A mesa ainda reservava mais uma surpresa. Um dia apareceu sobre ela uma série completa de livretos sobre "A arte de vender".

Ramlogan disse:

— Aposto que sente falta daqueles livrões e tudo o mais que tinha em Port of Spain, não é, *sahib*?

A resposta de Ganesh foi negativa.

Ramlogan esforçou-se em aparentar indiferença.

— Também tenho alguns livros. A Leela os colocou em cima da mesa.

— Parecem ser coisa boa.

— *Sahib*, a educação é um negócio formidável. Ninguém se preocupou em me colocar na escola. Em vez disso, quando fiz cinco anos, me mandaram cortar capim. Mas veja só a Leela e a irmã dela. As duas lêem *e* escrevem, *sahib*. Se bem que eu nunca mais soube nada sobre a Soomintra depois que ela se casou com aquele idiota de San Fernando.

Ganesh folheou as páginas de um dos livretos.

— É, isso aqui parece mesmo coisa boa.

— Foi para a Leela que comprei esses livros, *sahib*. Porque penso o seguinte: se a menina sabe ler, a gente precisa dar alguma coisa para ela ler. Não é mesmo, *sahib*?

— Não é verdade, papai — interveio uma voz de menina. Ambos se viraram e deram com Leela junto à porta da cozinha.

Ramlogan voltou-se rapidamente para Ganesh.

— Ela é assim mesmo, *sahib*. Não gosta que a gente lhe faça elogios. É tímida. E se tem uma coisa que ela detesta é mentira. Só a estava testando para que você visse como ela é.

Sem olhar na direção de Ganesh, Leela falou para Ramlogan:

— Foi do Bissoon que o senhor comprou esses livros. Ficou tão bravo depois que ele foi embora que disse que se o encontrar de novo vai dar uma lição nele.

Ramlogan riu e deu um tapa na coxa.

— Estou para ver vendedor mais ladino do que esse Bissoon, *sahib*. Quem escuta a conversa dele pensa que o sujeito é catedrático. Não fala tão bem quanto você, mas que é bom de conversa, isso ele é. Só comprei esses livros porque nos conhecemos desde pequenos. Fazíamos parte da mesma turma de cortadores de capim. Éramos dois moleques cheios de ambição, *sahib*.

Ganesh disse mais uma vez:

— Parecem bons esses livros.

— Leve-os para casa, rapaz. Para que servem os livros se não para ser lidos? Leve-os para casa e leia-os, *sahib*.

Não muito tempo depois disso, Ganesh reparou que havia na venda um cartaz novo, redigido num grande pedaço de cartolina.

— Foi a própria Leela que escreveu — disse Ramlogan. — E não é que eu tenha pedido, não. Uma manhã dessas, depois do chá, ela se sentou quietinha num canto e escreveu isso aí.

O cartaz dizia:

AVISO

INFORMAMOS, PELO. PRESENTE; QUE: TEMOS, VAGAS!
DE, AUXILIARES. DE; VENDAS: PARA, MOÇAS!

Ganesh comentou:

— Parece que a Leela é craque em pontuação.

— É verdade, *sahib*. Ela passa o dia inteiro aí sentada falando nesses sinais de pontuação. É uma garota e tanto, *sahib*.

— Mas quem são suas auxiliares de vendas?

— A Leela diz que sou obrigado por lei a colocar esse aviso. Mas, para falar a verdade, não gosto da idéia de ter moças trabalhando na venda, não.

Ganesh levara os livretos sobre vendas consigo e os lera. As capas, em amarelo-vivo e preto, despertaram seu interesse, e a leitura o deixou extasiado. O autor tinha grande sensibilidade para cores, beleza e ordem. Falava com gosto sobre pinturas novas, mostruários deslumbrantes, prateleiras cintilantes.

— Esses livros são de primeira — comentou com Ramlogan.

— Precisa dizer isso à Leela, *sahib*. Vou chamá-la aqui para você mesmo dizer isso a ela. Quem sabe a menina não resolve ler esses livros também?

Foi uma ocasião importante, e Leela agiu como se sentisse toda a sua importância. Não levantou os olhos ao entrar e, quando seu pai falou, limitou-se a baixar um pouco mais a cabeça, dando algumas risadinhas pudicas.

Ramlogan disse:

— Leela, escute só o que o *sahib* me falou. Ele gostou dos livros.

Leela deu uma risadinha, mas com recato.

Ganesh perguntou:

— Foi você que escreveu o cartaz?

— Sim, fui eu que escrevi.

Ramlogan deu um tapa na coxa e disse: — Não falei para você, *sahib*? A menina lê e escreve que é uma beleza. — E soltou uma gargalhada.

Então Leela fez uma coisa tão inesperada que interrompeu as risadas de Ramlogan pela metade.

Dirigiu a palavra a Ganesh. Fez uma pergunta para *ele*!

— Você também sabe escrever, *sahib*?

Isso o pegou desprevenido. A fim de ocultar a surpresa, pôs-se a rearranjar os livretos sobre a mesa.

— Sei, sim. Sei escrever — respondeu, e prosseguiu de forma apalermada, quase sem se dar conta do que estava dizendo: — E um dia eu ainda vou escrever livros como estes aqui. Iguaizinhos a estes aqui.

Ramlogan ficou de queixo caído.

— Deixe de brincadeira, *sahib*.

Ganesh bateu com a mão sobre os livretos e ouviu-se dizendo:

— Sim, como estes aqui. *Iguaizinhos* a estes aqui.

Os olhos grandes de Leela ficaram ainda maiores e Ramlogan balançou a cabeça, cheio de assombro e admiração.

4

A BRIGA COM RAMLOGAN

"Suponho que desde a primeira vez que pisei na venda de Shri Ramlogan", escreveu Ganesh em *Os anos de culpa*, "considerei meu casamento com sua filha um fato consumado. Nunca questionei isso. Parecia-me algo predestinado."

O que aconteceu foi o seguinte.

Certo dia, quando Ganesh apareceu na venda, Ramlogan estava com uma camisa limpa. Parecia ter acabado de sair do banho, os cabelos davam a impressão de ter sido recém-besuntados com óleo e seus movimentos eram silenciosos e deliberados, como se estivesse fazendo um *puja*.* Arrastou o pequeno banco que ficava num dos cantos da venda e o trouxe para perto da mesa; então se sentou nele e, sem dizer uma palavra, ficou observando Ganesh comer. Primeiro fitou seu rosto, depois o prato, e seu olhar não desgrudou dali até Ganesh ter engolido o último punhado de arroz.

— Encheu a barriga, *sahib*?

— E como! — Ganesh passou o dedo indicador pela superfície do prato, limpando os restos de comida.

— As coisas devem ter ficado difíceis para você depois que seu pai morreu.

Ganesh lambeu o dedo.

— Para ser sincero, não sinto muita falta dele, não.

— Não fale assim, *sahib*. Eu *sei* das suas dificuldades. Vamos imaginar — e é claro que isso não passa de uma suposição —, mas

(*) Cerimônia ritual de orações e culto, realizada individual ou coletivamente, consagrada a uma deidade hindu. (N. T.)

vamos imaginar que você resolvesse se casar. Quem é que cuidaria de tudo para você, hein?

— Pois nem sei se quero me casar. — Ganesh levantou-se da mesa, esfregando a barriga até arrotar sua aprovação à comida.

Ramlogan rearrumou as rosas no vaso.

— A verdade, *sahib*, é que você é um homem estudado. Sabe tomar conta de si mesmo. Comigo foi diferente. Estou no batente desde os cinco anos, e nunca tive ninguém para tomar conta de mim. Mas até que ganhei alguma coisa com isso. Adivinhe o quê, *sahib*.

— Não faço a menor idéia. Me conte o que foi que o senhor ganhou com isso.

— Caráter e bom senso, *sahib*. Foi o que ganhei. Caráter e bom senso.

Ganesh pegou a jarra de latão cheia de água que estava em cima da mesa e foi até a janela demerara* lavar as mãos e fazer um gargarejo.

Ramlogan alisava o oleado da mesa com ambas as mãos, espanando algumas migalhas de pão, meros grãos.

— Sei muito bem — disse, se justificando — que para um homem esclarecido como você, um sujeito que passa dias e noites entregue às leituras, a vida de vendeiro não vale nada. Mas estou me lixando para o que as pessoas pensam. Me diga, *sahib*, falando como homem estudado: você deixa que as outras pessoas o aborreçam?

Enquanto gargarejava, Ganesh pensou imediatamente em Miller e na discussão ocorrida na escola de Port of Spain. Mas depois de cuspir a água no quintal, disse:

— De jeito nenhum. Não dou a mínima para o que as pessoas dizem.

Ramlogan cruzou ruidosamente o aposento e tomou a jarra de latão das mãos de Ganesh.

— Eu guardo isso, *sahib*. Vá se sentar na rede. Opa! Deixe-me sacudi-la para tirar o pó.

(*) Veneziana típica de Demerara, região da Guiana, que abre para cima e é mantida entreaberta com o auxílio de uma vareta. (N. T.)

Depois de acomodar Ganesh, Ramlogan pôs-se a andar de um lado para o outro em frente à rede.

— As pessoas não têm como me atingir — disse, com as mãos nas costas. — Não gostam de mim? Param de comprar na minha venda? Não tem o menor problema. Por acaso isso me atinge? Altera o meu caráter? Nada disso; me mudo para San Fernando e monto uma barraquinha no mercado. Não, não me interrompa, *sahib*. É isso mesmo que eu faço. Monto uma barraquinha no mercado. E o que acontece? Me diga, o que acontece?

Ganesh soltou mais um arroto, dessa vez suave.

— O que acontece? — Ramlogan deu uma risada curta e perversa. — Pimba! Em cinco anos estou com uma bela rede de mercearias. Quem é que vai morrer de rir então, hein? As pessoas chegarão pedindo "Senhor Ramlogan" — é assim que passarão a me chamar: *senhor* Ramlogan —, "senhor Ramlogan, me dê isso, senhor Ramlogan, me dê aquilo", implorando para eu me candidatar às eleições e mil e uma bobagens desse tipo.

Ganesh disse:

— Na situação em que o senhor está, graças a Deus, não precisa montar barraca nenhuma no mercado de San Fernando.

— Isso mesmo, *sahib*. É como você diz. E é tudo obra de Deus. Faça uma conta de tudo o que tenho atualmente. Sou analfabeto, é verdade, mas fique aí sentado na rede e calcule quanto eu tenho.

Ramlogan andava e falava com uma energia tão extraordinária que o suor brotou e brilhou em sua testa. Subitamente, parou diante de Ganesh. Tirou as mãos das costas e começou a contar com os dedos.

— Um hectare perto de Chaguanas. Terra boa. Quatro hectares em Penal. Quem sabe se um dia não junto o bastante para convencer os homens a furar um poço de petróleo lá. Uma casa em Fuente Grove. Não é grande coisa, mas é alguma coisa. Duas ou três casas em Siparia. Some isso tudo e verá que está diante de um sujeito que vale uns bons doze mil dólares.

Ramlogan passou a mão na testa e na nuca.

— Sei que é difícil de acreditar, mas é a mais pura verdade. Sabe de uma coisa, *sahib*? Acho que pra você seria uma boa casar com a Leela.

— Combinado — respondeu Ganesh.

Não tornou a ver Leela até a noite do casamento, e tanto ele como Ramlogan fizeram de conta que ele jamais a tinha visto, pois eram ambos bons hindus e sabiam que um homem não devia ver a esposa antes do casamento.

Continuava tendo de ir à venda de Ramlogan para cuidar dos preparativos, mas não atravessou mais o vão que dava para o aposento dos fundos.

— Você não é como o idiota do marido da Soomintra, aquele desgraçado — Ramlogan disse a ele. — Você é um sujeito moderno e precisa ter um casamento moderno.

Por isso, não mandou o mensageiro circular pela região distribuindo arroz colorido com açafrão para anunciar o casamento aos amigos e parentes.

— É muito antiquado — disse.

Queria convites impressos em cartões festonados, com bordas douradas.

— E precisamos colocar umas palavras bem bonitas no convite, *sahib*.

— Mas não dá para colocar palavras bonitas num convite.

— Você é um sujeito estudado, *sahib*. Vai pensar em alguma coisa.

— Que tal *R.S.V.P.*?

— O que isso quer dizer?

— Nada, mas dá um tom refinado.

— Então vamos colocar, meu caro. Você é um sujeito moderno e isso soa muito bem.

O próprio Ganesh foi a San Fernando a fim de encomendar os cartões. De início, a gráfica o decepcionou um pouco. Era escura e inóspita, e parecia estar a cargo de uma pessoa só, um rapaz franzino que vestia um calção cáqui esfarrapado e assobiava enquanto operava o prelo manual. Mas quando viu os cartões entrando em branco e saindo com sua prosa milagrosamente transformada pela autoridade da letra impressa, Ganesh foi tomado por um sentimento próximo da reverência. Esperou para ver o rapaz compor um panfleto de cinema. O tipógrafo, assobiando sem parar, ignorou-o por completo.

— É nesse tipo de máquina que os livros são impressos? — indagou Ganesh.

— Para que outra coisa você acha que isto serve?

— Andou imprimindo algum livro bom ultimamente?

O rapaz espalhou um pouco de tinta no tambor.

— Já ouviu falar de alguém aqui em Trinidad que escreva livros?

— *Eu* estou escrevendo um livro.

O rapaz cuspiu dentro de uma caixa cheia de papéis sujos de tinta.

— Quem trabalha em gráfica escuta cada coisa que só rindo. Cara, você não acreditaria se soubesse a quantidade de pessoas que vêm aqui me pedir para imprimir os livros que andam escrevendo com tinta invisível. É coisa de doido!

— Como você se chama?

— Basdeo.

— Tudo bem, Basdeo. Mais dia, menos dia, ainda mando um livro para você imprimir.

— Claro, claro. Você escreve e eu imprimo.

Ganesh não gostou do jeito hollywoodiano de Basdeo e arrependeu-se imediatamente do que dissera. Mas ficou com a impressão de que, no tocante a essa história de escrever livros, não tinha vontade própria: era a segunda vez que se comprometia. Parecia uma coisa predestinada.

— É, os convites ficaram bonitos — disse Ramlogan, mas não havia alegria em sua voz.

— Mas por que o senhor está com essa cara de quem chupou limão azedo?

— *Sahib*, a educação é uma coisa formidável. Quando vêem um coitado analfabeto como eu, todos querem se aproveitar.

Ramlogan começou a chorar.

— Enquanto a gente está aqui sentado, você nesse banco, eu aqui nesta banqueta atrás do balcão da minha venda, admirando esses cartões lindos de morrer, não imagina o que andam tramando contra mim. Pois saiba que em Siparia há um sujeito que, só porque não sei ler, tenta me roubar as duas casas que tenho lá, e em Penal as pessoas agora deram para se comportar de um jeito esquisito.

— O que estão fazendo?

— Ah, *sahib*. Só você mesmo. Sei que quer me ajudar, mas já é tarde. Me mandaram assinar um monte de papéis com todas aquelas palavras elegantes, tudo muito bem escrito e agora... Agora fiquei sem nada.

A última vez que Ganesh vira Ramlogan chorar tanto fora no funeral de seu pai. Ele disse:

— Ora essa, se é o dote que o preocupa, pare já com isso. Não quero um dote muito grande.

— É o vexame que me aflige, *sahib*. Você sabe que nesses casamentos hindus todo mundo sai inteirado da quantia que o noivo leva do pai da noiva. Na manhã seguinte ao casamento, quando o noivo se senta e recebe o prato de *kedgeree*,* é obrigação do pai ir oferecendo dinheiro até que o rapaz tenha comido todo o *kedgeree*. Nessa hora, todos verão quanto eu lhe darei, e aposto que dirão: "O Ramlogan casa a segunda e a melhor das filhas com um rapaz que tem até curso colegial e vejam só a miséria de dote que ele oferece". É isso que me aflige, *sahib*. Sei que para você, que é um homem esclarecido, um sujeito que passa dia e noite entregue às leituras, nada disso tem muito significado, mas e eu, *sahib*, me diga, como é que eu fico? Como é que ficam o meu caráter e o meu bom senso?

— O senhor pare de chorar e me escute. Quando chegar a hora de eu comer o *kedgeree*, comerei bem rápido para não envergonhá-lo. Só não poderei comer rápido demais, para que não pensem que o senhor é mais pobre que um rato de igreja. Mas não tomarei muito do senhor, não.

Ramlogan sorriu em meio às lágrimas.

— Só você mesmo, *sahib*. Não esperava mesmo outra coisa de você. Gostaria que a Leela pudesse vê-lo agora. Então saberia o tipo de homem que escolhi para seu marido.

— Bem que eu gostaria de vê-la.

— Para falar a verdade, *sahib*, eu soube de uns rapazes modernos que hoje em dia não aprovam nem essa coisa de receber dinheiro enquanto comem o *kedgeree*.

(*) Prato indiano preparado com arroz, legumes, cebola, ovos e condimentos. (N. T.)

— Mas o costume é esse, ora!

— Eu sei, *sahib*, o costume é esse. Mas hoje está tudo tão evoluído que ele me parece vergonhoso. Vou lhe dizer uma coisa. Se *eu* fosse me casar, não aceitaria dote nenhum e diria: "Pro inferno com o *kedgeree*".

Assim que os convites começaram a ser distribuídos, Ganesh teve de interromper de uma vez por todas suas visitas a Ramlogan. Mas não ficou sozinho por muito tempo. Dezenas de mulheres, com os respectivos filhos, invadiram-lhe a casa. Não tinha a menor idéia de quem fosse a maioria delas; às vezes reconhecia um rosto e custava a acreditar que aquela mulher, com os filhos agarrados à barra da saia, era a mesma prima que não passava de uma criança quando ele partira pela primeira vez para Port of Spain.

As crianças tratavam-no com desdém.

Certo dia, um garotinho cujo nariz escorria falou para ele:

— Me disseram que é você que vai casar.

— É, sou eu.

— Hah, hah, hah! — gargalhou o menino, e saiu em disparada, rindo e zombando.

A mãe do menino disse:

— Está aí uma coisa que a gente precisa encarar. Essas crianças estão cada dia mais modernas.

Um dia, entre as mulheres Ganesh descobriu sua tia, aquela que havia sido uma das principais presenças no funeral de seu pai. Soube que, na ocasião, ela não apenas cuidara de tudo como também cobrira todas as despesas. Quando Ganesh ofereceu-se para reembolsá-la, ela ficou ofendida e falou para ele deixar de ser tolo.

— Essa vida é engraçada, não é? — comentou. — Num dia alguém morre e a gente chora. Noutro dia alguém casa e então a gente ri. Ah, Ganeshinho, em momentos como este as pessoas querem estar junto da família. E onde é que está a sua família? Seu pai já morreu, sua mãe também.

Ficou tão emocionada que não conseguiu chorar, e pela primeira vez Ganesh se deu conta da dimensão de seu casamento.

Que tantas pessoas pudessem viver alegremente em uma casa pequena sem nenhum tipo de organização parecia-lhe quase um milagre. As mulheres haviam lhe deixado o quarto, mas aglomeravam-se pelo resto da casa, arranjando-se da melhor maneira possível. Primeiro, transformaram a casa numa área de piquenique ampliada; depois, fizeram dela um acampamento apinhado. Pareciam, contudo, bastante felizes, e Ganesh logo descobriu que a anarquia era apenas aparente. Das dezenas de mulheres que vagavam à toa pela casa, havia uma, alta e taciturna, a quem aprendera a chamar de Rei Jorge. Pelo que sabia, podia até ser que fosse seu verdadeiro nome: nunca a vira antes. Rei Jorge governava a casa.

— A Rei Jorge tem mão boa. — disse a tia.

— Mão boa?

— Ela tem mão boa para distribuir as coisas. Dê-lhe um pedacinho de bolo para distribuir entre doze crianças, e pode apostar até o seu último centavo que ela irá reparti-lo de forma justa e honesta.

— Quer dizer que a senhora a conhece?

— Se a conheço?! Eu adotei a Rei Jorge. E uma coisa é certa, tive muita sorte de encontrá-la. Agora a levo comigo para onde eu for.

— É parente nossa?

— Praticamente. A Phulbassia é meio prima da Rei Jorge, e você é meio primo da Phulbassia.

A tia soltou um arroto, não o arroto que por educação deve ser dado após o jantar. Foi uma coisa comprida, balbuciante.

— São gases — explicou sem se desculpar. — Faz tempo que sofro disso; pensando bem, começou quando seu pai morreu.

— A senhora já foi ao médico?

— Médico? Eles só sabem inventar coisas. Sabe o que um deles me disse? Que tenho fígado preguiçoso. Agora me explique, como é que um fígado pode ser preguiçoso, hein?

Arrotou de novo e disse: — Está vendo só? — e esfregou os seios com as mãos.

Ganesh pensou em lhe dar o título de Senhora Arrotadora, depois mudou para Grande Arrotadora. Em poucos dias, a influência dela sobre as outras mulheres da casa mostrou-se devastadora. Todas começaram a arrotar, a esfregar os seios e a reclamar de gases. Todas menos Rei Jorge.

Ganesh ficou contente quando chegou a hora de ser ungido com açafrão. Passou dias confinado no quarto, o mesmo onde o corpo de seu pai ficara naquela noite e onde a Grande Arrotadora, Rei Jorge e algumas outras mulheres anônimas agora reuniam-se para esfregá-lo. Ao saírem do quarto, entoavam canções nupciais hindis de natureza extremamente pessimista, e Ganesh perguntava-se como Leela estaria vivenciando sua própria reclusão e unção.

Passava o dia todo no quarto, consolando-se com a *Revista da Ciência do Pensamento*. Havia lido todos os números com que o sr. Stewart o presenteara, alguns deles várias vezes. Escutava o dia inteiro as crianças fazendo travessuras, gritando e recebendo surras; as mães dando surras, berrando e andando com passos pesados pela casa.

Na véspera do casamento, quando as mulheres entraram para esfregá-lo pela última vez, indagou à Grande Arrotadora:

— Não tinha pensado nisso antes, mas o que essa gente anda comendo? Quem está pagando por isso?

— Você, ora.

Quase se sentou na cama, mas, com seu braço forte, Rei Jorge o manteve deitado.

— O Ramlogan disse que não devíamos aborrecê-lo com isso — explicou a Grande Arrotadora. — Disse que você já tem problemas demais com que se preocupar. A Rei Jorge está cuidando de tudo. Abriu uma conta com o Ramlogan. Depois do casamento ele acerta tudo com você.

— Meu Deus! Ainda nem me casei com a filha do sujeito e ele já começou a aprontar!

Fourways ficou quase tão agitada com o casamento quanto havia ficado com o funeral. Centenas de pessoas, da própria vila e de outros lugares, comeram na venda de Ramlogan. Havia dançarinos, batuqueiros e cantores para quem não estivesse interessado nos detalhes da cerimônia que duraria a noite toda. O quintal atrás da venda fora lindamente iluminado com lâmpadas de todos os tipos, menos elétricas, e a decoração — composta essencialmente de frutas que pendiam de arcos feitos com galhos de coqueiro — era agradável. Tudo isso era para Ganesh, ele o sentiu, e ficou satisfeito que assim fosse. No início, a idéia de casamento o perturbara;

depois, ao conversar com a tia, o assustara; agora produzia-lhe apenas uma excitação febril.

Durante toda a cerimônia, teve de fingir, como os demais presentes, que nunca na vida tinha visto Leela. Ela permaneceu sentada a seu lado, oculta sob um véu que ia da cabeça aos pés, até que a manta foi jogada sobre eles e Ganesh descobriu seu rosto. Sob a luz suave da manta cor-de-rosa, ela parecia uma estranha. Não era mais a menina que dava risadinhas afetadas escondida atrás da cortina de renda. Já tinha o aspecto contido e impassível de uma boa esposa hindu.

Pouco depois, estava terminado. Eram marido e mulher. Levaram Leela embora e deixaram-no sozinho para enfrentar a cerimônia do *kedgeree* na manhã seguinte.

Ainda com as insígnias de noivo, túnicas de cetim e coroa ornada com borlas, Ganesh sentou-se sobre algumas mantas estendidas no quintal diante do prato de *kedgeree*. Era uma coisa branca de aspecto intragável. Percebeu que seria fácil resistir à tentação de prová-lo.

Ramlogan foi o primeiro a oferecer dinheiro para induzi-lo a comer. O vendeiro estava ligeiramente abatido depois de passar a noite toda sem dormir, mas parecia contente e bastante feliz ao colocar cinco notas de vinte dólares no prato de latão ao lado do *kedgeree*. Deu alguns passos para trás, cruzou os braços, contemplou o dinheiro, Ganesh, o pequeno grupo que assistia à cerimônia, e sorriu.

O sorriso durou quase dois minutos, mas Ganesh nem sequer olhou para o *kedgeree*.

— Dêem dinheiro ao rapaz, amigos — Ramlogan gritou para as pessoas em volta. — Cadê o dinheiro que vocês têm para dar? Vamos, não se comportem como se fossem mais pobres que ratos de igreja. — Circulou entre eles, rindo e incitando-os. Alguns depositaram pequenas somas no prato de latão.

Ganesh continuava sentado, sereno e indiferente, feito um Buda vestido com exagero.

Uma pequena multidão começou a se formar.

— É um rapaz ajuizado, amigos — o tom de voz de Ramlogan fora acometido de ansiedade. — Pensam que é fácil terminar o colégio hoje em dia?

Colocou mais cem dólares no prato.

— Coma, rapaz, coma tudo. Não quero vê-lo morrendo de fome. Pelo menos não por enquanto. — Riu, mas ninguém riu com ele.

Ganesh não comeu.

Escutou um sujeito comentar:

— Um dia isso ia acabar acontecendo.

As pessoas disseram:

— Vamos, Ramlogan. Dê o dinheiro ao rapaz. Pensa que ele está sentado aí para quê? Para as fotos?

Ramlogan deu uma risada curta, forçada, e perdeu a calma.

— Se ele pensa que vai arrancar mais algum dinheiro de mim, pode ir tirando o cavalinho da chuva. Se não quer comer, que não coma. Acham que me importo se ele morrer de fome? Problema dele.

E foi embora.

A multidão ficou maior; as risadas soaram mais alto.

Ramlogan voltou e a multidão o aplaudiu.

Colocou duzentos dólares no prato de latão, e antes de se reerguer cochichou para Ganesh:

— Lembre-se da sua promessa, *sahib*. Coma, rapaz; coma, meu filho; coma, pândita *sahib*. Estou implorando, coma.

Um homem gritou:

— Não! Não vou comer!

Ramlogan ficou de pé e virou-se.

— Você aí! Dê o fora daqui antes que eu quebre o seu pescoço. Não se meta onde não é chamado.

A multidão caiu na gargalhada.

Ramlogan curvou-se novamente para cochichar:

— Olhe o vexame que está me fazendo passar, *sahib*. — Dessa vez, o sussurro prometia lágrimas. — Assim você acaba com o meu caráter e o meu bom senso.

Ganesh permaneceu imóvel.

A multidão começava a tratá-lo como herói.

Por fim, conseguiu arrancar de Ramlogan uma vaca e uma novilha, mil e quinhentos dólares em dinheiro vivo e uma casa em Fuente Grove. Ramlogan também cancelou a dívida referente à comida que havia mandado para sua casa.

A cerimônia terminou por volta das nove da manhã, mas muito antes disso Ramlogan já estava todo molhado de suor.

— Eu e o rapaz só estávamos brincando — não se cansou de repetir no final. — Há muito tempo ele sabia o que eu pretendia lhe dar. Só estávamos brincando.

Após o casamento, Ganesh voltou para sua casa. Ainda faltavam três dias para que Leela fosse viver com ele. Nesse meio-tempo, a Grande Arrotadora tentou recolocar a casa em ordem. A maior parte das visitas partira tão subitamente quanto chegara, se bem que de vez em quando Ganesh ainda encontrasse visitantes desgarradas vagando pela casa e comendo.

— A Rei Jorge foi para Arima ontem — informou a Grande Arrotadora. — Morreu alguém. Vou para lá amanhã, mas mandei a Rei Jorge na frente para cuidar de tudo.

Então decidiu instruir Ganesh sobre as coisas da vida.

— As meninas de hoje em dia são o diabo em pessoa — advertiu. — E, pelo que vi e ouvi dizer, essa Leela é bem da moderninha. Seja como for, você deve tirar o máximo proveito do que é seu.

Fez uma pausa para arrotar.

— Só precisa é dar umas palmadas de vez em quando para ela não sair da linha.

Ganesh disse:

— Acho que o Ramlogan ficou fulo da vida com a história do *kedgeree*.

— É, não foi muito educado, mas ele bem que mereceu. Esses homens que resolvem fazer o papel de casamenteira acabam tendo o que procuram.

— Agora preciso me mudar daqui. A senhora conhece Fuente Grove? Ele me deu uma casa lá.

— Mas você vai fazer o quê naquele fim de mundo? Lá só tem trabalho no canavial.

— Não, esse tipo de trabalho eu não quero. — Ganesh fez uma pausa, e acrescentou com hesitação: — Estou pensando em me tornar massagista.

Ela riu tanto que arrotou.

— Ah, esses gases! E você também... Está querendo me matar do coração, menino? Massagista! O que é que você sabe sobre massagem?

— Papai foi um massagista dos bons e eu sei tudo o que ele sabia.

— Acontece que a pessoa precisa ter mão boa para esse tipo de coisa. Imagine o que aconteceria se todo mundo saísse por aí dizendo "Estou pensando em me tornar massagista"... Haveria tantos massagistas em Trinidad que eles teriam de se massagear uns aos outros.

— Sinto que tenho mão boa para isso. Como a Rei Jorge.

— A mão da Rei Jorge é outra história. Ela nasceu assim.

Ganesh contou-lhe sobre o pé de Leela.

Ela torceu os lábios.

— É, nada mal. Mas um rapaz como você deveria se dedicar a outro tipo de atividade. Você deveria mexer com livros, menino.

— Farei isso também. — E deixou escapar novamente: — Estou pensando em escrever alguns livros.

— Essa é uma boa idéia. Está aí uma coisa que dá dinheiro. Aposto que o sujeito que escreveu o *Almanaque Macdonald do fazendeiro* ficou podre de rico. Por que não tenta algo no estilo do *Livro do destino de Napoleão*? Sinto que é o tipo de coisa que você seria capaz de fazer bem-feito.

— Será que alguém vai querer comprar esse tipo de livro?

— Pois é exatamente isso que Trinidad quer, menino. Pense nos indianos todos que vivem nas cidades. Não têm um pândita por perto nem nada. Como eles vão saber o que fazer e o que não fazer, quando fazer e quando não fazer? Têm que adivinhar.

Ganesh ficou pensativo.

— É isso aí. Vou me dedicar um pouco às massagens e um pouco aos livros.

— Conheço um rapaz que é capaz de pegar qualquer coisa que você escreva e vender como água em Trinidad inteira. Deixe-me ver, suponhamos que você venda o livro a dois xelins e quarenta e oito centavos. Paga seis centavos por livro de comissão ao rapaz. Se imprimir uns quatro ou cinco mil...

— Daria uns dois mil dólares, mas... Pare com isso, tia! Eu nem escrevi o livro ainda.

— Conheço você, menino. Tenho certeza que se puser isso na cabeça escreverá um livro mais lindo que o outro.

E arrotou.

Assim que Leela se mudou para a casa de Ganesh e a última visita deixou a vila, Ramlogan declarou guerra. Naquela mesma noite atravessou Fourways anunciando em altos brados suas intenções bélicas.

— Vejam só o que esse sujeito fez. Me roubou! Justo a mim, que já não tinha mulher e agora fiquei sem filha, um pobre viúvo. Esqueceu de tudo o que fiz por ele, tudo o que lhe dei. Não se lembra mais que ajudei a cremar o pai dele, apagou da memória todos os favores que lhe fiz. Agora me rouba, me faz passar vexame. Pois é bom se cuidar. Juro por Deus que hoje acabo com a raça desse filho-da-puta!

Ganesh mandou Leela trancar as portas e as janelas e apagar a luz. Pegou uma das velhas bengalas de seu pai e postou-se no meio da sala da frente.

Leela começou a chorar.

— O homem é meu pai! Como você tem coragem de pegar esse bastão enorme para bater no meu próprio pai?

Ganesh ouviu Ramlogan gritar na estrada:

— Ganesh, seu moleque metido a besta! Caça-dotes duma figa! Só tem um jeito de você ficar com o que é meu. Sabe qual é? Guardar tudo num envelope de madeira, debaixo de sete palmos de terra!

Ganesh disse:

— Leela, tem um caderno lá no quarto. Vá buscar para mim. E na gaveta da mesa tem um lápis. Traga também.

Ela trouxe o caderno e o lápis. Ganesh escreveu: *Guardar tudo o que é dele num envelope de madeira*. Embaixo colocou a data. Não tinha nenhum motivo especial para fazer isso, afora o medo e a sensação de que devia fazer alguma coisa.

Leela gritou:

— Está fazendo feitiçaria contra meu próprio pai!

Ganesh disse:

— Leela, do que é que você está com medo? Não vamos ficar muito tempo neste lugar. Daqui a alguns dias, mudamos para Fuente Grove. Não tem por que ter medo.

Leela continuou a gritar. Ganesh tirou a cinta de couro e deu-lhe uma surra.

Aos prantos, ela clamava:

— Ai, meu Deus! Ai, meu Deus! É hoje que ele me mata!

Foi a primeira surra do casal, um ato formal, executado sem raiva por parte de Ganesh e recebido sem ressentimento por Leela, e, conquanto não fizesse parte da cerimônia de casamento, teve grande significado para ambos. Significou que haviam se tornado adultos e independentes. Ganesh assumira a condição de homem; Leela, a de uma esposa dotada das mesmas prerrogativas de qualquer mulher adulta. De agora em diante, também teria histórias para contar sobre as surras que recebia do marido; e, ao ir para casa, poderia assumir a expressão triste e emburrada que todas as mulheres deviam ter.

Foi um momento precioso.

Leela chorou por algum tempo, depois disse:

— Homem, estou ficando realmente preocupada com o papai.

Isso foi outra iniciação: ela o chamara de "homem". Já não poderia haver dúvidas: eram adultos. Três dias antes, Ganesh não passava de um garoto ansioso e tímido. Agora, perdera subitamente essas qualidades, e pensou: "Meu pai estava certo. Devia ter me casado há muito tempo".

Leela continuou:

— Homem, estou ficando realmente preocupada com o papai. Hoje ele não vai fazer nada. Fica nessa algazarra, depois volta para casa. Mas não vai esquecer de você, não. Uma vez, lá em Penal, vi ele descer o chicote num sujeito.

Ouviram Ramlogan gritando na estrada:

— Ganesh, é meu último aviso.

Leela disse:

— Homem, você tem que fazer alguma coisa para acalmá-lo. Senão, não sei do que ele será capaz.

Os gritos de Ramlogan tornaram-se roucos:

— Ganesh, vou passar a noite afiando o meu cutelo. Resolvi que você vai pro hospital e eu pra cadeia. Preste atenção, estou avisando.

Então, como Leela havia previsto, Ramlogan foi embora.

Na manhã seguinte, depois de ter feito o *puja* e comido a primeira refeição que Leela lhe preparara, Ganesh disse:

— Leela, você tem alguma foto do seu pai?

Ela estava sentada à mesa da cozinha, limpando o arroz para a refeição do meio-dia.

— Para quê? — perguntou alarmada.

— Criatura, quem você pensa que é, hein? Por acaso alguém lhe deu um distintivo da polícia para ficar me fazendo perguntas? A foto é antiga?

As lágrimas de Leela caíam sobre o arroz.

— Não é muito antiga, não. É de quando o papai foi a San Fernando, há dois ou três anos. O Chong tirou uma foto dele sozinho e outra dele com a Soomintra e eu. Foi pouco antes de a Soomintra se casar. São lindas, com uns quadros no fundo e umas plantas na frente.

— Eu só quero uma foto do seu pai. As suas lágrimas eu dispenso.

Acompanhou-a até o quarto. Enquanto vestia seus trajes domingueiros — calça cáqui, camisa azul, chapéu e sapatos marrons —, Leela tirou de debaixo da cama a mala que ganhara juntando cupons de uma promoção dos cigarros Anchor e começou a procurar.

Quando encontrou a foto, Ganesh arrancou-a de suas mãos e disse:

— Isto vai sossegar seu pai.

Ela correu atrás dele até a escada da frente.

— Aonde você vai, homem?

— Sabe de uma coisa, Leela? Para uma garota que não tem nem três dias de casada você é intrometida demais.

Ele tinha de passar em frente à venda de Ramlogan. Concentrou-se em balançar a bengala do pai e agiu como se a venda não existisse.

Como era de se esperar, ouviu Ramlogan vociferar:

— Resolveu bancar o homem, Ganesh? Pra que serve essa bengala? Está se achando um *stick-man** dos bons, é? Espere só até eu sair atrás de você. Aí é que veremos se essa valentia toda é pra valer.

Ganesh passou sem dizer palavra.

Mais tarde Leela confessou ter ido à venda naquela manhã, a fim de prevenir Ramlogan. Encontrou-o sentado em sua banqueta, com um aspecto miserável.

— Papai, preciso contar uma coisa.

— Não quero saber de conversa, nem com você nem com seu marido. Só quero que lhe dê um recado. Diga-lhe que este Ramlogan aqui mandou avisar que só tem um jeito de ele ficar com o que é meu: vai ter que guardar tudo num envelope de madeira.

— Ontem à noite ele escreveu isso num caderno, papai. E hoje de manhã me pediu uma foto sua, e está com ela agora.

Ramlogan deslizou, praticamente caindo da banqueta.

— Ah, meu Deus! Ah, meu Deus! Não sabia que ele era esse tipo de homem. Parecia um sujeito tão pacífico. — Começou a andar de lá para cá atrás do balcão. — Ah, meu Deus! O que foi que eu fiz para o seu marido me perseguir desse jeito? O que será que ele pretende fazer com a foto?

Leela estava aos prantos.

Ramlogan fitou o recipiente de vidro sobre o balcão.

— Depois de tudo o que fiz por ele. Eu não queria nenhuma vitrine na minha venda, Leela.

— Eu sei, papai, eu sei que o senhor não queria nenhuma vitrine na venda.

— Foi por causa dele que arrumei essa vitrine. Ah, meu Deus! Só há uma explicação para ele querer a foto, Leela. Deve ser para algum trabalho de *obeah*.**

Em sua agitação, Ramlogan puxava os cabelos, batia no peito e na barriga, esmurrava o balcão.

(*) Homem treinado para participar de embates, às vezes fatais, travados com bastões. (N. T.)

(**) Sistema de crenças e práticas de feitiçaria de origem africana, muito popular no Caribe. (N. T.)

— Depois vai querer arrancar ainda mais coisas de mim.

A voz de Ramlogan tremia de verdadeira angústia.

Leela soltou um grito agudo.

— O que o senhor vai fazer com meu marido, papai? Só faz três dias que estou casada com ele.

— Ah, Soomintra, pobre Soomintra, bem que ela disse quando fomos tirar essas fotos "Papai, não devíamos tirar foto nenhuma". Ah, meu Deus! Leela, por que não dei ouvidos à pobrezinha da Soomintra?

Ramlogan passou a mão imunda no remendo de papel pardo da vitrine e enxugou as lágrimas.

— E ontem à noite, papai, ele me bateu.

— Venha aqui, Leela, minha filha. — Ramlogan inclinou-se sobre o balcão e colocou as mãos nos ombros dela. — É o seu destino, Leela. E é o meu também. Não podemos lutar contra o destino.

— Papai, o que o senhor pretende fazer com ele? — indagou Leela em tom queixoso. — Afinal, ele é meu marido.

Ramlogan recolheu as mãos e enxugou os olhos. Esmurrou o balcão até os vidros da vitrine retinirem.

— É a isso que chamam de educação hoje em dia. Andam ensinando uma matéria nova: gatunagem.

Leela soltou outro grito agudo.

— Ele é meu marido, papai.

Quando, mais à tarde, Ganesh retornou a Fourways, admirou-se ao ouvir Ramlogan gritar:

— *Sahib!* Ei, *sahib*! Como é que vai passando assim sem falar nada? Vão pensar que a gente se desentendeu.

Viu Ramlogan abrir um largo sorriso atrás do balcão.

— Falar o quê, se o senhor tem um cutelo afiado aí embaixo do balcão?

— Cutelo? Cutelo afiado? Deixe de brincadeira, *sahib*. Venha, rapaz, entre e sente-se um pouco. Isso, sente-se aqui para trocarmos um dedo de prosa. Como nos velhos tempos, não é mesmo, *sahib*?

— As coisa mudaram.

— Ah, *sahib*. Não vá me dizer que está aborrecido comigo.

— Não estou aborrecido com o senhor.

— Essa bobagem de a pessoa se aborrecer é pra gente burra e analfabeta como eu. E quando esse tipo de gente se aborrece, pensa logo em sair por aí fazendo trabalho de feitiçaria contra os outros. As pessoas esclarecidas não fazem isso, não.

— O senhor vai ter uma surpresa.

Ramlogan tentou atrair a atenção de Ganesh para a vitrine.

— É uma coisa bem moderna, não é, *sahib*? Prática, bonita e bem moderna. — Uma mosca sonolenta zumbia ao redor do recipiente, ansiosa por se reunir às colegas que estavam lá dentro. Com um golpe ágil, Ramlogan esmagou a mosca contra a lateral da vitrine. Desgrudou-a com um piparote e limpou a mão nas calças. — Essas moscas é que são um aborrecimento. Como a gente faz para acabar com esses aborrecimentos, *sahib*?

— Não entendo nada de moscas, seu Ramlogan.

O vendeiro sorriu e tentou novamente.

— O que está achando da vida de casado, *sahib*?

— Essas moças modernas são o diabo. Vivem esquecendo o lugar delas.

— *Sahib*, tenho de reconhecer que você é mesmo formidável. Está casado há apenas três dias e já descobriu isso. Nessas horas é que a gente percebe o valor da educação. Quer um pouco de salmão? Está tão bom quanto os salmões de San Fernando.

— Não gosto daquele povo de San Fernando.

— Resolveu o que tinha de resolver por lá, *sahib*?

— Amanhã veremos o resultado, se Deus quiser.

— Ah, meu Deus! *Sahib*, não leve a mal o que eu disse ontem à noite. Estava um pouco alto, só isso. Gente velha como eu não pode com bebida, *sahib*. Pegue o que quiser do que é meu. Não me importo. Sou um hindu de muito bom coração, *sahib*. Pode levar tudo o que tenho. Não mexendo com o meu caráter, para mim não faz a menor diferença.

— O senhor é mesmo uma peça rara, sabia?

Ramlogan tentou acertar outra mosca, mas não conseguiu.

— O que vai acontecer amanhã, *sahib*?

Ganesh levantou-se do banco e espanou os fundilhos das calças.

— Ah, é um grande segredo.

Ramlogan deslizou as mãos pela extremidade do balcão.

— Por que o senhor está chorando?

— Ah, *sahib*, sou um pobre coitado. Você *precisa* ter pena de mim.

— Vou cuidar bem da Leela. Não precisa chorar por ela.

Encontrou Leela na cozinha, agachada diante do fogo baixo do *chulha*,* mexendo o arroz que fervia em uma panela de esmalte azul.

— Leela, estou com uma vontade enorme de pegar a cinta e te dar uma boa surra antes mesmo de lavar as mãos ou fazer qualquer outra coisa.

Ela arrumou o véu sobre o rosto antes de se virar para ele.

— O que foi agora, homem?

— Criatura, por que foi puxar o sangue ruim do seu pai, hein? Pare de fingir que não sabe de nada. Vai me dizer que não saiu por aí falando pra deus e o mundo sobre as coisas que andei fazendo?

Ela se virou de novo para o *chulha* e mexeu a panela.

— Se começarmos a brigar agora, o arroz acaba cozinhando demais e vai ficar daquele jeito que você não gosta.

— Certo, mas vai ter que me explicar isso depois.

Após a refeição, Leela confessou-se e ficou admirada de ver que Ganesh não bateu nela.

Assim, criou coragem para perguntar:

— O que fez com a foto do papai, homem?

— Acho que dei um jeito nele. Amanhã não vai haver ninguém em Trinidad que não tenha ouvido falar do seu pai. Escute aqui, Leela, se recomeçar com a choradeira vai experimentar a palma da minha mão de novo. Vá fazer as malas. Amanhã mesmo nos mudamos para Fuente Grove.

Na manhã seguinte, o *Trinidad Sentinel* estampava a seguinte notícia na página cinco:

> BENFEITOR OFERECE DOAÇÃO PARA INSTITUTO CULTURAL
>
> Shri Ramlogan, comerciante de Fourways, vila próxima a Debe, doou um montante considerável de recursos para a criação de um instituto cultu-

(*) Fogão típico de áreas rurais, feito com uma mistura de barro e esterco de vaca, moldado e rebocado com as mãos. (N. T.)

ral em Fuente Grove. O objetivo do futuro instituto, que ainda não tem nome, será a promoção da cultura e da ciência do pensamento hindus em Trinidad.

Pelo que se sabe, a presidência do instituto caberá ao bacharel Ganesh Ramsumair.

E lá estava, em lugar de destaque, a foto de um Ramlogan mais magro, em trajes formais, com um vaso de plantas ao lado e ruínas gregas ao fundo.

Sobre o balcão da venda havia vários exemplares do *Trinidad Sentinel* e do *Port of Spain Herald*. Quando Ganesh entrou, Ramlogan não levantou os olhos. Olhava fixamente para a foto e fazia força para franzir o cenho.

— Não perca tempo procurando no *Herald* — disse Ganesh. — Não passei a notícia para eles.

Ramlogan continuou olhando para baixo. Franziu o cenho com mais força e resmungou: — Hum! — Virou a página e leu uma pequena matéria sobre o perigo das vacas tuberculosas. — Pagaram alguma coisa?

— O sujeito queria que *eu* pagasse.

— São uns filhos-da-puta.

Ganesh produziu um ruído de aprovação.

— Falando sério, *sahib*. — Ramlogan enfim olhou para ele. — Era para isso que queria o dinheiro?

— Claro.

— E vai mesmo escrever livros em Fuente Grove e tudo o mais?

— Vou sim.

— É, rapaz, eu estava lendo isso aqui. Que coisa espetacular. Você é mesmo um homem formidável, *sahib*.

— Desde quando o senhor sabe ler?

— Estou sempre aprendendo um pouquinho, *sahib*. Mas só entendo uma palavra ou outra. Tem mais de cem que não querem me dizer absolutamente nada. Espera aí, já sei. Por que não lê isso aqui para mim, *sahib*? Quando é você que lê, só preciso fechar os olhos e escutar.

— Depois o senhor fica daquele jeito esquisito. Por que não se contenta em olhar a foto?

— É uma bela foto, *sahib*.

— Então olhe para ela. Preciso ir agora.

* * *

Ganesh e Leela mudaram-se para Fuente Grove naquela tarde; mas pouco antes de saírem de Fourways, Ganesh recebeu uma carta. Continha os *royalties* referentes à extração do trimestre e a informação de que o petróleo extinguira-se e que ele não receberia mais nada.

O dote de Ramlogan mostrou-se providencial. Foi outra coincidência notável, tornando a sinalizar a Ganesh que o futuro lhe reservava coisas grandiosas.

— Coisas grandiosas acontecerão em Fuente Grove — afirmou para Leela. — Coisas realmente grandiosas.

5
PROVAÇÕES

Ganesh e Leela viveram em Fuente Grove por mais de dois anos sem que nada de grandioso ou animador acontecesse.

Desde o início, Fuente Grove pareceu pouco promissor. A Grande Arrotadora havia dito que o lugar era pequeno e afastado, mas isso era apenas meia verdade. Fuente Grove mal existia. Era um vilarejo tão pequeno, tão retirado, tão miserável que só aparecia nos grandes mapas do gabinete do agrimensor governamental; o Departamento de Obras Públicas tratava-o com desdém; e não chegava sequer a despertar sentimentos hostis por parte das outras vilas. Não havia como gostar de Fuente Grove. Na época da seca, a terra endurecia, rachava e calcinava; na época das chuvas, derretia, transformando-se em lamaçal. O calor era sempre intenso. A presença de árvores faria alguma diferença, mas a única que havia por ali era a mangueira de Ganesh.

Os habitantes do vilarejo saíam para trabalhar nos canaviais antes do alvorecer, a fim de evitar o calor do dia. Quando retornavam, no meio da manhã, o orvalho que cobria a relva já havia secado, e eles se punham a trabalhar em suas próprias hortas, como se não soubessem que em Fuente Grove era impossível cultivar outra coisa além de cana-de-açúcar. Experimentavam poucos momentos de agitação. Como a população era pequena, não havia muitos nascimentos, casamentos ou mortes que lhes servissem de fonte de animação. Duas ou três vezes por ano, os homens empreendiam excursões barulhentas ao cinema, na distante e pecaminosa San Fernando. Fora isso, pouca coisa acontecia. Uma vez ao ano, por ocasião dos festejos que celebravam o fim da colheita da cana-de-açúcar, Fuente Grove organizava uma corajosa demonstração de jovialidade. A meia dúzia de carros de boi do lugar era decorada com serpentinas de papel crepom nas cores rosa, amarelo e verde; os próprios bois, com seus eternos olhos tristes, recebiam fitas brilhantes nos chifres; e trepados nos carros, chacoalhando-lhes as estacas e batucando em tambores de aço, homens, mulheres e crianças entoavam canções sobre a generosidade de Deus. Era como a folia de uma criança faminta.

Todos os sábados, ao anoitecer, os homens reuniam-se na venda de Beharry e embriagavam-se com rum de má qualidade. Nessas noites, ficavam suficientemente entusiasmados com suas mulheres para surrá-las. Acordavam de ressaca no domingo, amaldiçoavam Beharry e seu rum, permaneciam indispostos o dia inteiro e só levantavam da cama na manhã de segunda-feira, revigorados, cheios de energia, prontos para mais uma semana de trabalho.

Não fosse pelas bebedeiras de sábado, a venda de Beharry não sobreviveria. Ele mesmo nunca bebia, porque era um bom hindu e porque, como afirmara a Ganesh, "Não há nada como estar limpo da cabeça, seu moço". E havia ainda a desaprovação da mulher.

Beharry foi a única pessoa de Fuente Grove com quem Ganesh estabeleceu relações de amizade. Era um sujeito baixinho, de aspecto professoral, uma barriga pequena e elegante, cabelos finos e grisalhos. Era o único em Fuente Grove que lia jornais. Um ciclista trazia-lhe diariamente de Princes Town um exemplar do *Trinidad Sentinel* da véspera, que ele lia de cabo a rabo sentado em uma banqueta de frente para o balcão da venda. Odiava ficar atrás do balcão. "Me sinto como se estivesse num cercado."

No dia seguinte à sua chegada em Fuente Grove, Ganesh foi à venda e percebeu que Beharry sabia de tudo sobre o instituto.

— É exatamente disso que Fuente Grove precisa — disse Beharry. — Vai escrever livros e essas coisas, é?

Ganesh fez que sim com a cabeça e Beharry bradou:

— Suruj!

Um menino de uns cinco anos entrou correndo na venda.

— Suruj, vá buscar os livros. Estão debaixo do travesseiro.

— *Todos*, papai?

— Todos.

O menino trouxe os livros, e Beharry os mostrou um por um a Ganesh: *O livro do destino de Napoleão*, uma edição escolar de

*Eothen** já sem capa, três números do *Almanaque* das Farmácias Booker, o *Gita* e o *Ramayana*.

— Ninguém me passa a perna — disse Beharry. — O Mané aqui é um capiau ignorante, mas não é bobo, não. Suruj!

O menino entrou correndo de novo.

— Me traga o cigarro e os fósforos.

— Mas estão em cima do balcão, papai.

— E você acha que não estou vendo? Passe-os para cá.

O menino obedeceu, depois saiu correndo.

— O que acha dos livros? — perguntou Beharry, apontando para eles com um cigarro ainda apagado.

Ao falar, seu aspecto lembrava um camundongo. Parecia ansioso, e a pequena boca trabalhava nervosamente para cima e para baixo como se estivesse mordiscando alguma coisa.

— Legais.

Uma mulher grandalhona, de semblante cansado, entrou na venda:

— Pai do Suruj, não escutou eu chamar pra gente comer?

Beharry mordiscou os lábios:

— Só estava mostrando ao pândita os livros que ando lendo.

— Lendo?! — O escárnio avivou-lhe a fisionomia exausta. — Lendo?! Quer saber como ele anda lendo?

Ganesh não sabia para onde olhar.

— Se não fico vigiando, ele fecha a venda e se enfia na cama com os livros. Ainda não o vi ler um livro até o fim e ele só se satisfaz se estiver lendo quatro ou cinco ao mesmo tempo. Ensinar certas pessoas a ler é um perigo.

Beharry recolocou o cigarro no maço.

— Esse mundo será diferente e melhor no dia em que os homens começarem a parir — disse a mulher, precipitando-se para fora da venda. — Viver com você é uma dureza, e isso para não falar nos imprestáveis dos seus três filhos.

Houve um breve silêncio depois que ela saiu.

— Mãe do Suruj — esclareceu Beharry.

— Elas são assim mesmo — concordou Ganesh.

(*) Relato de viagem ao Oriente (publicado em 1844), do historiador inglês Alexander William Kinglake (1809-91). (N. T.)

— Mas ela é que está certa. Se todas as pessoas fizessem como eu e você, esse mundo ficaria doido.

Beharry mordiscou os lábios e piscou para Ganesh.

— Estou lhe dizendo, moço. Ler é um negócio perigoso.

Suruj entrou mais uma vez correndo na venda.

— Ela está *chamando*, papai. — Em sua voz notava-se o tom exasperado da mãe.

Ao sair, Ganesh ouviu Beharry dizer:

— *Ela?* Isso lá é jeito de chamar a sua mãe? Quem é *ela*? A mamãe gata?

Ganesh ouviu o som de um tapa.

Ia com freqüência à venda de Beharry. Gostava do sujeito e de sua venda reluzente com anúncios de produtos que ele não comercializava. O que a venda de Ramlogan tinha de gordurosa e suja, a de Beharry tinha de asseada e limpa.

— Não sei o que você vê nesse Beharry — dizia Leela. — Ele acha que sabe como administrar o negócio, mas a mim me faz rir. Preciso escrever para o papai contando sobre o tipo de venda que há aqui em Fuente Grove.

— Tem uma coisa que você precisa mesmo escrever para o seu pai. Diga-lhe que o melhor que ele tem a fazer é montar uma barraquinha no mercado de San Fernando.

Leela abriu o berreiro.

— Veja só as coisas que o Beharry anda colocando na sua cabeça. Você está falando do *meu* pai, sabia? — E retomou a choradeira.

Mas Ganesh continuou a freqüentar a venda de Beharry.

Quando soube que Ganesh pretendia tornar-se massagista, Beharry mordiscou os lábios, nervoso, e balançou a cabeça.

— Escolheu uma coisa pra lá de difícil, amigo. Hoje em dia a gente encontra massagista e dentista por toda parte. Eu tenho até um primo — na verdade é primo da mãe do Suruj, mas para mim a família dela é como se fosse minha —, um ótimo rapaz, que também está entrando nesse negócio.

— *Mais um* massagista?

— Calma, deixa eu contar a história. No Natal do ano passado, a mãe do Suruj levou as crianças à casa da avó. Chegando lá, esse garoto vem e diz a ela, como se fosse a coisa mais natural do mundo, que está entrando para o ramo da odontologia. Imagine a surpresa da mãe do Suruj. Pouco tempo depois, soubemos que ele havia tomado dinheiro emprestado para comprar um desses aparelhos de dentista e que já estava arrancando os dentes das pessoas. O rapaz anda matando gente a torto e a direito e ainda assim fazem fila para se tratar com ele. Esse povo de Trinidad não tem jeito mesmo.

— Não são os *dentes* das pessoas que eu quero arrancar. Mas o rapaz está se dando bem, não está?

— Até agora, sim. Já pagou o empréstimo do aparelho. Mas não se esqueça que Tunapuna é um lugar movimentado. Aposto que não demora muito e o charlatão, mesmo dando um duro danado, nem assim vai conseguir ganhar o bastante para comprar uma bisnaga de pão e um pouco de manteiga barata.

Vinda do quintal com uma vassoura de *cocoye* na mão, a mãe de Suruj entrou na venda. Estava vermelha de calor e coberta de poeira.

— Ora essa, venho aqui com a maior das boas vontades para varrer a venda e vejam só o que sou obrigada a ouvir. Por que você tem que chamar o garoto de charlatão? Até parece que ele não está se esforçando. — Olhou para Ganesh. — Sabe qual é o problema do pai do Suruj? Tem inveja do garoto. Não consegue nem cortar as unhas do próprio pé, enquanto o menino está lá, arrancando dente de gente adulta. É pura inveja, ele tem é inveja do garoto.

Ganesh disse:

— Talvez a senhora tenha razão, *maharajin*. É o que acontece comigo e a minha massagem. Não é uma coisa que eu simplesmente tenha tirado da cartola. Aprendi com meu pai e passei muito tempo estudando o assunto. Não tem nada de charlatanismo.

Na defensiva, Beharry mordiscou os lábios.

— Não foi isso que eu quis dizer. Só estava avisando o pândita de que se ele resolver se instalar como massagista em Fuente Grove vai ter que suar muito.

Não demorou muito para Ganesh perceber que Beharry estava certo. Havia massagistas demais em Trinidad, e era inútil fazer propaganda. Leela avisou suas amigas, a Grande Arrotadora as suas, Beharry prometeu escrever para todas as pessoas que conhecia, mas poucos se davam ao trabalho de buscar a cura para suas doenças num lugar tão afastado como Fuente Grove. E os habitantes do vilarejo eram bastante saudáveis.

— Homem — disse Leela —, acho que você não leva jeito para massagista.

Depois de um tempo, ele próprio começou a duvidar de seus poderes. Como qualquer massagista, era capaz de curar um *nara*, um mero deslocamento do estômago, e sabia como tratar de juntas enrijecidas. Mas nunca teve coragem de arriscar intervenções mais ambiciosas.

Certo dia, uma moça que havia torcido o braço veio consultá-lo. Ela parecia bastante feliz, mas a mãe chorava e tinha uma aparência miserável.

— Consultamos todo mundo e tentamos de tudo, pândita. Nada deu certo. A cada dia que passa a menina fica mais velha, e quem é que vai querer casar com ela?

Era uma bela rapariga, com olhos vivazes num rosto impassível. Só olhava para a mãe. Em nenhum momento dirigiu o olhar para Ganesh.

— Quebraram o braço da menina vinte vezes, se é que quebraram direito mesmo — continuou a mãe. — Mas não houve jeito de o braço ficar no lugar.

Ele sabia o que seu pai teria feito. Teria mandado a moça se deitar, colocaria o pé sobre o cotovelo dela, ergueria seu braço em alavanca até que ele se quebrasse, e então o recolocaria no lugar. Mas tudo o que Ganesh disse depois de examinar o braço da moça foi:

— Não há nada de errado com a menina, *maharajin*. Ela só tem um pouco de sangue ruim, nada mais. E, além disso, se Deus a fez desse jeito, eu é que não vou interferir na obra Dele.

A mãe da moça parou de soluçar e puxou o véu rosa sobre a cabeça.

— É minha sina — falou sem tristeza.

A rapariga não disse uma só palavra.

Mais tarde, Leela comentou:

— Homem, você devia pelo menos ter tentado consertar o braço dela antes de sair falando sobre as obras de Deus. Parece que não se importa com o que está fazendo comigo. É como se agora tivesse resolvido afugentar as pessoas.

Ganesh continuou a desagradar seus pacientes, dizendo-lhes que não havia nada de errado com eles; falava cada vez mais sobre as obras de Deus; e, se fosse pressionado, distribuía uma mistura feita a partir de uma das receitas de seu pai, um líquido verde, preparado basicamente com *shining-bush* e folhas de *neem*.*

Ele disse:

— A verdade é uma só, Leela. Não tenho mão boa para massagem.

Ganesh teve mais um desapontamento na vida. Passado um ano, ficou claro que Leela não poderia ter filhos. Desinteressou-se dela como mulher e deixou de bater nela. Leela reagiu bem, mas ele não esperava menos que isso de uma boa esposa hindu. Ela continuava a cuidar da casa e acabou por transformar-se em uma eficiente dona-de-casa. Cuidava da horta que havia nos fundos e tratava da vaca. Nunca reclamava. Não demorou muito para se tornar a soberana da casa. Dava ordens a Ganesh sem que ele fizesse objeções. Dava-lhe conselhos e ele os ouvia. Ele começou a consultá-la sobre quase tudo. Com o tempo, embora jamais o admitissem, passaram a se amar um ao outro. Às vezes, quando pensava no assunto, Ganesh achava estranho que a mulher alta e severa com quem vivia tivesse sido a jovem atrevida que um dia lhe perguntara "Você também sabe escrever, *sahib*?".

E sempre havia Ramlogan para ser apaziguado. O recorte de jornal com sua foto, montado e enquadrado, foi pendurado na parede da venda, acima do cartaz sobre a oferta de vagas para auxiliares de vendas femininas. As bordas do papel já estavam ficando amareladas. Sempre que, por uma razão ou outra, Ganesh ia a Fourways, Ramlogan perguntava:

— Como vai o instituto, rapaz?

— Penso nele o tempo todo — dizia Ganesh. Ou: — Tenho tudo na cabeça. Não me apresse.

(*) A primeira é uma erva de uso popular no Caribe, empregada no tratamento de resfriados. A segunda, uma árvore de grande porte cujas folhas produzem um sumo amargo muito usado no Caribe para fins medicinais. (N. T.)

Tudo parecia estar dando errado, e Ganesh receava ter interpretado mal os sinais do destino. Só mais tarde é que reparou no padrão providencial desses meses de decepção. "Nunca somos o que queremos ser", escreveu ele, "e sim o que devemos ser."

Havia fracassado como massagista. Leela não podia ter filhos. Esses desapontamentos, que poderiam ter abalado outros homens de forma definitiva, fizeram com que ele se dedicasse com seriedade e devoção aos livros. Obviamente, sempre tivera a intenção de ler e escrever, mas é de se indagar se teria feito isso com a mesma assiduidade, caso houvesse sido um massagista bem-sucedido ou pai de uma grande família.

— Vou escrever um livro — comunicou a Leela. — Dos grandes.

Havia uma editora americana chamada Street and Smith, constituída de pessoas versáteis e cheias de energia que conseguiram fazer suas publicações chegar até o sul de Trinidad. Desde que Ganesh era menino, a Street and Smith causava-lhe forte impressão. Uma noite, sem dizer nada a Beharry ou Leela, sentou-se à mesinha da sala de estar, acendeu o lampião a óleo e escreveu uma carta para a editora. Disse-lhes que estava pensando em escrever livros e que gostaria de saber se teriam interesse em seu trabalho.

A resposta chegou um mês depois. A Street and Smith afirmava estar muito interessada.

— Precisa contar isso ao papai — disse Leela.

Beharry comentou:

— Os americanos são gente boa. Você tem que escrever esse livro para eles.

Ganesh emoldurou a carta da Street and Smith num *passe-partout* e pendurou-a na parede, acima da mesa onde a havia escrito.

— Isso é só o começo — falou para Leela.

Ramlogan veio de Fourways e, ao fitar a carta emoldurada, ficou com os olhos marejados.

— Está aí mais uma notícia para os jornais. Vamos, *sahib*, escreva esses livros para eles.

— Foi o que disse o Beharry, o sujeito que chamam de vendeiro de Fuente Grove — comentou Leela.

— Não tem importância — retrucou Ramlogan. — Continuo achando que ele devia escrever os livros. Mas aposto que essa história dos americanos pedirem para que você escreva um livro para eles o deixou orgulhoso, não é, *sahib*?

— Nada disso — respondeu rapidamente Ganesh. — Aí é que o senhor se engana. Não senti orgulho nenhum, não. Sabe o que senti? Para falar a verdade, senti humildade. Muita humildade.

— É sinal de que você é um grande homem, *sahib*.

A idéia de se pôr efetivamente a escrever o livro afligia Ganesh, que adiava o início. Quando Leela indagou:

— Homem, por que não está escrevendo o livro que os americanos pediram que você escrevesse?

Ganesh respondeu:

— Leela, são conversas desse tipo que acabam com a ciência do pensamento de uma pessoa. Vai me dizer que não percebe que só penso nisso o tempo todo?

Ele jamais escreveu o livro para a Street and Smith.

— Não *prometi* nada — dizia. — E não acho que tenha perdido meu tempo.

A Street and Smith o havia feito refletir sobre a arte da escrita. Como muitos trinitários, Ganesh era capaz de usar um inglês castiço ao escrever. Contudo, exceto em ocasiões extremamente formais, falar sem recorrer ao dialeto local era algo que o constrangia. Assim, conquanto o estímulo da Street and Smith o tivesse levado a aperfeiçoar sua prosa até lhe conferir uma gravidade vitoriana, ele continuava, ainda que muito a contragosto, falando como um trinitário.

Um dia disse:

— Leela, já está na hora de aceitarmos o fato de que vivemos num país britânico, e acho que não deveríamos nos envergonhar de falar bem a língua de nosso povo.

Leela estava agachada diante do *chulha* da cozinha, tentando atear fogo nuns galhos secos de mangueira. Seus olhos estavam vermelhos e lacrimosos por causa da fumaça.

— Está certo, homem.

— Começamos agora mesmo, menina.

— Você é que manda.

— Ótimo. Agora, deixe-me ver. Já sei. Acendêreis o fogo, Leela? Não, espera, me dê mais uma chance. O correto é "acendêreis" ou "acendestes"?

— Pare de encher, homem. A fumaça está me entrando pelos olhos.

— Você não está prestando atenção. Você quer dizer que a fumaça está entrando *em* seus olhos.

A fumaça fez Leela tossir.

— Escute aqui, homem. Tenho mais o que fazer do que ficar aqui sentada escutando essa conversa mole. Vá falar com o Beharry.

O vendeiro ficou entusiasmado.

— Mas que idéia de gênio, rapaz! Um dos defeitos de Fuente Grove é que aqui não tem ninguém com quem a gente possa falar direito. Quando começamos?

— Agora mesmo.

Beharry mordiscou os lábios e sorriu com nervosismo.

— Nada feito. Preciso de um tempo para pensar.

Ganesh insistiu.

— Está certo — disse resignadamente Beharry. — Vamos lá.

— Hoje está calor.

— Já entendi. Hoje está *muito* calor.

— Veja, Beharry. O que você disse pode até estar certo, mas não leva a gente a lugar nenhum. Você tem que colaborar, homem. Vamos começar de novo. Pronto? O céu está todo azul e não enxergo nem uma nuvem. Por que está rindo? Qual é a graça agora?

— É que você está engraçado demais.

— Ora bolas, você é que está engraçado demais.

— Não, é que eu acho engraçado ver você aí e escutar esse seu jeito de falar.

Quando Ganesh voltou para casa, o arroz fervia no *chulha*.

— Por onde andastes, senhor Ramsumair? — indagou Leela.

— Fui até o Beharry bater papo. Precisa ver como ele ficou engraçado tentando falar direito.

Foi a vez de Leela rir.

— Pensei que iríamos nos dedicar a essa grande experiência de falar em bom inglês.

— Escute aqui, menina. Você tem é que cuidar da cozinha, entendido? Esse negócio de falar direito é só quando eu mandar.

* * *

Isso aconteceu na mesma época em que Ganesh enfiou na cabeça que devia responder a todos os anúncios que prometiam brochuras grátis em troca do preenchimento de cupons. Encontrara-os nas revistas americanas que havia na venda de Beharry; e ficou extremamente excitado ao enviar cerca de uma dúzia de cupons de uma só vez e aguardar a chegada, um mês depois, de uma dúzia de pacotes bojudos. O pessoal dos Correios não gostou da história e Ganesh precisou suborná-los para destacarem um carteiro que levasse os pacotes até Fuente Grove. As entregas eram feitas de bicicleta, ao entardecer, quando estava mais fresco.

Beharry tinha de oferecer um trago ao carteiro.

Este dizia:

— Vocês dois estão ficando famosos em Princes Town. Por todo lugar que eu passo me perguntam "Quem são esses dois sujeitos? Até parece que são americanos, rapaz". — Olhava para o copo vazio e o chocalhava sobre o balcão. — E adivinhem o que eu faço quando me perguntam isso?

Era sua maneira de pedir mais uma dose.

— O que eu faço? — Tomava a segunda dose de rum de um gole só, fazia uma careta, pedia água, bebia, limpava a boca com as costas da mão e dizia: — Falo direto quem são vocês.

As brochuras eram motivo de excitação para Beharry e Ganesh, que as manuseavam com reverência sensual.

— Rapaz, os Estados Unidos é que são lugar para se viver — dizia Beharry. — Lá eles distribuem livros como estes de graça e não estão nem aí.

Ganesh deu de ombros, com ar de sabichão.

— Para eles isso aqui não nada. Lá eles publicam livros num piscar de olhos.

— Ganesh, me diga uma coisa, você que é um sujeito estudado: quantos livros acha que eles publicam por ano nos Estados Unidos?

— Uns quatrocentos ou quinhentos.

— Que é isso, rapaz, não está batendo bem da cabeça? É mais de um milhão. Foi o que eu li em algum lugar outro dia.

— Então por que perguntou?

Beharry mordiscou os lábios:

— Só para ter certeza.

Em seguida tiveram uma longa discussão sobre a possibilidade de alguém saber de tudo sobre o mundo.

Certo dia, Beharry irritou Ganesh mostrando-lhe um prospecto. Disse em tom de pouco-caso:

— Veja só o que esse pessoal da Inglaterra me mandou.

Ganesh franziu o cenho.

Beharry percebeu que havia entrado em terreno minado.

— Não fui *eu* que pedi. Não vá pensar que estou querendo competir com você. Me mandaram assim, sem mais nem menos.

O prospecto era bonito demais para que a irritação de Ganesh perdurasse.

— Pois duvido que mandem um prospecto como esse para *mim* sem mais nem menos.

— Fique com ele, amigo — disse Beharry.

— Isso, fique com ele antes que eu o bote no fogo. — Era a voz da mãe de Suruj, vinda de dentro. — Não quero saber de mais porcaria na minha casa.

Era um prospecto da Everyman Library.

Ganesh disse:

— Novecentos e trinta livros a dois xelins cada. No total isso dá...

— Quatrocentos e sessenta dólares.

— É um bocado de dinheiro.

— É um bocado de livro — retorquiu Beharry.

— Se uma pessoa lesse todos esses livros, ninguém lhe chegaria aos pés em matéria de cultura. Nem mesmo o governador.

— Sabe, eu estava falando justamente sobre isso com a mãe do Suruj outro dia. Acho que o governador e sua turma não devem ser pessoas muito cultas, não.

— Como assim?

— Se essa gente fosse mesmo culta, não ia querer sair da Inglaterra, onde eles publicam livros noite e dia, para vir morar num lugar como Trinidad.

Ganesh disse:

— Novecentos e trinta livros. Imagino que cada um deve ter uns dois centímetros e meio de grossura.

— Dá uns vinte e três metros.

— Isso quer dizer que com duas estantes, uma em cada parede, daria para acomodar todos eles.

— Eu já prefiro os livros grandes.

Ao anoitecer, as paredes da sala de estar da casa de Ganesh foram submetidas a intenso escrutínio.

— Leela, você tem régua?

Ela trouxe uma.

— Está pensando em reformar, homem?

— Estou com vontade de comprar uns livros.

— Quantos?

— Novecentos e trinta.

— Novecentos! — Leela começou a se lamentar.

— Novecentos e trinta.

— Veja só as idéias que o Beharry anda pondo na sua cabeça. Você quer é me deixar na miséria. Não bastou ter roubado meu próprio pai. Por que não me manda de uma vez para o Asilo de Indigentes?

De modo que Ganesh não adquiriu todos os volumes da Everyman Library. Comprou apenas trezentos, que os Correios lhe entregaram num furgão num fim de tarde. Foi um dos maiores acontecimentos de Fuente Grove. Até Leela deixou-se impressionar, ainda que com relutância. A mãe de Suruj foi a única que permaneceu indiferente. Os livros ainda estavam sendo levados para dentro da casa de Ganesh quando ela gritou para Beharry, a fim de que todos pudessem ouvi-la:

— Só espero que você não resolva imitar os outros e se fazer de trouxa também. A Leela pode acabar no Asilo de Indigentes. Eu não.

A reputação de Ganesh, que declinara em função de sua incompetência como massagista, tornou a crescer no vilarejo. Pouco tempo depois, amassando seus imundos chapéus de feltro entre as mãos, os camponeses vinham pedir-lhe para escrever cartas para o governador ou para ler cartas que o governo, curiosamente, tinha lhes enviado.

Para Ganesh, foi apenas o começo. Levou seis meses para ler o que queria dos livros da Everyman; depois pensou em comprar mais. Fazia viagens regulares a San Fernando e adquiria livros grandes, sobre filosofia e história.

— Sabe de uma coisa, Beharry? Às vezes eu paro e penso. O que será que passou pela cabeça do pessoal da Everyman quando estavam empacotando esses livros para mim? Acha que eles faziam idéia de que houvesse um sujeito como eu em Trinidad?

— Isso eu não sei, Ganesh, mas estou começando a me aborrecer. Você sempre se esquece de quase tudo o que lê. Tem vezes que não consegue nem terminar de recordar as coisas de que começa a se lembrar.

— O que é que eu faço então?

— Tenho um caderno de caligrafia aqui. Não posso vendê-lo porque a capa está engordurada. Culpa daquele moleque do Suruj, que vive fazendo arte com vela. Vou te dar este caderno. Quando estiver lendo um livro, anote aqui as coisas que achar importantes.

Desde os tempos de escola, Ganesh jamais gostara dos cadernos de caligrafia, mas se interessou pela idéia de ter um caderno de anotações. Por isso, fez mais uma viagem a San Fernando, a fim de explorar a seção de artigos de papelaria de uma das grandes lojas que havia na High Street. Foi uma revelação. Ele nunca se dera conta de como o papel podia ser uma coisa tão bonita, jamais reparara que havia tantos tipos de papel, tantas cores, tantos odores gloriosos. Permaneceu imóvel, maravilhado, reverente, até ouvir a voz de uma mulher.

— Por favor.

Virou-se e viu uma mulher gorda, com traços de pó branco no rosto negro e um vestido de estampa florífera das mais esplêndidas.

— Por favor. Quanto custa o... — Vasculhou a bolsa até encontrar um pedaço de papel e leu: — *Primeira leitura*, de Nelson?

— Falou comigo? — surpreendeu-se Ganesh. — Não trabalho aqui.

A mulher saiu rindo pela loja.

— Ri, ri, ri! Achei que o senhor fosse vendedor!

E foi em busca de um, rindo, chacoalhando o corpo e curvando-se para a frente para disfarçar o riso.

Deixado a sós, Ganesh pôs-se a cheirar furtivamente os papéis e, fechando os olhos, passava a mão sobre eles, para melhor apreciar sua textura.

— O que pensa que está fazendo?

Era um rapaz de camisa branca, gravata, esse inconfundível símbolo da autoridade, e calções de sarja azul.

— Acha que está no mercado apalpando inhame ou mandioca?

Em pânico, Ganesh comprou uma resma de papel azul-claro.

Então, tomado por enorme desejo de escrever no papel, resolveu dar outra espiada na gráfica de Basdeo. Chegando à rua estreita e íngreme, ficou admirado ao ver que a construção que ele conhecia fora substituída por outra nova, toda de concreto e vidro. Havia uma placa nova, TIPOGRAFIA ELÉTRICA ELITE, e um slogan que dizia: *Imprimimos melhor, para que seu impresso cause a melhor impressão*. Ouviu o ruído do maquinário e encostou o rosto na janela de vidro para examinar o interior da gráfica. Viu um homem sentado diante de uma máquina que parecia uma enorme máquina de escrever. Era Basdeo, de calças compridas, bigode, adulto. Não havia o que questionar, o sujeito subira na vida.

— Tenho que escrever meu livro — disse Ganesh em voz alta. — *Tenho* que escrever.

Houve, porém, algumas digressões. Ganesh foi tomado pela paixão de fazer cadernos de anotações. Quando Leela reclamou, ele disse: "Estou fazendo esses cadernos para deixar de reserva. Nunca se sabe. De repente posso precisar deles". E tornou-se um *connaisseur* de odores papeleiros. Comentou com Beharry: "Sou capaz de dizer a idade de um livro só pelo cheiro". Sempre afirmava que o livro que tinha melhor aroma era o dicionário de francês e inglês de Harrap, obra que ele havia comprado, conforme contou a Beharry, só para poder desfrutar-lhe o perfume. Mas os odores papeleiros eram apenas parte de sua nova paixão, e quando subornou um policial em Princes Town para que ele lhe roubasse um grampeador do Tribunal de Justiça, sua felicidade ficou completa.

No início, preencher os cadernos foi um problema. A essa altura, Ganesh lia quatro, às vezes cinco livros por semana; e à medida que lia sublinhava uma linha, uma frase e até parágrafos inteiros, preparando-se para o domingo. Nesse dia, que se tornara ritual e regozijador, ele acordava cedo, tomava banho, fazia o *puja*, comia. Então, aproveitando o frescor da manhã, partia para a venda de Beharry. Os dois liam o jornal e conversavam até a mãe de Suruj exibir uma cara feia na porta da venda e dizer:

— Pai do Suruj, você está sempre de boca aberta. Se não é pra comer, é pra falar. Chega de conversa fiada. Está na hora de comer.

Ganesh entendia a indireta e ia embora.

A parte menos prazerosa do domingo era a caminhada de volta para casa. O sol castigava e era possível sentir sob os pés os torrões moles e quentes do asfalto cru da estrada. Ganesh brincava com a idéia de cobrir Trinidad com um enorme toldo de lona, que serviria para proteger a ilha do sol e coletar água quando chovesse. O pensamento o distraía até chegar em casa. Então comia, tomava outro banho, colocava suas melhores roupas hindus, *dhoti*, camiseta e *koortah*, e dedicava-se às anotações.

Retirava a pilha de cadernos guardados em uma das gavetas da cômoda do quarto e copiava as passagens que havia grifado durante a semana. Havia criado um sistema de anotações. Parecera-lhe bastante simples no princípio: papel branco para as notas sobre hinduísmo, azul-claro para religião em geral, cinza para história e assim por diante. Com o passar do tempo, porém, percebeu ser difícil manter-se aferrado ao método e, aos poucos, permitiu-se abandoná-lo.

Nunca usava um caderno até o fim. Começava todos com a melhor das intenções, escrevendo com uma caligrafia refinada, oblíqua. Mas ao chegar à terceira ou quinta página, perdia o interesse, começava a produzir garatujas impacientes, cansadas, e o caderno era abandonado.

Leela reclamava do desperdício.

— Desse jeito você vai acabar deixando a gente na miséria. Vai nos jogar na mesma sarjeta em que o Beharry está jogando a mãe do Suruj.

— O que é que você sabe sobre essas coisas, criatura? Isso aqui não é cópia de cartaz para colocar em parede de venda, não. Estou copiando, mas ao mesmo tempo preciso refletir sobre um monte de coisas.

— Já cansei dessa sua falação. Você diz que veio para cá para escrever os seus preciosos livros. Diz que veio para cá para fazer massagem nas pessoas. De quantas pessoas você tratou? Quantos livros escreveu? Quanto dinheiro ganhou?

As perguntas eram retóricas, e Ganesh só conseguiu dizer:

— Mas que coisa! Está ficando igualzinha a seu pai, falando como uma advogada.

Então, no decorrer de uma semana de leitura, encontrou a resposta perfeita. Anotou-a na mesma hora e, quando Leela tornou a se queixar, disse:

— Cale a boca e ouça isto aqui.

Vasculhou entre livros e cadernos até encontrar o caderno verde-ervilha assinalado como *Literatura*.

— Espere aí. Antes, deixe eu me sentar.

— Tudo bem, mas não vá dormir enquanto escuta. É um desses seus hábitos irritantes, sabia, Leela?

— Não posso fazer nada, homem. É só você começar a ler que o sono vem. Sei de gente que fica com sono só de ver uma cama.

— São pessoas de mente limpa. Mas escute só. Um *homem pode ter de folhear meia biblioteca para fazer um livro*. E não fui eu que inventei isso, não.

— Como vou saber que não está me enganando, do mesmo jeito que enganou o papai?

— E por que eu iria querer enganar você, criatura?

— Não sou mais a garotinha boba com quem você se casou, sabia?

Mas quando Ganesh pegou o livro e mostrou-lhe a citação na página impressa, Leela emudeceu de puro assombro. O fato é que, por mais que reclamasse e por mais que o insultasse, jamais deixara de se maravilhar com esse marido que lia páginas impressas, capítulos impressos e, ora essa, livros inteiros, enormes; esse marido que, acordado de noite na cama, dizia, como se fosse uma coisa banal, que um dia ainda escreveria seu próprio livro e o *publicaria*!

Leela, no entanto, passava por maus momentos ao visitar o pai, coisa que fazia na maioria dos feriados mais importantes. Já havia muito tempo que Ramlogan considerava Ganesh um inútil, além de trapaceiro. E ela ainda precisava encarar Soomintra, que se casara com um comerciante de ferragens em San Fernando e era rica. Mais que isso, Soomintra tinha ares de gente rica. Estava tendo um filho atrás do outro e parecia cada vez mais gorda, matronal e importante. Pusera o nome de Jawaharlal no filho, em homenagem ao líder indiano, e de Sarojini na filha, em tributo à poeta indiana.

— O terceiro, o que está vindo, se for menino, vai se chamar Motilal, mas se for menina será Kamala.

A admiração pela família Nehru não poderia ir muito além disso.*

Soomintra e seus filhos pareciam cada vez mais deslocados em Fourways. A sujeira de Ramlogan e de sua venda tornara-se ainda maior. Ao ficar só, ele parecia ter perdido o interesse pela manutenção do estabelecimento. O oleado da mesa do aposento dos fundos estava puído, amarrotado e cheio de talhos; a rede feita com saco de farinha empardecera, os calendários chineses estavam carcomidos. Os filhos de Soomintra usavam roupas cada vez mais caras e enfeitadas, e faziam mais barulho; mas quando estavam por perto, Ramlogan não tinha tempo para mais ninguém. Enchia-os de afagos e mimos; eles, porém, logo deixaram claro que suas tentativas de agradar lhes pareciam rudimentares. Não se contentavam com os doces recobertos de açúcar que havia num dos potes da venda. Por isso, Ramlogan dava-lhes pirulitos. Soomintra ficara mais obesa e parecia mais rica, e Leela tinha de se esforçar muito para não prestar demasiada atenção quando a irmã dobrava o braço direito, produzindo sons dissonantes com suas pulseiras de ouro, ou quando, com a licença da prosperidade, queixava-se de cansaço e dizia estar precisando de umas férias.

— Nasceu o meu terceiro — disse Soomintra no Natal. — Quis escrever avisando, mas sabe como é difícil.

— É, eu sei.

— É uma menina. Pus o nome de Kamala, como tinha dito. Puxa, já ia até me esquecendo, e como vai o seu marido? Ainda não vi nenhum dos livros que ele disse que estava escrevendo. Mas também, sabe como é, não sou muito de ler.

— Ele ainda não terminou o livro.

— Ah.

— É um livro muito, muito grande.

(*) Jawaharlal Nehru (1889-1964): primeiro governante indiano após a independência. Naidu Sarojini (1879-1949): poeta, feminista, ativista política e primeira mulher a presidir o Congresso Nacional indiano, partido que liderou o movimento de independência da Índia. Motilal Nehru (1861-1931): pai de Jawaharlal e um dos líderes do movimento de independência. Kamala Nehru (1899-1936): mulher de Jawaharlal. (N. T.)

Soomintra produziu um estrépito com as pulseiras e, ao mesmo tempo, tossiu, pigarreou, mas não cuspiu — mais um maneirismo da prosperidade, reconheceu Leela.

— Outro dia o pai de Jawaharlal também começou a ler. Ele sempre diz que, se não fosse tão atarefado, escreveria alguma coisa, mas com todo aquele entra-e-sai na loja o pobrezinho não tem tempo para nada. O Ganesh não deve ser tão ocupado, não é mesmo?

— Você não faz idéia de quanta gente o procura para fazer massagem. Se souber de alguém que esteja precisando, fale sobre ele. Não é tão difícil assim chegar em Fuente Grove.

— Menina, você sabe que eu faço de tudo para ajudar. Mas precisa ver quantos andam por aí se fazendo passar por massagista. São esses que tiram o trabalho de gente boa como o Ganesh. Na minha opinião, fora o seu marido, esses rapazes que resolvem dar uma de massagista não passam de um bando de vagabundos imprestáveis.

Kamala, que estava no quarto, começou a chorar. O pequeno Jawaharlal, com um traje de marinheiro novo em folha, apareceu e ceceou:

— Mamãe, a Kamala fez xixi.

— Ah, filhos! — exclamou Soomintra, saindo com passos pesados da sala. — Leela, você não sabe como é sortuda de não ter nenhum.

Ramlogan entrou, vindo da venda, carregando Sarojini na altura do quadril. A atenção da menina dividia-se entre chupar um pirulito de limão e investigar-lhe a viscosidade com os dedos.

— Escutei tudo — disse o vendeiro. — A Soomintra não teve má intenção. É que ela se sente um pouco rica e precisa se exibir um pouquinho.

— Mas ele *vai* escrever o livro, papai. Ele me prometeu. Passa o tempo todo lendo e escrevendo. Um dia ele ainda vai esfregar isso na cara de vocês.

— Eu sei que ele vai escrever o livro — Ramlogan tentava, sem sucesso, impedir que Sarojini passasse o pirulito pela cabeça de Leela, que estava sem véu. — Mas pare de chorar. A Soomintra vem vindo.

— Ah, Leela! A Sarojini está se afeiçoando a você. É a primeira pessoa de quem ela se aproxima assim, sem mais nem menos. E você, hein, sua danadinha, o que está aprontando com o cabelo da sua tia?

Ramlogan renunciou a Sarojini.

— Ela é uma belezinha, não é? — disse Soomintra. — Ainda mais com esse nomezinho lindo. Sabe de uma coisa, Leela? Se depender dessa menina, que tem uma xará que escrevia poesias tão bonitas, e do seu marido, que vai escrever um livro tão grande, nossa família ainda vai ficar famosa.

Ramlogan disse:

— Nada disso, já somos uma família muito boa. Desde que a gente tenha caráter e bom senso, tudo está bem. Vejam o meu caso. Suponham que as pessoas deixem de gostar de mim ou parem de comprar na minha venda. Pensam que isso me atinge? Me faz mudar de...

— Tudo bem, papai, se acalme — interrompeu Soomintra. — Pare de falar tão alto e não fique andando de lá pra cá desse jeito, ou vai acordar a Kamala de novo.

— Certo, certo, mas mesmo assim a verdade tem que ser dita. Se tem uma coisa que faz bem a um homem é estar com a família e ver todo mundo feliz. Na minha opinião, toda família deveria ter o seu radical, e sinto orgulho de que o Ganesh esteja conosco.

— Quer dizer que a Soomintra falou isso, é? — Ganesh tentava manter a calma. — O que mais você queria? Ela e o pai de vocês só pensam em dinheiro. Ela não dá a mínima para os livros e coisas assim. Eram pessoas como ela que riam do senhor Stewart. E ainda se dizem hindus! Uma coisa eu garanto: se estivéssemos na Índia, haveria gente vindo de tudo quanto é lugar para me visitar, alguns me trazendo comida, outros me trazendo roupas. Mas aqui em Trinidad, bah!

— Acontece que está na hora de a gente pensar no dinheiro, homem. Daqui a pouco ficaremos sem nenhum centavo.

— Olhe aqui, Leela. Vamos encarar isso com pragmatismo. Você quer comida? Tem uma hortinha nos fundos da casa. Quer leite? Tem uma vaca. Quer abrigo? Tem uma casa. O que mais você quer? Bolas! Está me fazendo falar que nem o seu pai.

— Para você está tudo bem. Não tem nenhuma irmã para enfrentar, nem é obrigado a ouvi-la rindo de você.

— Leela, todo mundo que quer escrever passa por isso. Todos os escritores sofrem as agruras da pobreza e dos problemas de saúde.

— Mas você não está escrevendo nada, homem.

Ganesh não retrucou.

Continuou com as leituras. Continuou tomando notas. Continuou fazendo cadernos. E começou a adquirir certa sensibilidade para caracteres tipográficos. Embora possuísse quase todas as obras publicadas pela Penguin, não gostava delas como livros, porque a maior parte era composta em Times, tipo que, segundo disse a Beharry, era vulgar, "como jornal". Só conseguia ler os livros do sr. Aldous Huxley em Fournier; na realidade, passou a considerar esse tipo propriedade exclusiva do sr. Huxley.

— É exatamente com um tipo como este que vou querer que meu livro seja composto — afirmou a Beharry num domingo.

— E você acha que encontra essa espécie de tipo aqui em Trinidad? Aqui só tem esses tipos espremidos, feios como o diabo.

— Acontece que esse rapaz, esse homem de quem eu estava falando, o Basdeo, arrumou um prelo novo. Parece uma máquina de escrever enorme.

— Deve ser uma dessas "linhas de tipo" — Beharry passou a mão na cabeça e mordiscou os lábios. — Para você ver como Trinidad é atrasada. Folheando essas revistas americanas, não sente vontade de que o pessoal de Trinidad soubesse imprimir coisas assim?

Ganesh não pôde dizer nada, pois bem nessa hora a cabeça da mãe de Suruj apareceu na porta, dando a deixa de que estava na hora de ele ir embora.

Como de costume, encontrou sua comida caprichosamente arrumada na cozinha. Havia uma jarra de latão cheia de água e um pratinho com *chutney* de coco recém-preparado. Ao terminar, levantou o prato de latão para lambê-lo e viu que havia um bilhete embaixo dele, redigido em uma de suas melhores folhas de papel azul-claro.

Não, agüento; mais: viver. aqui, tendo; que: aturar. os, insultos; da: minha. família!

6

O PRIMEIRO LIVRO

De início ele não deu a menor importância àquilo.

Então, levantou-se de súbito e com uma pancada derrubou a jarra de latão, esparramando a água toda pelo chão. Observou a jarra rodopiar até que ela parasse, tombada de lado.

— Se quer ir, vá! — disse em voz alta. — Pode ir!

Passou algum tempo andando de um lado para o outro.

— Vou mostrar uma coisa a ela. Não vou mais escrever porcaria nenhuma. Não escrevo nem uma linha.

Deu outra pancada na jarra e ficou admirado de vê-la verter mais um pouco de água no chão.

— Está infeliz, humilhada? Tudo bem. Vá embora. Como pôde dizer que viveria aqui comigo se nem filhos consegue ter, nem uma coisinha minúscula como um bebê!? Está se sentindo humilhada? Problema dela! Pode ir embora!

Foi até a sala de estar e se pôs a andar entre os livros. Parou e ficou olhando fixamente para a parede. Ato contínuo, começou a calcular se teria realmente conseguido instalar vinte e três metros de prateleiras ali.

— Igualzinha ao pai. Não tem o menor respeito pelos livros. Só quer saber de dinheiro, dinheiro, dinheiro.

Voltou para a cozinha, pegou a jarra e enxugou o chão com um esfregão. Depois tomou um banho, entoando canções religiosas com certa ferocidade. De tempos em tempos, parava de cantar e praguejava; às vezes gritava:

— Vou mostrar uma coisa a ela. Não escrevo nem uma linha.

Vestiu-se e foi ver Beharry.

— O governador é que tem razão — disse o vendeiro depois de ouvir a história. — O problema de nós, indianos, é que educamos os meninos, mas deixamos as meninas ao deus-dará. E acaba dando nisso. Agora estamos aqui, você mais culto que a Leela, e eu mais culto que a mãe do Suruj. Esse é que é o problema.

A mãe de Suruj irrompeu intempestivamente na venda e assim que viu Ganesh desatou a chorar, cobrindo o rosto com o véu. Tentou abraçá-lo por cima do balcão, mas não conseguiu. Ainda em lágrimas, inclinou-se para passar por baixo do balcão e chegar mais perto dele.

— Não precisa falar nada — disse em meio aos soluços, lançando o braço sobre seu ombro. — Não precisa dizer nem uma palavra. Já soube de tudo. Se eu a tivesse levado a sério, teria tentado impedi-la. Mas a gente precisa enfrentar essas coisas. Coragem, Ganesh, a vida é assim mesmo.

Empurrou Beharry, fazendo-o descer da banqueta, sentou-se e lá ficou, chorando consigo mesma, enxugando as lágrimas com a ponta do véu, sob os olhares de Beharry e Ganesh.

— Eu jamais abandonaria o pai do Suruj — disse. — Jamais. Não tenho estudo suficiente.

Suruj apareceu na porta.

— Chamou, mamãe?

— Não, filho. Não chamei você, não. Mas venha aqui.

Suruj obedeceu. A mãe pressionou a cabeça do menino contra os joelhos.

— Acham que eu seria capaz de abandonar o meu Suruj e seu papai? — Soltou um gritinho estridente. — Nunca!

Suruj disse:

— Posso ir agora, mamãe?

— Sim, filho, pode ir.

Depois que o garoto saiu ela se acalmou um pouco.

— Esse é o problema de dar estudo para as meninas como fazem hoje em dia. A Leela passava tempo demais lendo e escrevendo, em vez de cuidar direito do marido. E olha que eu tentei falar isso para ela.

Coçando a barriga e olhando pensativamente para o chão, Beharry disse:

— Na minha opinião, o que acontece é o seguinte: essas moças não são como a gente, Ganesh. Essas moças de hoje em dia pensam que o casamento é uma espécie de jogo. Acham que estão numa partida de *rounders*.* Correm para lá e para cá. Para elas é pura diversão. Querem que a gente fique de joelhos e implore...

— Você nunca teve que implorar nada para mim, pai do Suruj. — A mãe de Suruj caiu novamente no choro. — Nunca o abandonei. Não sou esse tipo de mulher. Jamais abandonarei meu marido. Não tenho estudo suficiente.

Beharry colocou o braço em volta da cintura da esposa e olhou para Ganesh, um pouco envergonhado por ter de fazer essa demonstração de ternura.

— Não se aflija, minha cara. Não se aflija. Você não tem mesmo muito estudo, mas tem muito bom senso.

Chorando, enxugando os olhos e tornando a chorar, a mãe de Suruj disse:

— Ninguém se preocupou em me dar estudo. Me tiraram da escola quando eu estava na terceira série. E eu era sempre a primeira da classe. Sabe o Purshottam, o que é advogado em Chaguanas?

Ganesh balançou a cabeça.

— Eu e ele fizemos a terceira série juntos. Eu era sempre a primeira da classe, mas mesmo assim me tiraram da escola para casar. Não sou uma mulher estudada, homem, mas jamais o abandonarei.

Ganesh disse:

— Não chore, *maharajin*. A senhora é uma boa mulher.

Ela chorou mais um pouco, depois interrompeu o lamento de forma abrupta.

— Não se aborreça, Ganesh. Essas moças de hoje em dia se comportam como se o casamento fosse uma partida de *rounders*. Elas fogem hoje e amanhã já estão de volta. Mas como você vai fazer agora? Quem vai cozinhar para você e limpar a casa?

Ganesh deu uma risadinha, querendo demonstrar coragem.

— Não sei por quê, mas nunca me preocupo com essas coisas. Sempre acho, e o pai do Suruj está aqui para não me deixar mentir, que tudo vem para melhor.

(*) Esporte inglês semelhante ao beisebol. (N. T.)

Beharry, cuja mão direita agora estava enfiada embaixo da camiseta, concordou com a cabeça e mordiscou os lábios.

— Para tudo há uma razão.

— É a minha filosofia — disse Ganesh, jogando os braços para cima num gesto expansivo. — Não estou preocupado.

— Bom — disse a mãe de Suruj —, então coma filosofia na sua casa e venha comer comida aqui.

Beharry continuou dando vazão a seus pensamentos.

— A mulher acaba sendo um atraso de vida para o homem... quer dizer, para um homem como o Ganesh. Agora que a Leela foi embora, você pode começar a escrever o livro para valer, não é Ganesh?

— Não vou escrever livro nenhum. *Não... vou...* escrever... livro... nenhum. — Com passos largos, começou a andar de lá para cá na venda acanhada. — Nem que ela volte e me implore.

A mãe de Suruj parecia não acreditar no que estava ouvindo.

— Não vai escrever o livro?

— Não. — E chutou alguma coisa no chão.

— Você não pode estar falando sério — disse Beharry.

— Não estou brincando, não.

— Não ligue para o que ele diz. Só quer que a gente faça um pouco de cena e implore para ele escrever — comentou a mãe de Suruj.

— Olhe aqui, Ganesh — disse Beharry —, você precisa é estabelecer alguns prazos. E, veja bem, não estou implorando nada. Não vou deixar você bancar o idiota e desperdiçar o seu talento. Organizo agora mesmo um cronograma. E se não cumprir os prazos, vai ter que se entender comigo, vamos brigar feio. Pense nisso, é o seu próprio livro.

— Com a sua fotografia na frente e o seu nome escrito com letras enormes — acrescentou a mãe de Suruj.

— E vai ser impresso naquela máquina que parece uma enorme máquina de escrever de que você me falou.

Ganesh parou de andar.

A mãe de Suruj disse:

— Está tudo bem. Ele vai escrever o livro.

— Sabe os meus cadernos? — Ganesh falou para Beharry. — Bom, eu estava pensando se não seria uma boa idéia começar por aí. Sabe como é, publicar alguns fragmentos sobre religião de diferentes autores, esclarecendo o que eles dizem.

— Uma anteologia — disse Beharry, mordiscando os lábios.

— Isso, uma antologia. O que acha?

— Estou pensando. — Beharry passou a mão na cabeça.

— As pessoas aprenderiam uma porção de coisas — incentivou Ganesh.

— É justamente o que eu estava pensando. As pessoas aprenderiam uma porção de coisas. Mas você acha que as pessoas *querem* aprender?

— Por acaso elas *não* querem aprender?

— Ganesh, não se esqueça de como é o povo de Trinidad. Não há nesta ilha uma só pessoa cuja cultura chegue aos pés da sua. A sua tarefa, e a minha, é fazer essa turma progredir, mas não podemos pressioná-los demais. Comece devagar e, mais tarde, atire essa sua antologia neles. É uma boa idéia, sim. Mas deixe para depois.

— O melhor é começar com uma coisa simples e fácil, é isso?

Beharry apoiou as mãos nas coxas.

— Isso. As pessoas aqui são como criança, e você precisa ensiná-las como se fossem crianças.

— Que tal uma espécie de cartilha?

Beharry deu um tapa na coxa e mordiscou furiosamente os lábios.

— É isso, rapaz. Isso mesmo, uma cartilha!

— Deixe comigo, Beharry. Vou escrever o livro pra essa gente, vou deixar Trinidad inteira boquiaberta.

— É assim que a mãe do Suruj e eu gostamos de ouvir você falar.

E ele realmente escreveu o livro. Deu duro por mais de cinco semanas, cumprindo o cronograma que Beharry estabelecera. Acordava às cinco, ordenhava a vaca à meia-luz e limpava o curral; tomava banho, fazia o *puja*, cozinhava e comia; levava a vaca e a bezerra para um pequeno pasto mangrado; e então, às nove, estava pronto para trabalhar no livro. Durante o dia, precisava de tempos em tempos levar água salgada para a vaca e a bezerra. Jamais cuidara de uma vaca antes, e admirou-se de que esse animal tão paciente, confiado e dócil, demandasse tanta limpeza e atenção. Beharry e a mãe de Suruj ajudavam-no com a vaca, e Beharry ajudou-o com o livro em todos os estágios do trabalho.

— Beharry, vou dedicar esse livro a você — dizia.

E fez isso também. Trabalhou na dedicatória antes mesmo de terminar o livro.

— É a parte mais difícil do livro todo — disse jocosamente, mas o resultado agradou até à mãe de Suruj: *Para Beharry, que perguntou por quê.*

— Parece poesia — disse ela.

— Parece um livro *de verdade* — disse Beharry.

Finalmente chegou o dia de Ganesh levar o manuscrito para San Fernando. Parou na calçada do lado de fora da Tipografia Elétrica Elite para espiar o maquinário. Sentiu-se um pouco tímido na entrada, e ao mesmo tempo estava ansioso por prolongar a excitação que experimentava ao imaginar que em breve aquela máquina majestosa e complicada e o homem adulto que a operava iriam dedicar-se às palavras que ele havia escrito.

Lá dentro, viu junto à máquina um homem que ele não conhecia. Basdeo estava em uma baia cercada por uma tela de arame, atrás de uma escrivaninha repleta de provas de granel amarelas e cor-de-rosa espetadas em cavilhas.

Basdeo saiu da baia.

— Seu rosto não me é estranho.

— Você imprimiu os convites do meu casamento muito tempo atrás.

— Ah, deve ter tido um grande significado para você. Imprimo muitos convites de casamento, mas, sabe como é, nunca sou convidado para a cerimônia. O que tem para mim hoje? Uma revista? Ultimamente, todo mundo anda publicando revistas em Trinidad.

— Um livro.

Ganesh ficou alarmado com a indiferença com que Basdeo, assobiando entre os dentes, usou seus dedos imundos para folhear o manuscrito.

— O papel que você usa é mesmo muito bom. Mas isto aqui não passa de um livreto, cara. E, para falar a verdade, está mais parecendo um folheto.

— É óbvio que não é um *livro* muito grande. E também é óbvio que todos nós precisamos começar de baixo. Como você. Lembro muito bem daquela máquina velha com que você trabalhava antes. Agora veja só o que tem aqui.

Basdeo não retrucou. Foi até a baia e voltou com um panfleto de cinema e um toco de lápis vermelho. Assumiu expressão séria, o homem de negócios, e, curvando-se sobre uma mesa toda preta de tão suja, pôs-se a escrever números no verso do panfleto, parando de vez em quando para assoprar uma poeira invisível que caía sobre o papel ou para limpá-lo com o dedo mínimo direito.

— Escute aqui, o que é que você sabe sobre essas coisas?

— Tipografia?

Ainda curvado sobre a mesa, Basdeo fez que sim com a cabeça, assoprou mais um pouco de poeira e coçou a cabeça com o lápis.

Ganesh sorriu.

— Estudei um pouco o assunto.

— Vai querer em que corpo?

Ganesh não sabia o que dizer.

— Oito, dez, onze, doze ou o quê? — Notava-se impaciência no tom de Basdeo.

Ganesh pensou rápido no preço e disse com firmeza:

— Para mim, oito está bom.

Basdeo balançou a cabeça e cantarolou.

— Vai querer entrelinhas?

Parecia um barbeiro de Port of Spain fazendo propaganda de xampu. Ganesh disse:

— Não, sem entrelinhas.

Basdeo pareceu consternado.

— Para um livro desse tamanho e nesse corpo? Tem certeza que não quer entrelinhas?

— Absoluta. Mas antes de a gente ir em frente, me mostre o tipo em que você vai compor o livro.

Era Times. Ganesh gemeu.

— É o melhor que temos.

— Está certo — disse Ganesh sem entusiasmo. — Outra coisa. Quero colocar minha foto na página de rosto.

— Não fazemos clichês aqui, mas acho que posso dar um jeito. São mais doze dólares.

— Por uma fotografiazinha?

— Um dólar por polegada quadrada.

— É caro demais.

— Não vai querer que os outros paguem pela sua foto, vai? Então está certo. No total dá... Espere, quantos exemplares serão?

— Para começar, mil. Mas não quero que desmonte a matriz. A gente nunca sabe o que pode acontecer.

Basdeo não pareceu impressionado.

— Mil exemplares — resmungou abstratamente, prosseguindo com suas contas no verso do panfleto. — São cento e vinte e cinco dólares. — E arremessou o lápis sobre a mesa.

Assim começou o processo, o emocionante, entediante, desanimador e divertido processo de produzir um livro. Ganesh trabalhou com Beharry nas provas. Ambos admiravam-se de como as palavras pareciam diferentes uma vez impressas.

— Parecem tão *poderosas* — disse Beharry.

A mãe de Suruj não conseguia superar o assombro.

Por fim, o livro ficou pronto e Ganesh teve a satisfação de trazer os mil exemplares para casa num táxi. Antes de sair de San Fernando, disse a Basdeo:

— Não vá desmontar a matriz, hein! A gente nunca sabe como serão as vendas, e não quero ficar sem nenhum exemplar na mão se Trinidad inteira clamar pelo livro.

— Claro, claro — garantiu Basdeo. — Se precisar mais, é só mandar que eu imprimo. Não se preocupe.

Embora a felicidade de Ganesh fosse enorme, havia uma frustração que ele não conseguia suprimir. O livro parecia muito pequeno. Tinha apenas trinta páginas, trinta pequenas páginas; e era tão fino que não fora possível imprimir nada na lombada.

— A culpa é daquele rapaz, o Basdeo — explicou para Beharry. — Fez todo um discurso sobre corpos e entrelinhas, para no final imprimir o livro com esse tipo horrível que ele chama de Times e, ainda por cima, com essas letrinhas minúsculas.

A mãe de Suruj disse:

— Ele fez o livro parecer que não presta.

— Esse é o problema dos indianos de Trinidad — comentou Beharry.

— Nem todos são como o pai do Suruj — interrompeu a mãe de Suruj. — O pai do Suruj quer que você suba na vida.

Beharry continuou:

— Vou dizer uma coisa, Ganesh. Eu não ficaria nada surpreso se soubesse que alguém pagou esse tal de Basdeo para ele fazer o que fez com o seu livro. Outro tipógrafo, alguém que não fosse tão invejoso, faria o livro chegar a sessenta páginas e usaria um papel bem grosso também.

— Mas não se aborreça — disse a mãe de Suruj. — Já é *alguma* coisa. É muito mais do que a maioria das pessoas deste lugar faz.

Beharry apontou para o frontispício e mordiscou os lábios:

— Ficou muito boa a sua foto aqui, Ganesh.

— Parece um professor de verdade — acrescentou a mãe de Suruj. — Tão sério, e com a mão no queixo, como se estivesse pensando em coisas muito, muito profundas.

Ganesh pegou outro exemplar e mostrou a página com a dedicatória.

— O nome do pai do Suruj também ficou muito bonito — disse para a mãe de Suruj.

Constrangido, Beharry mordiscou os lábios.

— Deixe de brincadeira, rapaz.

— Para mim, o livro todo parece bonito — disse a mãe de Suruj.

No início de uma tarde de domingo, Leela estava junto à janela da cozinha, nos fundos da venda de Ramlogan, em Fourways. Lavava a louça da refeição do meio-dia e estava prestes a jogar um pouco de água suja pela janela quando viu um rosto aparecer por baixo dela. O rosto era familiar, mas o sorriso travesso que ele estampava era novo.

— Leela — sussurrou o rosto.

— Ah, é *você*. O que veio fazer aqui?

— Vim buscar você, menina.

— Pois vá saindo rapidinho daqui, ouviu? Ou acabo te dando um banho de água suja pra lavar esse sorriso da tua cara.

— Leela, eu não vim só para buscar você. Tenho um segredo para contar e quero que você seja a primeira a saber.

— Então fale rápido. Mas uma coisa eu te digo: estou para ver alguém tão bom em guardar segredos. Faz quase três meses que me mandou embora de casa e nesse tempo todo não se dignou a mandar um bilhetinho sequer me perguntando "Cachorrinha, como vai você?" ou "Gatinha, como vai você?". Por que então resolveu aparecer agora, hein?

— Mas Leela, foi você que me deixou. Não pude mandar um bilhete porque estava escrevendo.

— Vá jogar essa conversa fiada para cima do Beharry. É melhor ir embora antes que eu chame o papai; e fique sabendo que o que ele tem pra te dizer não é nada bonito.

O sorriso de Ganesh tornou-se mais travesso e o sussurro mais conspiratório.

— Leela, eu escrevi o livro.

Ela estremeceu, prestes a acreditar.

— Está mentindo.

Com um floreio, Ganesh colocou o livro diante de seus olhos.

— Olha ele aqui, e aqui está o meu nome, a minha foto e todas essas palavras que escrevi com as próprias mãos. Agora estão impressas, mas você sabe que eu as escrevi com um lápis qualquer, num papel qualquer, sentado à mesa da nossa sala.

— Homem, você escreveu mesmo o livro!

— Cuidado, não vá pegar nele com essa mão cheia de sabão.

— Espera aí que eu vou correndo chamar o papai. — Deu meia-volta e entrou na venda. Ganesh a ouviu dizer:

— E temos que avisar a Soomintra. Ela não vai gostar nem um pouco de saber disso.

Deixado sozinho junto à janela, sob a sombra do tamarindo, Ganesh pôs-se a cantarolar e a examinar com interesse minucioso o quintal da casa de Ramlogan, ainda que, na realidade, não estivesse vendo nada, nem o tonel de cobre enferrujado e vazio, nem os barris de água cheios de larvas de mosquito.

— *Sahib!* — a voz rascante de Ramlogan soou no interior da venda. — *Sahib!* Venha cá para dentro, rapaz. Por que está aí fora agindo como se fosse um estranho? Entre, *sahib*, entre, venha se sentar na sua rede de sempre. Ah, *sahib*, que honra! Como estou orgulhoso de você!

Ganesh sentou-se na rede, que voltara a ser de saco de açúcar. Os calendários chineses haviam desaparecido das paredes, tão emboloradas e encardidas como antes.

Ramlogan passava a mão gorda e peluda na capa do livro, sorrindo até as bochechas quase cobrirem seus olhos.

— É tão lisinho! — disse. — Veja, Leela, sinta como é lisinho. É como se a impressão fizesse realmente parte do papel. Ah, *sahib*, hoje você me deixou orgulhoso de verdade. Leela, lembra que no Natal eu disse para você e para a Soomintra que o Ganesh era o radical da família? Na minha opinião, toda família deveria ter seu radical.

— É só o começo — disse Ganesh.

— Leela! — advertiu Ramlogan com severidade fingida. — Menina, o seu marido vem lá de Fuente Grove e você nem pergunta se ele está com fome ou se tem sede?

— Não tenho fome nem sede — disse Ganesh.

A aflição despontou na fisionomia de Leela.

— O arroz acabou e o que sobrou do *dal* não dá para nada.

— Abra uma lata de salmão — ordenou Ramlogan. — E traga um pouco de pão, manteiga, molho de pimenta e abacate. — E foi ele próprio supervisionar os preparativos, dizendo: —Temos um escritor na família, minha filha. Temos um escritor na família.

Fizeram-no sentar-se à mesa, novamente desguarnecida, sem o oleado, o vaso ou as flores de papel, e serviram-lhe a comida em pratos esmaltados. Ramlogan e Leela ficaram a observá-lo enquanto comia, o primeiro olhando alternadamente para o prato de Ganesh e o livro.

— Coma mais um pouco de salmão, *sahib*. Ainda não estou tão pobre a ponto de não poder alimentar o radical da família.

— Mais água, homem? — perguntou Leela.

Mastigando e engolindo quase sem parar, Ganesh encontrava dificuldades para agradecer as felicitações de Ramlogan. A única coisa que ele conseguia fazer era engolir rápido e gesticular com a cabeça.

Ramlogan enfim virou a capa verde do livro.

— Gostaria muito de saber ler direito, *sahib* — disse. Mas a excitação traiu-lhe a completa alfabetização: — Cento e uma perguntas e respostas sobre a religião hindu, de autoria do bacharel Ganesh Ramsumair. Parece bacana, rapaz. Que tal, Leela? Ouça de novo. — E repetiu o título, balançando a cabeça e sorrindo até as lágrimas inundarem seus olhos.

Leela disse:

— Homem, já cansei de falar que você devia parar de andar por aí dizendo que é bacharel.

Ganesh mastigou com afinco e engoliu com dificuldade. Tirou os olhos do prato e disse para Ramlogan:

— Está aí uma coisa que outro dia mesmo eu e o Beharry discutíamos. Não aprovo isso. Esse método moderno de educação. Hoje só se dá importância a um pedacinho de papel. Mas não é o papel que faz o sujeito ser bacharel, e sim os conhecimentos que ele tem, a vontade que ele tem de aprender e por que ele quer aprender. São essas coisas que fazem de um homem um bacharel. Não sei como alguém pode achar que não sou um bacharel.

— É claro que você é um bacharel, *sahib*. Quero ver se alguém tem coragem de dizer na minha cara que você não é um bacharel.

Ramlogan virou mais algumas páginas e leu em voz alta:

— Pergunta número quarenta e seis. Qual é o hindu mais importante da era moderna? Leela, vamos ver se você consegue responder essa.

— Bom, deixe-me pensar... É o Mahatma Gandhi, não é?

— Acertou em cheio, menina. Muito bem. É a resposta que está aqui. O livro é bom mesmo, *sahib*. Cheio de coisinhas interessantes para a gente saber.

Bebendo água de uma jarra de latão que praticamente encobria seu rosto inteiro, Ganesh gorgolejou.

— Agora deixe-me ver — continuou Ramlogan. — Escute só esta, Leela. Pergunta número quarenta e sete. Qual é o segundo hindu mais importante da era moderna?

— Eu sabia, mas agora não estou lembrada.

Ramlogan ficou exultante.

— Eu também já tinha me esquecido. Este livro tem *tudo* mesmo. A resposta certa é Pândita Jawaharlal Nehru.

— Pois era o que eu ia dizer.

— Tente esta aqui. Pergunta número quarenta e oito. Qual é o terceiro hindu mais importante da era moderna?

— Papai, esqueça um pouco o livro. Quero ler por conta própria.

— Você é uma moça sensata, Leela. *Sahib*, esse é o tipo de livro que as crianças deveriam ler e decorar na escola.

Ganesh engoliu.

— E os adultos também.

Ramlogan virou mais algumas páginas. Subitamente, o sorriso desapareceu de seu rosto.

— Quem é esse Beharry ao qual você dedica o livro?

Ganesh sentiu o terreno minado.

— O senhor o conhece. É um sujeitinho mirrado, magro como um palito. A mulher vive infernizando a vida dele. O senhor o conheceu quando esteve em Fuente Grove.

— Não se trata de nenhum literato, não é mesmo? É um vendeiro como eu, não é?

Ganesh riu.

— É, mas como vendeiro é um completo zero à esquerda. Foi o Beharry que começou a me fazer perguntas, e isso me deu a idéia do livro.

Ramlogan colocou o *101 perguntas e respostas sobre a religião hindu* na mesa, levantou-se e fitou Ganesh com tristeza.

— *Sahib*, quer dizer que você dedicou o livro a esse sujeito em vez de oferecê-lo ao seu próprio sogro, o homem que o ajudou a cremar seu pai e tudo mais? Era o mínimo que você podia fazer por mim, *sahib*. Quem foi que te deu o primeiro empurrão? Quem foi que te deu a casa em Fuente Grove? Quem foi que te deu o dinheiro para o instituto?

— O próximo livro será do senhor. Já pensei até na dedicatória.

— Não precisa se preocupar com porcaria de dedicatória nenhuma. A única coisa que eu esperava era ver meu nome no seu primeiro livro, só isso. Acho que eu podia esperar por isso, não podia, *sahib*? Agora as pessoas pegarão o livro e perguntarão "Mas quem será que é o pai da mulher do autor?". E o que é que o livro lhes dirá?

— O próximo livro é do senhor. — Ganesh limpou apressadamente o prato com os dedos.

— Só quero que me responda isto, *sahib*. O que é que o livro dirá para as pessoas? Você jogou meu nome na lama, *sahib*.

Ganesh foi gargarejar junto à janela.

— Quem é que está sempre tomando o seu partido, *sahib*? Quando todos riam de você, quem foi que te protegeu? Ah, *sahib*, estou desapontado. Eu te dou minha filha, te dou meu dinheiro e você me recusa até a cortesia de me dedicar o livro que escreveu?

— Calma, papai — disse Leela.

Ramlogan estava aos prantos.

— Como calma? Me diga, como é que posso ficar calmo com uma coisa dessas? Não foi um *estranho* que me fez essa desfeita. Não, não, Ganesh, dessa vez você realmente me magoou. Sabe o que você devia fazer? Devia pegar um facão, afiar bem ele e me cravar com as duas mãos no coração. Leela, me traga o cutelo que está na cozinha.

— Papai! — gritou a moça.

— Me traga aqui o cutelo, Leela — disse Ramlogan entre um soluço e outro.

— O que o senhor pensa que vai fazer, seu Ramlogan? — gritou Ganesh.

Soluçando, Leela trouxe o cutelo.

Ramlogan pegou-o nas mãos e ficou a examiná-lo.

— Tome este cutelo, Ganesh. Vamos, tome. Acabe de uma vez com o serviço. Me retalhe em vinte e cinco pedacinhos. Mas lembre-se que cada corte que fizer será um talho na sua própria alma.

Leela gritou novamente:

— Papai, não chore. Não fale assim. Pare de se comportar dessa maneira.

— Me deixe. Venha cá, Ganesh. Vamos, me corte em pedacinhos.

— Papai!

— Como é que eu faço para não chorar, menina? Como? O sujeito me rouba e eu fico quieto. Te põe para fora de casa e não escreve nem uma linha perguntando "Cachorrinha, como vai você?" ou "Gatinha, como vai você?". E eu fico quieto, não dou nem um pio! E isso é tudo o que recebo em troca. As pessoas pegarão o livro e perguntarão "Mas quem será que é o pai da mulher do autor?". E o livro não lhes dirá.

Ganesh guardou o cutelo debaixo da mesa.

— Seu Ramlogan! Isso é só o começo. O próximo livro...

— Não fale comigo. Não me dirija a palavra. Nunca mais me dirija a palavra, Ganesh. Você me desapontou. Pegue a sua mulher. Pegue ela e vá para casa. Vamos, pegue ela, leve-a para casa e nunca mais me apareça por aqui.

— Está certo, se é assim que o senhor quer. Leela, venha, vamos embora. Vá pegar suas coisas. Seu Ramlogan, estou saindo da sua casa. Mas não se esqueça que foi o senhor que me pôs para fora. Apesar de tudo, olhe aqui. Está em cima da mesa. Vou deixar este livro para o senhor. Está autografado. E o próximo...

— Vá — disse Ramlogan, e sentou-se na rede com a cabeça entre as mãos, soluçando em silêncio.

Ganesh foi esperar por Leela na estrada.

— Eh, raça de mercador! — resmungou. — Quitandeiro desgraçado de baixa casta!

Quando Leela saiu, carregando a maleta ganha na promoção dos cigarros Anchor, Ganesh disse:

— Mas seu pai é mesmo um maricão, hein?

— Homem, não comece com isso assim tão cedo.

Beharry e a mãe de Suruj vieram visitá-los ao anoitecer. Assim que se encontraram, Leela e a mãe de Suruj caíram no choro.

— Ele escreveu o livro — choramingou a mãe de Suruj.

— Eu sei, eu sei — concordou Leela, com um gemido ainda mais lancinante.

A mãe de Suruj abraçou-a.

— Sei que você é uma mulher estudada, mas não deve abandoná-lo nunca. Eu jamais deixaria o pai do Suruj, mesmo tendo feito até a terceira série.

— Não! Não!

Quando a cena terminou, foram todos comer na venda de Beharry. Mais tarde, enquanto as mulheres lavavam a louça, o vendeiro e Ganesh iniciaram uma discussão sobre qual seria a melhor forma de fazer a distribuição do livro.

— Me dê alguns — disse Beharry. — Vou colocá-los na venda.

— O problema é que Fuente Grove é um lugarzinho muito mixo. Nunca aparece ninguém por aqui.

— Se não fizer bem, mal não fará.

— Temos é que preparar uns cartazes e mandá-los para Rio Claro, Princes Town, San Fernando e Port of Spain.

— Que tal uns panfletos?

— De jeito nenhum. Estamos falando de um livro, não de uma peça de teatro.

Beharry esboçou um sorriso chocho.

— Era só uma idéia. Aliás, foi a mãe do Suruj quem pensou nisso. Mas precisamos colocar um anúncio no *Sentinel*. Com um cupom para preencher, cortar e mandar pelo correio.

— Como nas revistas americanas. É uma boa idéia.

— Ah, e tem uma coisa que anda preocupando a mãe do Suruj. Você pediu para o tipógrafo guardar a matriz?

— Claro. Eu entendo desse negócio, cara.

— A mãe do Suruj estava muito preocupada com isso.

Ficaram tão entusiasmados que Ganesh se perguntou se não deveria ter mandado imprimir dois mil exemplares. Beharry disse que já podia ver Trinidad inteira tomando Fuente Grove de assalto em busca do livro, e Ganesh concordou que a idéia não era de todo absurda. Estavam tão excitados que decidiram que o preço do livro seria quarenta e oito centavos, e não trinta e seis, como de início haviam planejado.

— Isso dá um lucro de trezentos dólares — disse Beharry.

— Não use essa palavra — objetou Ganesh, pensando em Ramlogan.

Beharry retirou um pesado livro-razão de uma prateleira embaixo do balcão.

— Vai precisar disto aqui. A mãe do Suruj me fez comprá-lo há alguns anos, mas só usei a primeira página. Vai precisar dele para registrar as despesas e as vendas.

Pouco tempo depois, o *Trinidad Sentinel* exibia um anúncio do livro em uma coluna de oito centímetros, com um cupom para ser preenchido. Por insistência de Ganesh, o cupom estava repleto de linhas pontilhadas. O *Sentinel* dedicou ao livreto uma resenha de oito centímetros.

Ganesh e Beharry preveniram e subornaram o pessoal dos Correios; e ficaram à espera da avalanche.

Depois de uma semana, apenas um cupom havia sido preenchido e enviado. Mas o remetente anexara uma carta solicitando um exemplar de graça.

— Jogue isso no lixo — disse Beharry.

— Essa gente de Trinidad é assim mesmo — disse Ganesh.

Livrarias e até lojas comuns recusaram-se a comercializar o livro. Algumas queriam uma comissão de quinze por cento sobre cada exemplar, e Ganesh não podia aceitar isso.

— Só querem saber de dinheiro, não pensam em outra coisa — comentou amargamente com Beharry.

Alguns mascates de San Fernando concordaram em exibir o livro, e Ganesh fez várias viagens para ver como iam as vendas. Os informes não eram encorajadores, e ele perambulava horas a fio pela cidade com o livro enfiado no bolso da camisa, de modo que qualquer pessoa pudesse ver o título. Sempre que tomava um ônibus ou parava num café, tirava-o do bolso e mergulhava numa leitura interessada, balançando a cabeça e coçando o queixo quando encontrava um par de pergunta e resposta com o qual sentia-se particularmente satisfeito.

Não adiantou nada.

Leela ficou tão desolada quanto ele.

— Não deixe que isso te aborreça, homem — dizia. — Lembre-se que Trinidad está cheia de gente como a Soomintra.

Então a Grande Arrotadora apareceu em Fuente Grove. Veio acompanhada de um garoto alto e magro que usava chapéu e vestia um terno de três peças. O garoto permaneceu na área da frente, sob a sombra da mangueira, enquanto a Grande Arrotadora explicava:

— Ouvi falar do livro — disse afetuosamente — e resolvi vir aqui com o Bissoon. Ele tem mão boa para vendas.

— Só trabalho com produtos impressos — disse Bissoon, galgando a escada da varanda.

Ganesh então se deu conta de que Bissoon não era um garoto, e sim homem maduro. Também reparou que, embora trajasse um terno de três peças, chapéu, colarinho e gravata, tinha os pés descalços.

— Não me sinto bem de sapato — justificou-se.

Bissoon estava ansioso para deixar claro que, apesar de ter tido muito trabalho para chegar a Fuente Grove, não viera ali na condição de pedinte. Não tirou o chapéu ao entrar na sala de estar e, de tempos em tempos, levantava-se da cadeira, ia até a janela e dava cusparadas cujas trajetórias formavam arcos perfeitos. Atirou as pernas sobre um dos braços da cadeira e, sob os olhares de Ganesh, ficou esfregando os dedos dos pés uns nos outros, deixando cair uma poeira suja no chão.

A Grande Arrotadora e Ganesh fitavam Bissoon cheios de consideração por suas mãos de bom vendedor.

Bissoon chupou os dentes de forma ruidosa.

— Deixe-me ver o livro. — Estalou os dedos. — O livro, rapaz.

— Claro, o livro — disse Ganesh, e gritou para Leela, pedindo-lhe um dos exemplares, os quais, por medida de segurança, ficavam guardados no quarto.

— Bissoon, o que *você* está fazendo aqui?

Por um momento, ao virar-se e dar de cara com Leela, Bissoon perdeu a compostura.

— Ah, é você, Leela. A filha do Ramlogan. Como vai seu pai, moça?

— Ainda bem que pergunta. O papai está por aqui com você. Não esqueceu aqueles livros todos que você fez ele comprar.

Bissoon estava calmo de novo.

— Ah, sei. Aqueles livros americanos. Que belos livros. Excelentes. "A arte de vender." Os livros de maior saída com que já trabalhei. Foi por isso que os vendi a seu pai. Ele ficou com o último conjunto que eu tinha. Homem de sorte, o Ramlogan.

— Isso eu não sei. O que sei é que se aparecer de novo em Fourways, você vai se dar mal.

— Leela — disse Ganesh —, o Bissoon veio até aqui porque ele vai vender o meu livro.

A Grande Arrotadora soltou um arroto e Bissoon disse:

— Isso mesmo, deixe-me ver o livro. Quem trabalha com livros não tem tempo a perder.

Leela entregou-lhe o livro, deu de ombros e saiu.

— Sujeito estúpido esse Ramlogan — disse Bissoon.

— Um verdadeiro maricas — disse a Grande Arrotadora.

— Um materialista — disse Ganesh.

Bissoon tornou a chupar os dentes.

— Vocês não têm água por aqui, não? Esse calor me deixa com uma sede danada.

— Sim, claro. Claro que temos — disse ansiosamente Ganesh, levantando-se e gritando para Leela trazer água.

Bissoon bradou:

— E veja lá se não vai me trazer água com larva de mosquito, hein!

— Aqui não tem mosquito — disse Ganesh. — É o lugar mais seco de Trinidad.

Leela trouxe a água. Bissoon largou o livro para pegar a jarra de latão. Ganesh e a Grande Arrotadora fitavam-no atentamente. Bissoon bebeu à maneira dos hindus ortodoxos, sem deixar que a jarra lhe tocasse os lábios, despejando a água na boca; e embora Ganesh fosse um hindu compreensivo, ressentiu-se da insinuação de que sua jarra estaria suja. Bissoon bebeu devagar e Ganesh ficou a observá-lo. Então Bissoon colocou delicadamente a jarra no chão e arrotou. Tirou um lenço de seda do bolso do paletó, limpou as mãos e a boca, espanou o paletó. Depois pegou novamente o livro.

— Per-gun-ta nú-me-ro um. O que é o hin-du-ís-mo? Res-pos-ta: O hin-du-ís-mo é a re-li-gi-ão dos hin-dus. Pergunta número dois. Por que sou hin-du? Resposta: Por-que meus pais e meus a-vós eram hin-dus. Per-gun-ta nú-me-ro três...

— Pare de ler dessa maneira! — berrou Ganesh. — Soletrando as palavras e quebrando as frases desse jeito, você faz a coisa parecer horrível.

Bissoon coçou resolutamente os dedos do pé, levantou-se, espanou o paletó e as calças, e encaminhou-se para a porta.

A Grande Arrotadora ergueu-se apressada, arrotando, e o interrompeu.

— Meu Deus, esses gases não me dão sossego. Bissoon, não vá. É por uma boa causa que queremos que você venda o livro.

Pegou-o pelo braço e ele aceitou ser conduzido de volta à cadeira.

— É um livro sagrado — desculpou-se Ganesh.

— Uma espécie de catchecismo — disse Bissoon.

— Isso mesmo — Ganesh sorriu de forma conciliatória.

— São difíceis de vender, esses livros de catchecismo.

— Bah! — A Grande Arrotadora misturou um arroto com uma palavra.

— É o que me diz a experiência que tenho nesse ramo. — As pernas de Bissoon pendiam novamente do braço da cadeira e os dedos dos pés voltaram a se esfregar uns nos outros. — Desde que abandonei a turma de cortadores de capim, dediquei minha vida inteira ao negócio de livros. Sou capaz de olhar um livro e dizer se é ruim ou bom de vender. Entrei nisso quando era menino. Comecei com panfletos de teatro. Tinha que sair por aí espalhando os panfletos. Ninguém em Trinidad distribuiu mais panfletos do que eu. Depois fui para San Fernando *vender* calendiários, depois...

— Esses livros são de outro tipo — disse Ganesh.

Bissoon pegou o livro do chão e folheou-o.

— Tem razão. Já trabalhei com poesia — vocês ficariam surpresos se soubessem quanta gente escreve poesia em Trinidad —, também já trabalhei com ensaios e coisas assim, mas nunca vendi catchecismo. Não deixa de ser uma experiência. Me dê nove centavos de comissão. Lembre-se, em matéria de produtos impressos, Bissoon é o rei de Trinidad: vendo tudo o que for vendável. Para começar, me dê trinta desses seus catchecismos. Mas, veja bem, já vou avisando que não vão vender.

Depois que Bissoon saiu, a Grande Arrotadora disse:

— Ele tem mão boa. Vai vender os livros.

Até Leela ficou animada.

— É um sinal. O primeiro sinal em que acredito. Foi o Bissoon que vendeu aqueles livros para o papai. Foram aqueles livros que fizeram você botar na cabeça essa idéia de escrever. E é o Bissoon que irá vendê-los para você. É um sinal.

— É mais que um sinal — disse Ganesh. — Uma pessoa que consegue vender um livro para o seu pai é capaz de vender até leite para uma vaca.

No íntimo, todavia, ele também pensava se tratar de um bom sinal.

Beharry e a mãe de Suruj não conseguiam disfarçar o desapontamento com a fria recepção que o livro tivera.

— Não deixe que o aborreçam — dizia a mãe de Suruj. — Isso é inveja, essa gente de Trinidad é invejosa. Continuo achando que o livro é bom. O Suruj até já decorou algumas perguntas e respostas.

— Em grande medida, a mãe do Suruj tem razão — disse Beharry em tom ponderado. — Mas acho que o verdadeiro problema é que Trinidad ainda não está preparada para esse tipo de livro. As pessoas não têm instrução suficiente.

— Hah! — Ganesh deu uma risada curta e seca. — Gostam de livros que *pareçam* grandes. Se o livro é grande, acham que é bom.

— Talvez se interessem por algo que seja mais que um livreto — arriscou-se Beharry.

— Escuta aqui — disse rispidamente Ganesh. — Isto aqui é um *livro*, e dos bons, está entendendo?

Cada vez mais audaz, Beharry mordiscou energicamente os lábios.

— Não acho que você tenha ido fundo o bastante.

— Acha que eu deveria atirar mais um na cabeça deles?

— Volume dois — disse Beharry.

Ganesh permaneceu em silêncio por alguns instantes.

— *Mais perguntas e respostas sobre a religião hindu* — sonhou em voz alta.

— *Mais perguntas e respostas* — disse Beharry. — *Volume dois de 101 perguntas e respostas*.

— Puxa, isso soa bem. Você é bom nisso, Beharry.

— Então escreva, rapaz. Escreva.

Antes que Ganesh começasse a pensar construtivamente no volume dois, Bissoon retornou com más notícias. Transmitiu-as com respeito e comiseração. Tirou o chapéu ao entrar na casa, não jogou as pernas por cima do braço da cadeira e, quando quis beber água, comentou:

— *Tonnerre!* Mas como está quente hoje! Será que você me arrumaria um gole d'água?

Depois de beber, disse:

— Não sou como algumas pessoas que saem por aí se vangloriando de que estavam com a razão. Não, não sou esse tipo de gente. Bem que eu avisei, mas deixa pra lá. Se você não entende do assunto, não é culpa sua. É que você não tem a mesma experiência que eu nesse ramo, só isso.

— Não vendeu nada?

— Dez exemplares, e todos que compraram vão se comportar como o seu sogro quando descobrirem do que se trata. Tive de vendê-los como se fossem uma espécie de amuleto. Rapaz, não imagina o trabalhão que isso deu.

— Tem noventa centavos de comissão a receber.

— Não se incomode. Guarde para o próximo que escrever. Não se esqueça, em matéria de produtos impressos, Bissoon é o rei de Trinidad: vendo tudo o que for vendável.

— Não consigo entender, Bissoon.

— Não tem mistério nenhum. É que você ainda é meio novato no ramo. Esse é o tipo de livro que as pessoas não querem nem de graça, porque acham que é um sinal de feitiçaria contra elas. Mas não desista, não.

— Que diabo de sinal esquisito!

Bissoon fitou-o desconcertado.

Apesar de tudo, Ganesh continuava achando que o livro poderia servir para alguma coisa. Mandou exemplares autografados para todos os chefes de governo de que conseguiu se lembrar. Quando Beharry soube que ele estava enviando os livros de graça, ficou irritado.

— Sou um homem independente — disse o vendeiro. — E não aprovo esse tipo de bajulação. Se o rei quer ler o livro, tem de pagar por ele.

Isso não impediu Ganesh de mandar um exemplar para Mahatma Gandhi, e há de ter sido a eclosão da Guerra que impossibilitou Gandhi de lhe enviar uma nota de agradecimento.

7
O MASSAGISTA MÍSTICO

Muitos anos após o acontecido, Ganesh escreveria em *Os anos de culpa*: "Tudo vem para melhor. Por exemplo, se meu primeiro volume tivesse sido um sucesso, provavelmente teria me tornado um simples teólogo, dedicando-me a escrever glosas infindáveis sobre as escrituras hindus. Graças ao fiasco inicial do livro, encontrei meu verdadeiro caminho".

Na realidade, quando a Guerra estourou, o caminho de Ganesh não estava nada claro.

— É infernal — disse a Beharry. — Sinto que algo grandioso me aguarda, mas não consigo saber o quê.

— E é por isso mesmo que você vai fazer algo de grandioso. Continuo acreditando em você, e a mãe do Suruj também.

Eles acompanhavam as notícias da Guerra com interesse e reuniam-se para comentá-las todos os domingos. Beharry arrumou um mapa de guerra da Europa e espetou alfinetes vermelhos nele. Falava muito sobre estratégia e tática, e isso deu a Ganesh a idéia de publicar avaliações mensais sobre o desenrolar da Guerra, "como se fosse uma espécie de livro de história para mais tarde". A idéia o excitou por algum tempo, depois arrefeceu e acabou indo repousar nos fundos de sua mente.

— Eu queria que o Hitler aparecesse por aqui e bombardeasse Trinidad inteira — exclamou certo domingo.

Beharry mordiscou os lábios, ávido por uma discussão.

— Mas por quê, rapaz?

— Queria que ele fizesse esta ilha ir pelos ares. Aí eu não teria mais que me preocupar com massagens, livros e essas bobagens todas.

— Mas você já se esqueceu? A gente é só um pontinho de nada, nem aparece em todos os mapas! Na minha opinião, o Hitler nem sabe que existe um lugar chamado Trinidad e não faz a menor idéia de que pessoas como você, eu e a mãe do Suruj vivemos aqui.

— Que nada — insistiu Ganesh. — Aqui tem petróleo, e os alemães estão loucos por petróleo. Se não ficar de olho, daqui a pouco o Hitler dá as caras.

— Não deixe a mãe do Suruj escutar isso. O primo dela se alistou como voluntário. O tal dentista. Não estava tirando mais nada com a odontologia, então resolveu entrar para o voluntariado. Contou para a mãe do Suruj que o trabalho é legal, uma moleza.

— O primo da mãe do Suruj tem bom olho para esse tipo de coisa.

— Mas e se os alemães desembarcarem aqui amanhã?

— Só posso dizer que o primo da mãe do Suruj vai quebrar todos os recordes mundiais de velocidade.

— Não, rapaz. O que quero saber é o que faremos com o dinheiro se os alemães aparecerem. O que vai acontecer com a minha venda? E os tribunais? São coisas assim que me preocupam.

Desse modo, ao discutirem as implicações da Guerra, começavam a falar sobre as guerras em geral. Beharry estava cheio de citações do *Gita* e Ganesh resolveu reler o diálogo entre Arjuna e Krishna no campo de batalha, obtendo dessa vez melhor compreensão da passagem.

Isso deu novo direcionamento a suas leituras. Deixando a Guerra de lado, tornou-se um grande indianista e comprou todos os livros sobre filosofia hindu que encontrou em San Fernando. Lia-os, grifava-os e nas tardes de domingo fazia anotações. Ao mesmo tempo, tomou gosto por psicologia aplicada e leu vários livros sobre "A arte de ser bem-sucedido". Mas seu grande amor era a Índia. Criou o hábito de examinar o índice remissivo ao folhear livros novos, a fim de verificar se havia alguma referência à Índia ou ao hinduísmo. Se as referências fossem elogiosas, comprava o livro. Em pouco tempo, era dono de uma coleção bastante curiosa.

— Você anda comprando um bocado de livros — comentou Beharry.

— Outro dia eu estava pensando. Suponha que não me conhecesse e por acaso passasse por Fuente Grove em seu Lincoln Zephyr. Será que adivinharia que minha casa está abarrotada com cento e tantos livros sobre um mesmo assunto?

— De jeito nenhum — respondeu Beharry.

O orgulho que Leela sentia pelos livros de Ganesh era contrabalançado por sua preocupação com o dinheiro.

— Homem, não vejo problema nenhum em você comprar esse monte de livros. Só que isso não dá dinheiro, e está na hora de você começar a pensar em ganhar algum.

— Escute aqui, criatura, minha cabeça já está cheia de problemas, e não quero que ela fique mais cheia ainda, está bem?

Então duas coisas aconteceram quase simultaneamente, e a sorte de Ganesh mudou para sempre.

Certo dia, a Grande Arrotadora, que nunca saía de circuito, lhes fez uma visita.

— Que desgosto, Ganesh! — começou. — Que desgosto! Hoje em dia não se pode confiar em ninguém.

Ganesh respeitava a sensibilidade dramática da tia.

— O que foi que aconteceu agora?

— A Rei Jorge me pregou uma peça horrível.

Ganesh mostrou-se interessado. A tia fez uma pausa para arrotar e pediu um pouco de água. Leela trouxe a água e ela bebeu.

— Ah, que patife!

— O que foi que ela fez?

A tia arrotou novamente.

— Espere, vou contar. — Esfregou os seios. — Meu Deus, esses gases! A Rei Jorge me abandonou. Arrumou um homem casado perto de Arouca. Que desgosto, Ganesh!

— Ah, meu Deus! — solidarizou-se Ganesh. — Que coisa horrível. Mas não se aflija, a senhora vai encontrar outra pessoa.

— Ela não passava de uma pobre coitada quando a adotei. Só tinha a roupa do corpo. Comprei roupas para ela. Levava-a comigo para todos os lugares, apresentava-a às pessoas. Encomendei ao pessoal de Bombaim umas jóias lindas para ela, feitas com meu próprio ouro.

— É como eu, sempre me matando por esse marido que Deus me deu — disse Leela.

A Grande Arrotadora deixou sua mágoa imediatamente de lado.

— Ah é, Leela? Será que escutei direito? Isso é jeito de falar do seu marido, menina? — Moveu lentamente a cabeça para cima e para baixo, e apoiou o queixo na palma da mão direita, como se estivesse com dor de dente.

— Estou *chocado* com a Rei Jorge — disse Ganesh, procurando restaurar a paz.

Leela tornou-se cáustica.

— Espera aí. Tenho um marido que perdeu completamente o bom senso, um homem que não se importa de jogar meu nome na lama, e a senhora ainda quer que eu não reclame?

Ganesh colocou-se entre as duas mulheres, mas a Grande Arrotadora o empurrou para o lado.

— Um momento, meu filho. Quero escutar isso até o fim. — Parecia mais ofendida que irritada. — Leela, quem você pensa que é para questionar seu marido sobre o que ele faz ou deixa de fazer? Puxa vida! É a isso que chamam de e-du-ca-ção?

— O que há de errado com a educação? Eu fui à escola, sim, mas não entendo por que as pessoas acham que isso lhes dá o direito de me insultar como bem entendem.

Ganesh deu uma risada triste.

— A Leela é uma boa moça, tia. Ela falou sem maldade, sério.

A Grande Arrotadora voltou-se de modo abrupto para ele.

— Acontece que o que ela disse é a mais pura verdade. Todo mundo em Trinidad tem a impressão de que você fica aí sentado, roçando o pasto da sua cabeça. Só que você precisa pegar mais pesado na enxada, meu filho, porque esse seu roçado não está produzindo é nada.

— Não estou roçando. Estou lendo e escrevendo.

— Isso é o que você diz. Vim aqui para falar sobre a Rei Jorge, já que ela ajudou tanto no seu casamento, mas o que tenho realmente vontade de dizer é que você me deixa preocupada. O que vai fazer sobre o futuro?

Em meio a soluços, Leela disse:

— Eu vivo falando que ele poderia ser pândita. Ele sabe muito mais que a maioria dos outros pânditas de Trinidad.

A Grande Arrotadora arrotou.

— Pois foi exatamente isso que vim dizer a ele. Mas o Ganesh tem condições de ser muito mais que um pândita qualquer. Se é hindu de verdade, já devia saber que precisa usar seu conhecimento para ajudar as pessoas.

— E o que é que a senhora pensa que estou fazendo? — inquiriu Ganesh com petulância. — Fico aqui sentado o dia inteiro e gasto meu preciosíssimo tempo escrevendo um livro enorme. Só que não é em causa própria que faço isso, sabe?

— Homem — suplicou Leela —, não comece a se comportar dessa maneira. Ouça o que ela tem a dizer.

Imperturbável, a Grande Arrotadora prosseguiu:

— Faz tempo que ando de olho em você, Ganesh. Você tem, sim, o Poder.

Era o tipo de afirmação que ele havia se acostumado a esperar da Grande Arrotadora.

— Poder de quê?

— De curar as pessoas. Curar a mente, a alma... Ora! Está me deixando confusa, menino. Sabe muito bem do que estou falando.

Ganesh disse em tom ácido:

— Como é que senhora quer que eu saia por aí curando a alma das pessoas se nem da unha do pé delas eu consigo tratar direito!?

Leela tentou persuadi-lo:

— O mínimo que você poderia fazer por mim é tentar.

— Ela está certa, Ganesh. O seu Poder é do tipo que nem a própria pessoa sabe que tem até começar a usá-lo.

— Tudo bem. Vamos admitir que eu tenha esse formidável Poder. Como faço para começar a usá-lo? Vou dizer o quê para as pessoas? "A sua alma está um pouco abatida hoje. Aqui está, tome esta oração três vezes ao dia antes das refeições."

A Grande Arrotadora bateu palmas.

— É isso mesmo que estou querendo dizer.

— Está vendo, homem? Bem que eu falei que você só precisava ouvir o que ela tinha a dizer.

A Grande Arrotadora prosseguiu:

— Eram coisas assim que o pobre do seu tio fazia antes de morrer.

A menção ao falecido fez o semblante de Leela reassumir o aspecto pesaroso, mas a Grande Arrotadora reagiu a isso com frieza, recusando-se a chorar.

— Ganesh, você tem o Poder. Posso vê-lo nas suas mãos, nos seus olhos, no talhe da sua cabeça. É igualzinho ao seu tio, que Deus o abençoe. Se estivesse vivo, hoje seria um grande homem.

Isso despertou o interesse de Ganesh.

— Mas como e por onde eu começo?

— Vou lhe mandar todos os livros antigos do seu tio. Neles encontrará as rezas e tudo o mais, e muitas outras coisas. Na verdade, o importante não são as rezas, e sim as outras coisas. Ah, Ganeshinho, meu filho, isso me deixa muito, muito contente. — Aliviada, desatou a chorar. — Esses livros são como um peso que carrego no peito. Faz tempo que procuro a pessoa ideal para ficar com eles. E você é essa pessoa.

Ganesh sorriu.

— Como é que a senhora sabe?

— Por que acha que Deus fez você levar o tipo de vida que tem levado? Por que acha que passou esses anos todos sem fazer outra coisa além de ler e escrever?

— É verdade — disse Ganesh. — Sempre achei que teria algo de grandioso a realizar.

Então todos os três choraram um pouco, Leela preparou uma refeição, eles comeram, e a Grande Arrotadora retomou sua mágoa do ponto onde a havia deixado. Ao se aprontar para partir, pôs-se a arrotar, a esfregar os seios e a se lastimar:

— Que desgosto, Ganesh. Que peça horrível a Rei Jorge me pregou. Ah, Ganesh, Ganesh, que desgosto. — E foi embora choramingando.

Duas semanas mais tarde, voltou com um pacote embrulhado em algodão vermelho, salpicado de pasta de sândalo, e o entregou a Ganesh com a devida cerimônia. Ao desfazê-lo, Ganesh encontrou livros de vários tamanhos e tipos. Todos eram manuscritos, alguns em sânscrito, outros em hindi; alguns em papel, outros em tiras de folha de palmeira. Essas tiras, quando juntas, pareciam leques fechados.

Ganesh advertiu Leela:

— Criatura, se encostar o dedo nesses livros, não sei o que sou capaz de fazer com você.

Leela compreendeu e arregalou os olhos.

Foi mais ou menos nessa mesma época que Ganesh descobriu os hindus de Hollywood. Os hindus de Hollywood são hindus que vivem em Hollywood ou em seus arredores. São homens sagrados e cultos que publicam boletins regulares sobre o estado de suas almas, cujas complexidades e variações são infindáveis e sempre dignas de descrição.

Ganesh ficou um pouco irritado.

— Acha que eu teria alguma chance de fazer esse tipo de coisa em Trinidad sem me dar mal? — perguntou a Beharry.

— Acho que sim, se fosse realmente capaz disso. Você está é com inveja deles.

— Cara, se eu quisesse, seria capaz de escrever um livro desses por dia.

— Ganesh, você já está bem crescido, rapaz. Chegou a hora de parar de pensar nos outros e cuidar de si mesmo.

De modo que tentou esquecer os hindus de Hollywood e tomou providências para "se preparar", como dizia. Logo ficou evidente que o processo levaria tempo.

Leela recomeçou com as queixas.

— Homem, quem olha para você não imagina que há uma guerra lá fora e que todo mundo está ganhando dinheiro. Desde que chegaram a Trinidad, os americanos distribuem trabalho e mais trabalho, e pagam bons salários.

— Acontece que sou contra a guerra — disse Ganesh.

Foi durante esse período de preparação que minha mãe me levou à consulta com Ganesh. Nunca soube como o descobriu; mas ela era uma mulher sociável e deve ter conhecido a Grande Arrotadora em algum casamento ou funeral. E como eu disse no início, se na época eu fosse mais esperto, teria prestado mais atenção nas frases que ele murmurou em hindi sobre mim enquanto enchia minha perna de pancada.

Quando hoje penso na visita que fiz a Ganesh ainda menino, só o que me choca é o egotismo que me dominava. Não me passou nem de longe pela cabeça que a vida daquelas pessoas que eu casualmente via ali à minha volta tivesse uma importância toda própria; que, por exemplo, eu parecera tão insignificante a Ganesh quanto ele me parecera engraçado — e enigmático. Não obstante isso, quando Ganesh publicou sua autobiografia, *Os anos de culpa*, eu a li com certa esperança de encontrar nela alguma referência a mim. Obviamente, não havia referência nenhuma.

Ganesh dedica nada menos que um terço de *Os anos de culpa* ao relativamente curto período de sua preparação, e este talvez seja o trecho mais valioso do livro. O crítico anônimo de *Letras* (Nicarágua) escreveu: "A seção contém poucos elementos do que popularmente se concebe como autobiografia. Em vez disso, o que encontramos é uma espécie de *thriller* espiritual, elaborado com uma técnica que não envergonharia o criador de Sherlock Holmes. Todos os fatos são expostos, as pistas espirituais mais importantes são extensa e claramente apresentadas, mas o leitor não consegue adivinhar o final enquanto não chega à última revelação, quando fica evidente que o final não poderia ter sido outro senão o que de fato foi".

Ganesh, sem dúvida, inspirou-se nos hindus de Hollywood, mas o que ele diz não fica a lhes dever nada. Àquela altura, suas palavras tinham um caráter bastante inovador. De lá para cá, porém, foram tantas vezes repisadas que acabaram surradas, e não faz o menor sentido voltar a elas aqui.

Pouco tempo depois, a Grande Arrotadora tornou a visitá-lo. Parecia ter se recuperado da deserção de Rei Jorge e disse a Ganesh assim que o viu:

— Quero ter uma conversa a sós com você. Vamos ver se anda realmente estudando os livros do seu tio.

Após o exame ela se disse satisfeita.

— Tem só uma coisa que você precisa lembrar sempre. É algo que seu tio costumava dizer. Se quer curar as pessoas, precisa acreditar nelas, e elas precisam saber que você acredita nelas. Mas antes disso as pessoas precisam saber quem é você.

— E se colocássemos uma perua com alto-falante circulando por San Fernando e Princes Town? — sugeriu Ganesh.

— Não, podem achar que você está querendo se eleger para o Conselho Distrital. Por que não manda imprimir uns panfletos e pede para o Bissoon distribuí-los? Ele tem muita experiência e não sairia por aí entregando-os a qualquer um.

Leela disse:

— Eu não deixaria o Bissoon pôr a mão em nada nessa casa. O homem é uma desgraça.

— Que estranho — disse Ganesh. — Da última vez ele era um sinal. Agora é uma desgraça. Não dê atenção à Leela, tia. Vou encomendar uns panfletos ao Basdeo e pedir que o Bissoon os distribua.

Ganesh foi mandar imprimir os prospectos — era assim que, aconselhado por Beharry, passara a chamar os panfletos. Basdeo estava mais gordo, e tão logo o viu entrar na gráfica disse:

— Ainda quer que eu guarde a matriz do seu primeiro livro?

Ganesh não respondeu.

— Você me passa uma sensação estranha — disse Basdeo, coçando o pescoço por baixo do colarinho. — Algo me diz para eu não desmontar a matriz e deixá-la guardada. É, você me passa mesmo uma sensação estranha.

Ganesh continuou quieto e Basdeo assumiu um tom mais jovial.

— Tenho novidades. Você sabe que estou sempre imprimindo muitos convites de casamento e que nunca apareço na lista de convidados. E olha que sou bom no batuque. Então resolvi eu mesmo me convidar para um casamento: o meu.

Ganesh deu-lhe os parabéns e em seguida explicou friamente que queria mandar imprimir um prospecto ilustrado — a ilustração era uma foto dele. Ao ler o texto a ser impresso, todo dedicado às qualificações espirituais de Ganesh, Basdeo balançou a cabeça e disse:

— Me explique uma coisa, cara. Como é que foram botar tanta gente maluca num lugar tão minúsculo como Trinidad?

Não bastasse tudo isso, com um longo discurso Bissoon recusou-se a distribuir os prospectos.

— Não mexo com esse tipo de produto impresso. Sou vendedor e não vou sair por aí fazendo panfletagem. Vou lhe dizer uma coisa. Entrei nesse ramo quando era menino, distribuindo panfletos de teatro. Depois fui para San Fernando *vender* calendiários. Não é que eu tenha alguma coisa contra você ou sua mulher, mas preciso zelar pelo meu nome. No ramo dos livros a pessoa precisa cuidar da reputação.

Leela ficou mais ofendida que Ganesh.

— Está vendo, eu não disse? O homem é uma desgraça. E ainda joga essa conversa toda pra cima da gente. Esse é o problema dos indianos de Trinidad. Num piscar de olhos viram uns convencidos.

A Grande Arrotadora preferiu ver a coisa pelo lado positivo.

— O Bissoon não é mais aquele. Começou a perder a mão depois que a mulher o abandonou. Acho que faz uns cinco ou seis meses que ela fugiu com o Jhagru, o barbeiro de Siparia. E o sujeito é casado, tem seis filhos! Na época, o Bissoon jogou um monte de conversa fora sobre matar o Jhagru, mas não fez é nada. De lá para cá, começou a beber. Além do mais, Ganesh, você é um homem avançado, instruído, e acho que devia optar por métodos mais modernos. Coloque um anúncio nos jornais, meu filho.

— O que a senhora acha de um cupom para as pessoas preencherem?

— Faça como achar melhor, mas *tem* que colocar uma foto sua. A mesma que está no livro.

— Foi o que eu falei desde o início — disse Leela. — A melhor coisa é pôr um anúncio no jornal. Assim, não desperdiça nenhum prospecto.

Beharry e Ganesh trabalharam no texto a ser publicado e produziram o provocante anúncio que mais tarde viria a se tornar tão famoso: QUEM É ESSE TAL DE GANESH? O "esse tal" foi idéia de Beharry.

Havia outra coisa. Ganesh não estava satisfeito em ser chamado apenas de pândita. Considerava-se mais que isso e sentia-se no direito de usar uma palavra que tivesse mais peso. Assim, lembrando-se dos hindus de Hollywood, pregou no tronco da mangueira uma tabuleta que dizia: GANESH, *Místico*.

— Ficou bom — disse Beharry, mordiscando os lábios e se aproximando para examinar a tabuleta de perto, enquanto esfregava a barriga por baixo da camiseta. — Ficou muito bom, mas acha que vão acreditar que você é místico?

— Ora, o anúncio do jornal...

— Isso foi há duas semanas. As pessoas já esqueceram faz tempo. Se quer que acreditem em você, precisa lançar uma campanha publicitária. É isso aí, uma campanha publicitária.

— Quer dizer que não vão acreditar, hein? Vamos ver se não vão acreditar.

Montou uma barraquinha na área em frente à casa, cobriu-a com folhas de *carat* que precisou ir buscar em Debe e guarneceu-a com estantes nas quais colocou em exibição cerca de trezentos de seus livros, incluindo o *Perguntas e respostas*. Leela levava os livros de manhã para a barraca e à noite guardava-os dentro de casa.

— Não vão acreditar! — dizia Ganesh.

Então, pôs-se a esperar pelo que chamava de "clientes".

A mãe de Suruj falou para Leela:

— Tenho pena de você, amiga. Desta vez o Ganesh endoideceu mesmo.

— Ora, são os livros dele. Não sei por que não deveria mostrá-los às pessoas. Tem gente que vive se exibindo por aí em seus carrões.

— Ainda bem que o pai do Suruj não é homem de muitas leituras. Ainda bem que ninguém se preocupou em me fazer ir além da terceira série.

Beharry balançou a cabeça.

— É, minha cara, esse negócio de educação e leitura é perigoso. Foi uma das primeiras coisas que falei para o Ganesh.

Ganesh esperou um mês. Nenhum cliente apareceu.

— Lá se foram mais vinte dólares desperdiçados naquele anúncio — lamentou-se Leela. — E mais essa tabuleta e esses livros. Por sua causa, agora sou alvo de chacota em Fuente Grove.

— O fato é que isso aqui é só um distritozinho interiorano, e se há pouca gente para ver, também não há muita gente para rir. Na minha opinião devíamos colocar outro anúncio nos jornais. Precisamos de uma verdadeira campanha publicitária.

Leela começou a soluçar.

— Não, homem. Por que não desiste e arruma um emprego? Veja o primo da mãe do Suruj, veja o Sookram. O rapaz desistiu da odontologia e o Sookram das massagens. Resolveram provar que são valentes e arrumaram emprego. A mãe do Suruj diz que o Sookram ganha mais de trinta dólares por semana com os americanos. Por que não faz isso por mim? Por que não cria coragem e arruma um emprego?

— Está olhando a coisa pelo ângulo errado, criatura. A sua ciência do pensamento te diz que a Guerra vai durar para sempre? O que vai acontecer ao Sookram e aos outros massagistas quando os americanos forem embora de Trinidad?

Leela continuava a soluçar.

Ganesh forçou um sorriso e partiu para a adulação.

— Escute, menina, vamos colocar outro anúncio nos jornais, com uma foto minha e outra sua. Uma ao lado da outra. Marido e mulher. Quem é esse tal de Ganesh? *Quem* é essa tal de Leela?

Ela parou de chorar e por um momento seu semblante se iluminou, mas então recomeçou o choro, dessa vez para valer.

— Meu Deus! Se a toda hora os homens fossem dar ouvidos às mulheres, esse mundo não iria para a frente. O Beharry tem razão. Mulher atrasa a vida de um homem. Está certo, está muito bem, largue de mim e volte para o seu pai. Pensa que me importo?

Enfiou as mãos nos bolsos e foi ver Beharry.

— E então, nada? — inquiriu o vendeiro, mordiscando os lábios.

— Por que você tem essa mania de fazer perguntas idiotas, hein? E não vá pensar que estou preocupado. Atrás da má sorte, vem a boa sorte.

Beharry colocou a mão sob a camiseta. A essa altura Ganesh já sabia que isso era sinal de que ele iria dar um conselho:

— Acho que você cometeu um grave erro ao não escrever o segundo volume. Foi aí que você errou.

— Escuta aqui, Beharry. Já estou farto desses seus malditos julgamentos. Pensa que é algum bosta de magistrado para ficar apontando os meus erros? Li um monte de livros de psicologia sobre casos como o seu. E o que esses livros falam sobre você não é nada bonito, eu lhe garanto.

— Só estava querendo ajudar. — Beharry tirou a mão da barriga.

A mãe de Suruj entrou na venda.

— Oi, Ganesh. E aí?

— E aí o quê? — vociferou Ganesh. — Não está vendo?

Beharry disse:

— Tenho uma sugestão para você.

— Certo, estou escutando. Mas não me responsabilizo pelos meus atos depois que você terminar.

— Na verdade, a idéia é da mãe do Suruj.

— Ah, sei.

— Isso mesmo, Ganesh. Eu e o pai do Suruj temos pensado muito em você. Achamos que precisa parar de usar calças e camisa.

— Não combina com um místico — disse Beharry.

— Tem que passar a se vestir de maneira apropriada, com *dhoti* e *koortah*. Falei com a Leela sobre isso ontem à noite, quando ela veio comprar óleo de cozinha. Ela também acha que é uma boa idéia.

A irritação de Ganesh começou a se desfazer.

— É, é uma idéia. Acham que me trará sorte?

— É o que diz a mãe do Suruj.

Na manhã seguinte, Ganesh envolveu as pernas com um *dhoti* e pediu a Leela que o ajudasse a prender o turbante.

— É bonito — disse ela.

— É um dos velhos turbantes do meu pai. Me sinto estranho com ele.

— Alguma coisa me diz que isso vai te dar sorte.

— Acha mesmo!? — exclamou Ganesh, quase beijando-a.

Leela esquivou-se.

— Pare com isso, homem.

Então Ganesh, uma esquisita e extravagante figura de branco, foi até a venda.

— Está parecendo um verdadeiro *maharaj* — disse a mãe de Suruj.

— É, ficou bonito — disse Beharry. — Não sei por que os indianos não usam mais essas roupas tradicionais.

A mãe de Suruj advertiu:

— É melhor não começar, ouviu? Suas pernas são magras como um palito e mesmo dentro das calças ficam ridículas.

— Quer dizer que ficou bom, é? — sorriu Ganesh.

— Ninguém acreditaria que você foi aluno daquele colégio cristão em Port of Spain. Parece um autêntico brâmane — disse Beharry.

— Estou com um pressentimento. Sinto que de hoje em diante minha sorte mudará.

Uma criança começou a chorar nos fundos da venda.

— Já a minha não muda nunca — disse a mãe de Suruj. — Se não é o pai do Suruj, são as crianças. Olhe as minhas mãos, Ganesh. Veja como estão gastas. Nem impressões digitais eu tenho mais.

Suruj entrou na venda.

— O nenê está *chorando*, mamãe.

A mãe de Suruj saiu. Beharry e Ganesh deram início a uma discussão sobre o vestuário ao longo da história. O vendeiro defendia o arrojado ponto de vista de que num lugar quente como Trinidad as roupas eram completamente desnecessárias, quando de súbito interrompeu o argumento e disse:

— Está escutando?

Sobrepondo-se ao farfalhar do vento no canavial, ouvia-se o estrépito de um automóvel chacoalhando na estrada esburacada.

Ganesh ficou excitado.

— É alguém vindo me consultar. — Então assumiu um aspecto extremamente calmo.

Um Chevrolet 1937 verde-claro parou em frente à venda. No banco de trás, tentando fazer-se ouvir apesar do barulho do motor, uma mulher gritava.

Ganesh disse:

— Vá falar com ela, Beharry.

O motor foi desligado antes que o vendeiro tivesse terminado de descer a escada da frente. A mulher disse:

— Quem é esse tal de Ganesh?

— Este aqui é que é o tal — respondeu Beharry.

E lá estava Ganesh, grave, circunspecto, bem no meio da entrada da venda.

A mulher olhou para ele, examinando-o com cuidado.

— Eu vim de Port of Spain para vê-lo.

Ganesh avançou lentamente em direção ao carro.

— Bom dia — disse. Mas sua determinação em agir de modo apropriado fez com que o cumprimento soasse brusco demais, deixando a mulher desconcertada.

— Bom dia. — Ela precisou buscar as palavras certas.

Falando devagar, pois queria expressar-se da melhor maneira possível, Ganesh disse:

— Não moro aqui e não posso conversar com a senhora neste lugar. Minha casa fica um pouco mais adiante.

— Então pule aqui para dentro — disse o taxista.

— Muito obrigado, mas prefiro ir a pé.

Falar com apuro vernacular exigia grande esforço de Ganesh, e a mulher reparou, com evidente satisfação, que ele movia silenciosamente os lábios antes de cada frase, como se estivesse murmurando uma prece.

A satisfação transformou-se em respeito quando o automóvel parou em frente à casa de Ganesh e ela viu a tabuleta com a inscrição "GANESH, *Místico*" pregada na mangueira, e a exposição de livros na barraca.

— Está vendendo esses livros, ou o quê? — indagou o taxista.

A mulher olhou de esguelha para ele e indicou a tabuleta com a cabeça. Ia dizer alguma coisa quando o taxista, sem nenhuma razão aparente, tocou a buzina, abafando-lhe a voz.

Leela veio correndo, mas Ganesh sinalizou com o olhar para ela sair do caminho. Dirigiu-se à mulher:

— Venha, vamos para o estúdio.

A palavra teve o efeito desejado.

— Mas antes tire os sapatos e deixe-os na varanda.

O respeito transformou-se em reverência. E quando ela atravessou as cortinas de renda Nottingham, entrou no estúdio e viu todos aqueles livros, seu semblante assumiu uma expressão abjeta.

— Meu único vício — disse Ganesh.

A mulher limitava-se a olhar, estupefata.

— Não fumo, não bebo.

Ela sentou-se desajeitadamente sobre uma manta no chão.

— É um caso de vida ou morte, senhor. Portanto, não deve rir de nada do que eu disser.

Ganesh fitou-a com um olhar franco:

— Eu nunca rio. Apenas escuto.

— É sobre meu filho. Está sendo perseguido por uma nuvem.

Ganesh não riu.

— Que tipo de nuvem?

— Uma nuvem negra. E a cada dia que passa, chega mais perto. Agora até fala com o menino. No dia em que o alcançar, ele morre. Já tentei de tudo. Consultei os médicos e eles querem internar o menino no hospício de Saint Ann. Mas o senhor sabe que quem entra lá acaba ficando louco de verdade. Então o que fiz? Levei-o ao padre. Ele diz que o menino foi possuído e está pagando por seus pecados. Faz tempo que vi seu anúncio, mas não sabia o que o senhor seria capaz de fazer.

À medida que a mulher falava, Ganesh rabiscava em um de seus cadernos. Escrevera *Menino negro debaixo de nuvem negra*; e desenhara uma enorme nuvem negra.

— Não se aflija. Muitas pessoas vêem nuvens. Há quanto tempo seu filho vê essa nuvem?

— Bom, para falar a verdade, o desatino todo começou não muito tempo depois da morte do irmão dele.

Ganesh fez acréscimos à nuvem negra em seu caderno e disse:

— Hum! — A seguir entoou um breve hino hindi, fechou bruscamente o caderno e atirou o lápis no chão. — Traga o menino amanhã. E não dê atenção aos padres. Diga-me, a *senhora* vê a nuvem?

A mulher pareceu desolada.

— Não. Esta é que é a questão. Nenhum de nós a vê, só ele.

— Não se preocupe. A coisa seria feia se vocês também a enxergassem.

Conduziu-a até o táxi. O taxista dormia com um exemplar do *Trinidad Sentinel* sobre o rosto. Despertaram-no e Ganesh ficou observando o carro partir.

— Pressenti que isso ia acontecer, homem — disse Leela. — Bem que eu falei que a sua sorte ia mudar.

— Ainda não sabemos o que vai acontecer. Agora me deixe em paz. Quero ver se consigo encontrar uma solução para esse caso.

Permaneceu longo tempo no estúdio, consultando os livros do tio. Suas idéias começavam lentamente a tomar forma quando Beharry entrou. Estava furioso.

— Ganesh, como pode ser tão mal-agradecido?

— O que foi agora?

Em sua fúria, Beharry parecia impotente. Mordiscava os lábios com tamanha ferocidade que por algum tempo não conseguiu emitir som algum. Quando enfim falou, as palavras saíram-lhe balbuciantes:

— Não se faça de desentendido. Por que não foi até a venda me contar o que aconteceu? Semana vai, semana vem, e nada de você sair de lá, mas justo hoje preferiu me fazer largar tudo e vir até aqui, deixando apenas o pequeno Suruj para tomar conta da venda.

— Mas eu ia aparecer mais tarde, cara.

— Agora me diga: como é que eu fico se alguém entrar lá e roubar tudo? E se fizerem algum mal ao pequeno Suruj e à sua mãe?

— Eu ia aparecer, Beharry. Só estava refletindo um pouco sobre o assunto antes.

— Não ia, não. Está ficando convencido, isso sim. Esse é o problema dos indianos no mundo inteiro.

— Acontece que essa coisa nova com que estou lidando é realmente extraordinária.

— Acha que vai dar conta? Ora essa, mas sou mesmo um idiota para continuar me interessando pelos seus problemas. Acha que vai dar conta?

— Deus há de me dar uma mãozinha.

— Está certo. Jogue essa conversa pedante pra cima de mim. Só não venha me pedir ajuda de novo, está ouvindo?

E foi embora.

Ganesh passou o dia todo e a maior parte da noite lendo e refletindo profundamente.

— Não sei por que perder esse tempo todo só por causa de um menininho negro — disse Leela. — Você parece um estudante fazendo o dever de casa.

Na manhã seguinte, ao ver o garoto, Ganesh teve a sensação de que jamais estivera diante de alguém tão atormentado. A aflição era intensificada pelo profundo sentimento de desamparo. Embora o menino estivesse muito magro e seus braços parecessem frágeis e esqueléticos, era evidente que ele já fora forte e saudável. Seus olhos estavam baços e sem vida. Não se entrevia neles o choque momentâneo do temor passageiro, e sim o medo em estado permanente, um medo tão intenso que já não causava arrepios.

A primeira coisa que Ganesh disse ao garoto foi:

— Meu filho, não se preocupe. Quero que saiba que posso ajudá-lo. Acredita que eu possa fazer algo por você?

O menino não se mexeu, mas Ganesh ficou com a impressão de que ele havia recuado um pouco.

— Como vou saber que não está rindo de mim? Como vou saber que não é igualzinho aos outros, que por dentro riem de mim?

— Está me vendo rir? Acredito em você, mas você também precisa acreditar em mim.

O garoto baixou a cabeça e fitou os pés de Ganesh.

— Algo me diz que o senhor é um homem bom. Acredito no senhor.

Ganesh pediu que a mãe se retirasse do aposento. Depois que ela saiu, perguntou:

— Está vendo a nuvem agora?

O garoto olhou nos olhos de Ganesh pela primeira vez.

— Estou. — A voz ficava a meio caminho entre o sussurro e o grito estridente. — Ela está aqui agora e seus braços parecem cada vez mais compridos.

— Meu Deus! — bradou repentinamente Ganesh. — Agora também a vejo. Ah, meu Deus!

— Está vendo? Consegue vê-la? — O garoto abraçou-se a Ganesh. — Vê como ela me persegue? Vê os braços que ela tem? Consegue escutar o que ela está dizendo?

— Eu e você somos um só — disse Ganesh ainda um pouco esbaforido, resvalando para um tom mais coloquial. — Meus Deus! Olha só como o meu coração está batendo forte. Só a gente vê essa nuvem porque a gente é um só. Mas escute o que vou te dizer. Você tem medo dela, só que ela tem medo de mim. Rapaz, faz um tempão que eu dou cabo desse tipo de nuvem. E enquanto estiver do meu lado, ela não te fará mal nenhum.

Os olhos do garoto encheram-se de lágrimas e ele abraçou-se a Ganesh com mais força.

— Eu *sabia* que o senhor era um homem bom.

— Comigo por perto, ela não consegue nem relar em você. Tenho poderes sobre essas coisas. Olha só a quantidade de livros que eu tenho aqui, repare em todas essas palavras escritas na parede, em todas as imagens e tudo o mais. Essas coisas me deixam ainda mais poderoso, e a nuvem tem pavor delas. Por isso, não fique com medo. E agora me conte como foi que tudo aconteceu.

— Amanhã é o dia.

— Dia do quê?

— Ela virá me buscar amanhã.

— Não fale bobagem.. Ela que venha, não tem problema, mas como fará para levá-lo embora se você estiver comigo?

— Faz um ano que ela diz isso.

— O quê? Faz tanto tempo assim que você a vê?

— E está cada vez maior.

— Escute aqui, rapaz. Precisamos parar de falar dessa nuvem como se tivéssemos medo dela. Essas coisas sabem quando a gente está com medo, e é aí que começam a agir como pivetes endiabrados. Como vai a escola?

— Larguei.

— E seus irmãos e irmãs?

— Não tenho irmãs.

— E seus irmãos?

O garoto debulhou-se num pranto sentido.

— Meu irmão morreu. Foi no ano passado. Não queria que ele morresse. Nunca quis que o Adolphus morresse.

— Espera aí, quem falou que você queria que ele morresse?

— Todo mundo. Mas não é verdade.

— Ele morreu no ano passado?

— Amanhã faz exatamente um ano.

— Me conte como foi que ele morreu.

— Um caminhão o atropelou. Prensou-o contra um muro. Ele se arrebentou todo, ficou todo moído. Mesmo assim ainda tentou escapar. Tentou sair dali, mas tudo o que conseguiu foi arrancar o pé do sapato, o pé esquerdo. Ele também não queria morrer. E o calor derretia o gelo, e o gelo escorria junto do sangue pela calçada.

— Você viu isso?

— Não vi acontecer. Mas eu é que devia ter ido comprar o gelo, não ele. Mamãe me pediu para ir comprar gelo e suco de *grapefruit*, e eu pedi ao meu irmão que fosse no meu lugar e aí aconteceu essa coisa com ele. O padre e os outros dizem que foi culpa minha e que preciso pagar pelos meus pecados.

— Como alguém pode ser tão imbecil a ponto de dizer uma coisa dessas? Mas não importa, deixe isso pra lá. Lembre-se, você não foi responsável. Não foi culpa sua. Para mim está mais que evidente que você não queria que o seu irmão morresse. Quanto a essa nuvem, daremos um jeito nela amanhã mesmo, assim que ela chegar bastante perto de você para que eu possa agarrá-la e dar uma boa lição nela.

— Sabe de uma coisa, senhor Ganesh, acho que ela está começando a ficar com medo do senhor.

— Amanhã vamos pôr ela pra correr, espere e verá. Quer dormir aqui esta noite?

O menino sorriu, um tanto perplexo.

— Está certo, vá para casa. Amanhã daremos um jeito na dona Nuvem. A que horas você disse que ela virá te buscar?

— Isso eu não falei. É às duas.

— Às cinco para as duas você será o menino mais feliz do mundo, pode acreditar em mim.

A mãe do garoto e o taxista estavam sentados em silêncio na varanda, o taxista no chão, com os pés no degrau da escada.

— O menino vai ficar bom — disse Ganesh.

O taxista levantou-se, bateu a poeira dos fundilhos das calças e cuspiu no terreiro, por pouco não acertando a exposição de livros. A mãe do garoto também se levantou e colocou o braço em volta dos ombros do filho. Fitou Ganesh com um olhar inexpressivo.

Depois que haviam partido, Leela disse:

— Homem, espero que você possa ajudar essa senhora. Tive muita pena dela. Ficou aí sentada o tempo todo sem falar nada, o rosto abatido de tanta tristeza.

— Este é o caso mais importante de que alguém já tratou no mundo. Tenho certeza que esse garoto morrerá amanhã se eu não fizer algo por ele. Isso deixa a gente com uma sensação esquisita, sabe? É como assistir a uma peça de teatro e depois descobrir que as pessoas no palco estavam sendo realmente assassinadas.

— Sabe de uma coisa, homem? Não gostei desse taxista. Veio aqui, ficou bisbilhotando os livros, mas não disse um "a" sobre eles. Pediu água, depois isso e mais aquilo, e não disse nem obrigado. E está faturando uma nota preta trazendo esses coitados até aqui todos os dias.

— Por que você tem que ser igualzinha ao seu pai, criatura? Por que faz questão de tentar desviar minha atenção do que estou fazendo? Agora quer que eu vire taxista?

— Só estava aqui pensando com os meus botões.

Depois de comer e lavar as mãos, Ganesh disse:

— Leela, tire as minhas roupas do armário. As inglesas.

— Aonde vai?

— Quero falar com um sujeito lá da petrolífera.

— Para quê, homem?

— *Tonnerre!* Você está cheia de perguntas hoje. Você e o Beharry são um só.

Leela não perguntou mais nada e obedeceu. Ganesh trocou o *dhoti* e o *koortah* por calças e camisa. Antes de sair, disse:

— Sabe, às vezes fico contente por ter estudado até o colegial.

Retornou no fim da tarde, radiante, e na mesma hora começou a desocupar o quarto. Não deu a menor atenção às objeções de Leela. Colocou a cama na sala de estar, o estúdio; e transferiu a mesa de lá para o quarto. Virou-a de ponta-cabeça e cercou-a com um biombo de três folhas. Mandou Leela pendurar uma cortina pesada na janela e procedeu a um exame minucioso das paredes de madeira, fechando todas as frestas e rachaduras por onde entrasse luz. Rearranjou as imagens e citações de modo a conceder lugar de honra à deusa Lakshmi, pouco acima de onde estava a mesa de pernas para o ar, oculta pelo biombo. Embaixo da deusa, instalou uma arandela.

— Parece assustador — disse Leela.

Ele circulou pelo quarto escuro, esfregando as mãos e cantarolando uma canção de um filme hindi.

— Não faz mal que a gente tenha de dormir no estúdio.

A seguir combinaram as providências para o dia seguinte.

Durante a noite toda, cânfora e incensos ficaram queimando no quarto. De manhã, tendo acordado cedo, Ganesh foi ver como estava o aroma.

Leela ainda dormia. Ele deu uma sacudidela em seu ombro.

— Parece que está tudo certo, e o cheiro está bom. Levante-se e vá ordenhar a vaca. Estou ouvindo a bezerra mugir.

Tomou banho enquanto Leela ordenhava a vaca e limpava o curral; fez o *puja* enquanto Leela preparava-lhe chá e *roti*;* e quando Leela começou a limpar a casa, saiu para uma caminhada. O sol ainda não estava quente, as folhas de capim-navalha ainda pareciam congeladas com o orvalho, e os dois ou três arbustos de hibisco do vilarejo, cobertos de poeira, exibiam flores cor-de-rosa recém-desabrochadas que murchariam antes do meio-dia.

— Hoje é o grande dia — disse em voz alta Ganesh, e tornou a orar para que tudo desse certo.

Pouco depois do meio-dia chegaram o garoto, a mãe e o pai, no mesmo táxi de antes. Novamente trajando suas vestes hindus, Ganesh deu-lhes as boas-vindas em hindi e Leela serviu de intérprete, conforme o combinado. Deixaram os sapatos na varanda e Ganesh os conduziu ao quarto escuro, aromatizado com cânfora e incenso, iluminado apenas pela vela sob a imagem de Lakshmi em sua flor de lótus. Na penumbra, mal se entreviam os outros quadros: um coração apunhalado que sangrava, uma pretensa imagem de Cristo, duas ou três cruzes e outros desenhos de significado duvidoso.

Ganesh colocou os clientes sentados diante da mesa oculta pelo biombo e foi se sentar atrás do biombo, onde não podiam vê-lo. Com seus longos cabelos pretos soltos, Leela sentou-se em frente à mesa, virada para o menino e os pais. No quarto escuro, era difícil distinguir mais que as camisas brancas do menino e do pai.

Ganesh pôs-se a entoar um cântico em hindi.

Leela indagou ao garoto:

— Ele está perguntando se você acredita nele.

O garoto fez que sim com a cabeça, sem convicção.

Leela falou em inglês para Ganesh:

— Parece que ele não acredita muito em você. — Depois repetiu a frase em hindi.

Ganesh tornou a falar em hindi.

Leela dirigiu-se ao menino:

(*) Espécie de pão ázimo, consumido com uma porção de *curry*. (N. T.)

— Ele diz que você precisa acreditar nele.

Ganesh entoou seu cântico.

— Ele diz que você precisa acreditar, nem que seja por dois minutos, porque se não acreditar nele completamente, ele também morrerá.

O garoto deu um grito agudo na escuridão. A vela queimava impassível.

— Eu acredito nele, acredito sim.

Ganesh continuava a cantar.

— Eu acredito nele. Não quero que ele morra também.

— Ele diz que só terá forças suficientes pra matar a nuvem se você acreditar nele. Precisa de toda a força que você for capaz de lhe dar.

O garoto curvou a cabeça.

— Não duvido dele.

Leela disse:

— Ele modificou a nuvem. Ela não está mais perseguindo você, e sim ele. Se não acreditar, a nuvem o matará, depois matará você, depois eu, depois sua mãe e depois seu pai.

A mãe do menino berrou:

— O Hector vai acreditar! Vai acreditar, sim!

Leela disse:

— Você tem que acreditar. Tem que acreditar.

De repente Ganesh parou de cantar e o aposento foi invadido pelo silêncio. Ele ficou de pé, saiu de trás do biombo e, retomando mais uma vez o cântico, passou as mãos de forma curiosa sobre o rosto, a cabeça e o peito de Hector.

Leela continuava dizendo:

— Você tem que acreditar. Está começando a acreditar. Está lhe dando sua força. Ele a recebe. Você começa a acreditar nele, ele recebe a sua força e a nuvem está ficando com medo. A nuvem continua a se aproximar, mas está amedrontada. Quanto mais ela se aproxima, mais medo sente.

Ganesh voltou para trás do biombo.

Leela disse:

— A nuvem está se aproximando.

Hector disse:

— Agora eu acredito nele.

— Está cada vez mais perto. Ele começou a puxá-la. Ainda não está aqui dentro, mas está se aproximando. Ela não consegue resistir.

O canto de Ganesh foi ganhando um ritmo mais frenético.

Leela disse:

— A luta entre eles está começando. Começou. Meu Deus! Ele agarrou a nuvem. Ela não está atrás de você. Voltou-se contra ele. Meu Deus! A nuvem está morrendo — gritou, e em meio ao grito de Leela eles tiveram a impressão de ouvir uma explosão abafada. Então Hector disse:

— Ah, meu Deus, estou vendo ela ir embora, sinto que ela está me deixando.

A mãe disse:

— Vejam, lá no teto. No teto. Estou vendo a nuvem. Oh, Hector, meu filho. Não é nuvem coisa nenhuma, é o demônio.

O pai de Hector disse:

— E tem quarenta diabinhos com ele.

— Ah, meu Deus — disse Hector. — Vejam como eles acabam com a nuvem. Veja como ela está se desfazendo, mamãe. Está vendo agora?

— Sim, filho. Estou vendo. Está cada vez mais tênue. Está morta.

— Viu, papai?

— Sim, Hector, eu vi.

Aliviados, mãe e filho desataram a chorar. Ganesh prosseguia entoando cânticos. Leela desmaiou no chão.

Hector gritava:

— Mamãe, ela foi embora. Foi embora, sim.

Ganesh parou de cantar. Levantou-se e os conduziu para fora do quarto. O ar era mais fresco e a claridade os ofuscava. Foi como pisar num mundo novo.

— Senhor Ganesh — disse o pai de Hector —, não sei como poderíamos lhe agradecer.

— Façam como quiserem. Não me importarei se me oferecerem uma retribuição, pois preciso me sustentar. Só não quero que se apertem por minha causa.

— Mas o senhor salvou uma vida — disse a mãe de Hector.

— É o meu dever. Se quiserem me mandar alguma coisa, mandem. Mas não saiam por aí falando a todo mundo sobre mim. Nesse tipo de trabalho, não devemos exagerar. Um caso como este às vezes me deixa uma semana inteira esgotado.

— Sei como é — disse ela. — Mas não se preocupe. Vamos lhe mandar cem dólares assim que chegarmos em casa. O senhor merece.

Ganesh apressou as despedidas.

Quando retornou ao pequeno quarto, encontrou a janela aberta e Leela tirando as cortinas.

— Onde é que você está com a cabeça!? — berrou. — Assim você deixa sair o cheiro. Pare já com isso, criatura. Estamos só começando. Anote aí, não vai demorar muito para este lugar começar a fervilhar com gente vinda de todos os cantos de Trinidad.

— Homem, retiro as coisas ruins que já disse e pensei sobre você. Hoje você me fez sentir muito bem. A Soomintra que fique com o lojista e o dinheiro dela. Só não me peça para soltar os cabelos e escutar todo aquele palavrório de novo.

— Não vamos repetir isso, não. Só queria me prevenir desta vez. O fato de eu falar uma língua que eles não entendiam lhes fez bem. Mas, na verdade, é dispensável.

— Eu também vi a nuvem, homem.

— A mãe viu um demônio, o pai quarenta diabinhos, o garoto uma nuvem e você uma nuvem. Não importa o que diga a mãe do Suruj, isso mostra que a educação às vezes serve para alguma coisa.

— Ah, homem, não vá me dizer que aplicou um truque nessa gente...

Ganesh ficou quieto.

Os jornais não noticiaram o acontecido, mas, a despeito disso, duas semanas depois Trinidad inteira sabia de Ganesh e seus Poderes. A notícia circulou pelo sistema local de transmissão boca a boca de informações, o Pretograma, um eficiente, quase clarividente, serviço de notícias. Conforme o Pretograma disseminava a informação, o número de êxitos de Ganesh era aumentado, e seus Poderes ganhavam contornos olímpicos.

A Grande Arrotadora veio de Icacos, onde acompanhara um funeral, e chorou no ombro de Ganesh.

— Até que enfim você acertou a mão — disse.

Leela escreveu para Ramlogan e Soomintra.

Beharry veio à casa de Ganesh para congratulá-lo e fazer as pazes. Reconheceu que não era mais apropriado que Ganesh fosse à venda bater papo.

— Desde o início a mãe do Suruj acreditava que você possuía algum tipo de Poder.

— Eu também achava. Mas não é estranho que durante todo esse tempo eu pensasse ter mão boa para massagem?

— Mas você estava certíssimo, rapaz.

— Como assim?

Beharry mordiscou os lábios.

— Você é o massagista místico.

8

MAIS PROBLEMAS COM RAMLOGAN

Passado um mês, Ganesh mal dava conta de atender todos os clientes que vinham procurá-lo.

Jamais imaginara que houvesse tantas pessoas com problemas espirituais em Trinidad. Mas o que o deixava ainda mais admirado era a extensão de seus poderes. Ninguém conseguia exorcizar espíritos malignos tão bem quanto ele, nem mesmo em Trinidad, onde esses espíritos eram tantos que as pessoas acabavam adquirindo habilidades especiais para lidar com eles. Ninguém era capaz de proteger uma casa tão bem, isto é, fechá-la com ferrolhos espirituais resistentes ao mais determinado dos espíritos. Sempre que se deparava com espíritos particularmente renitentes, podia recorrer aos livros que ganhara de sua tia. Bolas de fogo, lobisomens, *soucouyants*,* nenhum deles lhe oferecia resistência.

Foi dessa maneira que amealhou a maior parte de sua fortuna. Todavia, o que ele realmente apreciava era enfrentar problemas em cuja resolução tivesse de empregar todo o seu vigor intelectual e espiritual. Como no caso da Mulher Que Não Podia Comer. Ao levar a comida à boca, essa mulher sentia que os alimentos transformavam-se em agulhas, e sua boca chegava mesmo a sangrar. Ganesh a curou. Também houve o caso do Louco de Amor, figura muito conhecida em Trinidad. Batizavam-se cavalos e pombos de corrida com seu apelido. Mas era fonte de constrangimento a seus

(*) Personagens do folclore caribenho, as *soucouyants* são tidas como velhas feias e malvadas que à noite livram-se de suas peles, transformam-se em bolas de fogo e saem voando em busca de pessoas adormecidas (especialmente bebês) para sugar-lhes o sangue. (N. T.)

amigos e parentes que um ciclista de corrida bem-sucedido como ele houvesse se apaixonado pela própria bicicleta e que, recorrendo a métodos curiosos, fizesse amor com ela em lugares públicos. Ganesh também o curou.

Assim, seu prestígio crescera a ponto de doentes saírem curados após consultar-se com ele. Às vezes, nem ele sabia por quê.

Sua erudição era a fiadora de seu prestígio. Sem ela, poderia ter facilmente acabado na vala comum dos taumaturgos que proliferavam em Trinidad. Quase todos eram impostores. Sabiam executar um ou dois feitiços ineficazes, mas não dispunham de inteligência ou inclinação para qualquer outra coisa. Para enfrentar os espíritos, continuavam recorrendo a métodos primitivos. Supunham que um chute inesperado nas costas da pessoa possuída seria o bastante para pegar o espírito de surpresa e expulsá-lo. Era por causa desses indivíduos ignorantes que a profissão tinha má fama. Empurrando os charlatões para fora do negócio, Ganesh alçou-a a um novo patamar. Os praticantes de *obeah* não perderam tempo e passaram a se autodenominar místicos, mas o povo de Trinidad sabia que o único místico de verdade da ilha era Ganesh.

As pessoas nunca ficavam com a impressão de que ele fosse um farsante e ninguém podia negar-lhe a condição de letrado ou erudito — não com todos aqueles livros. E seu saber não era apenas livresco. Discorria sobre praticamente qualquer assunto. Por exemplo, opinava sobre Hitler e sabia como fazer para pôr fim à guerra em duas semanas. "Há um jeito", costumava dizer. "Só um. E em catorze dias, talvez até treze — bum! —, era uma vez a Guerra." Mas não revelava que jeito seria esse. Também era capaz de falar sobre religião com ponderação. Não era um fanático. Demonstrava interesse tanto pelo cristianismo e islamismo quanto pelo hinduísmo. No santuário, o antigo quarto, havia imagens de Maria e Jesus ao lado de Krishna e Vishnu; e o crescente e a estrela representavam o iconoclástico islamismo. "O Deus é sempre o mesmo", dizia. Os cristãos gostavam dele, os muçulmanos também, e os hindus, sempre dispostos a arriscar orações para novos deuses, não faziam objeções.

Todavia, mais que os poderes, a erudição ou a tolerância, o que as pessoas realmente apreciavam nele era sua caridade. Não estipulava honorários e aceitava qualquer coisa que lhe oferecessem. Quando alguém se queixava de ser pobre e se dizia perseguido por um espírito malévolo, Ganesh dava um jeito no espírito e abria mão do pagamento. As pessoas começaram a dizer: "Ele não é como os outros. Os outros só querem saber do dinheiro. Ganesh não, ele é um homem bom".

Também sabia ouvir. As pessoas abriam-lhe a alma, e ele não as fazia sentir-se desconfortáveis. Sua fala ganhou flexibilidade. Com gente simples, usava o dialeto. Com quem parecesse pomposo ou cético, ou que dissesse "É a primeira vez na vida que recorro a uma pessoa como você", falava da maneira mais apurada possível, adotando uma dicção cautelosa que dava peso às palavras e inspirava confiança.

Assim, os clientes chegavam a Fuente Grove vindos de todos os cantos de Trinidad. Em pouco tempo, Ganesh viu-se obrigado a desarmar a barraca de livros e a montar uma tenda de bambu com cobertura de lona para abrigar as pessoas. Elas traziam suas tristezas para Fuente Grove, mas faziam o lugar parecer festivo. Apesar do sofrimento estampado em suas fisionomias e atitudes, trajavam roupas radiantes, como se estivessem vestidas para uma festa de casamento: véus, blusas e saias brilhavam nos mais berrantes tons de rosa, amarelo, azul ou verde.

O Pretograma afirmava que até a esposa do governador havia se consultado com Ganesh. Quando lhe perguntavam sobre isso, Ganesh assumia uma expressão severa e mudava de assunto.

Nos fins de semana, Ganesh descansava. Aos sábados, ia a San Fernando e gastava cerca de vinte dólares em livros, o que correspondia a quase quinze centímetros. Por uma questão de hábito, aos domingos pegava os livros adquiridos no dia anterior e grifava aleatoriamente algumas passagens, embora não tivesse mais tempo de lê-los com a profundidade que gostaria.

Domingo também era o dia da visita matinal de Beharry. O vendeiro vinha para conversar, porém não era mais o mesmo. Parecia tímido diante de Ganesh e já não se mostrava sempre pronto a falar sobre todo e qualquer assunto. Sentava-se na varanda e lá ficava, mordiscando os lábios e concordando com tudo o que Ganesh dissesse.

Agora que Ganesh deixara de ir à venda de Beharry, Leela havia se tornado sua assídua freqüentadora. Os sáris que passou a usar faziam-na parecer mais magra e frágil. Falava à mãe de Suruj sobre o trabalho de Ganesh e queixava-se de cansaço.

Assim que Leela ia embora, a mãe de Suruj explodia.

— Escutou o que ela disse, pai do Suruj? Viu só como num piscar de olhos os indianos se empavonam? E, preste atenção, não é *dele* que estou falando, é dela. Escutou aquela falação toda sobre derrubar a casa e construir uma nova? E por que agora essa tolice de usar sári? A vida toda ela andou por aí de blusa e saia comprida. Por que justo *agora* resolveu tirar os sáris do armário?

— Mulher, quem deu a idéia de que o Ganesh devia usar *dhoti* e turbante foi você. Não tem nada de mais a Leela usar sári.

— Pai do Suruj, você não tem mesmo vergonha na cara. Eles o tratam como um cachorro e mesmo assim você os defende. Além do mais, uma coisa é o Ganesh usar *dhoti*, outra coisa, muito diferente, é a Leela usar sári. E o que me diz das outras asneiras que ela obriga a gente a escutar quando se aboleta aí nessa banqueta? O tempo inteiro falando que está exausta, que precisa de umas férias. Por acaso ela já tirou férias antes? Alguma vez na vida eu tirei férias? O Ganesh alguma vez tirou férias? Você por acaso já tirou férias? *Férias!* Ela dava duro de sol a sol, limpando aquele curral, se emporcalhando com um monte de outras coisas que *eu* não me sujeito a fazer, e nunca a vi dar um pio sobre estar cansada ou dizer que precisava de férias. Agora, só porque colocou um pouco de dinheiro no bolso, me vem com essa bobagem toda.

— Que coisa feia, mulher. Quem ouve você falando desse jeito, pensa que você está com inveja.

— Inveja, *eu*? Eu, ter inveja *dela*? E pensar que na minha idade ainda sou obrigada a escutar esse tipo de coisa.

Beharry desviou o olhar.

— Me explique, pai do Suruj, por que eu ficaria com inveja de uma mulherzinha esquelética que nem filhos pode ter? Nunca abandonei meu marido nem fugi das minhas responsabilidades. Não é de mim que você tem que se queixar. É daqueles mal-agradecidos. — Fez uma pausa e prosseguiu em tom solene. — Lembro-me de como acolhemos o Ganesh, ajudando-o, dando-lhe de comer, e as dezenas de outras coisas que fizemos por ele. — Interrompeu-se novamente antes de ladrar: — E o que ganhamos com isso?

— Nós nunca esperamos receber nada em troca, mulher. Só fizemos o que era nosso dever fazer.

— Pois acaba de ver o que ganhamos: cansaço, férias.

— Pois é.

— Você não me escuta, pai do Suruj. Todo santo domingo pula cedo da cama só para ir beijar o pé daquele sujeito, como se ele fosse uma espécie de deus Lalu.

— O Ganesh é um homem importante e preciso visitá-lo. Se ele me trata mal, é problema dele, não meu.

E ao chegar à casa de Ganesh, Beharry dizia:

— A mãe do Suruj acordou indisposta. Foi por isso que não veio. Mas manda lembranças.

O que deixou Ganesh mais satisfeito nesses primeiros meses como místico foi o sucesso de seu *Perguntas e respostas*.

Basdeo, o tipógrafo, foi quem chamou sua atenção para as possibilidades. Apareceu em Fuente Grove numa manhã de domingo e encontrou Ganesh e Beharry sentados sobre algumas mantas na varanda. De *dhoti* e camiseta, Ganesh lia o *Sentinel* — cuja entrega diária ele havia então contratado. Beharry mordiscava os lábios com um olhar perdido.

— Pois então, pândita — disse Basdeo, após os cumprimentos. Suas formas redondas haviam dado lugar à obesidade propriamente dita e, ao se sentar, foi-lhe difícil cruzar as pernas. — Ainda tenho a matriz do seu livro. Bem que eu falei que sentia algo de especial a seu respeito, lembra? É um livro excelente, e na minha opinião deveríamos cuidar para que mais pessoas tivessem a oportunidade de lê-lo.

— Ainda me sobraram mais de novecentos exemplares.

— Venda-os a um dólar cada, pândita. Garanto que vão sair como água. Não tem do que se envergonhar. Depois que esses acabarem, imprimo uma nova edição...

— Uma edição revista pelo autor — disse Beharry, mas sua voz saiu tão baixa que Basdeo não prestou a menor atenção.

— Uma nova edição, pândita. Capa de pano, sobrecapa, papel mais grosso, mais fotos.

— Uma edição de luxo — disse Beharry.

— Exatamente. Uma linda edição de luxo. Que tal, *sahib*?

Ganesh sorriu e dobrou o *Sentinel* com todo o capricho.

— Quanto é que a Tipografia Elétrica Elite vai ganhar com isso?

Basdeo não sorriu.

— *Sahib*, a idéia é a seguinte. Eu mesmo arco com as despesas de impressão. Fazemos uma bela edição de luxo, tamanho grande. Trazemos os livros para cá. Até então não saiu nada do seu bolso. Você vende o livro a dois dólares. De cada exemplar vendido, um dólar é seu. Não precisa levantar um dedo sequer. E é um livro sagrado muito bom, *sahib*.

— E quanto aos outros vendedores? — indagou Beharry.

Basdeo virou-se, apreensivo.

— Que outros vendedores? Ninguém além do pândita colocará as mãos nos livros. Só eu e o pândita *sahib* Ganesh.

Beharry mordiscou os lábios.

— É uma boa idéia, e o livro é bom.

Foi assim que *101 perguntas e respostas sobre a religião hindu* tornou-se o primeiro *best-seller* da história editorial de Trinidad. As pessoas dispunham-se a pagar pelo livro. Os mais simplórios compravam-no como amuleto; os mais pobres porque era o mínimo que podiam fazer pelo pândita Ganesh; porém a maioria das pessoas sentia interesse genuíno pelo livro. A obra só era vendida em Fuente Grove, dispensando as habilidades comerciais de Bissoon.

A despeito disso, ele apareceu no vilarejo para solicitar alguns exemplares. Estava mais espigado, mais magro, e não daria para confundi-lo com um garoto nem a cem metros de distância. Envelhecera muito. Seu terno estava puído e coberto de pó, sua camisa estava suja, não usava gravata.

— As pessoas não compram mais nada de mim, *sahib*. Alguma coisa saiu dos eixos. Sinto que com o seu catchecismo acertarei a mão de novo e recuperarei a sorte.

Ganesh explicou que Basdeo era o responsável pela distribuição.

— E ele não quer nem ouvir falar em vendedores. Não há nada que eu possa fazer, Bissoon. Sinto muito.

— É, ando mesmo sem sorte, *sahib*.

Ganesh levantou uma das extremidades da manta sobre a qual estava sentado, tirou algumas notas de cinco dólares, contou quatro e ofereceu-as a Bissoon.

Para sua surpresa, o vendedor levantou-se, reassumindo muito do estilo do velho Bissoon, espanou a poeira do paletó e endireitou o chapéu.

— Pensa que vim aqui esmolar, Ganesh? Eu já tinha uma reputação e tanto quando você ainda molhava as fraldas, e agora quer me dar *esmola*?

E foi embora.

Foi a última vez que Ganesh o viu. Por muito tempo ninguém soube do paradeiro de Bissoon, nem a Grande Arrotadora, até que Beharry apareceu uma manhã de domingo com a notícia de que a mãe de Suruj pensava tê-lo visto, trajando uniforme azul, no pátio do Asilo de Indigentes da Western Main Road, em Port of Spain.

Certo domingo Beharry disse:

— Tem uma coisa que preciso lhe contar, pândita. Não sei como, mas tenho que contar, porque me dói muito ouvir as pessoas sujando o seu nome.

— Ah.

— Falam coisas desagradáveis, pândita.

Alta, magra e frágil em seu sári, Leela apareceu na varanda.

— Oi, Beharry. Puxa, você está com uma aparência *ótima* hoje. Como tem passado? E a mãe do Suruj? E o Suruj e as crianças, como vão?

— Ah — disse Beharry em tom pesaroso. — Estão todos bem. E *você*, Leela, como vai? Anda com uma aparência *péssima* ultimamente.

— Sei lá, Beharry. Estou com um pé na cova, como se diz. Não sei o que acontece, mas de uns tempos para cá me sinto *tão* cansada. Tenho tanto o que fazer. Acho que *preciso* tirar umas férias. — Sentou-se pesadamente na outra ponta da varanda e começou a se abanar com o *Sunday Sentinel*.

Beharry disse:

— Que coisa, *maharajin.* — E voltou-se para Ganesh, que não dera a menor atenção à mulher. — Pois é, pândita. As pessoas estão se queixando.

Ganesh permaneceu calado.

— Há inclusive alguns dizendo por aí que você é ladrão.

Ganesh sorriu.

— Mas não é de *você* que se queixam, pândita. — Beharry mordiscou ansiosamente os lábios. — É dos taxistas que as pessoas não gostam. Sabe como é difícil chegar aqui, e eles cobram até cinco xelins pela corrida.

Ganesh parou de sorrir.

— Sério?

— Seriíssimo, pândita. Juro por Deus. E a questão é que tem gente dizendo que os táxis são seus. Dizem que o que você não cobra para ajudar as pessoas, arranca delas no preço da corrida.

Leela levantou-se.

— Bom, acho que vou me deitar um pouco. Beharry, dê lembranças à mãe do Suruj.

Ganesh não olhou para ela.

— Está certo, *maharajin* — disse Beharry. — Você *deve* mesmo se cuidar.

— Mas, Beharry, são muitos os táxis que fazem essa viagem.

— Aí é que você se engana, pândita. São apenas cinco. Sempre os mesmos cinco. E todos cobram o mesmo preço.

— E de quem são esses táxis?

Beharry mordiscou os lábios e brincou com a borda da manta.

— Ah, pândita, esta é que é a parte difícil. Não fui eu quem reparou. Foi a mãe do Suruj. Essas mulheres são danadas, pândita. Enxergam coisas que a gente não vê nem quando estão debaixo dos nossos narizes. São mais afiadas que capim-navalha. — Beharry riu e fitou Ganesh. A expressão de Ganesh era séria. O vendeiro baixou os olhos.

— De quem são os táxis?

— Me envergonha ter de falar isso, pândita, mas são do seu sogro. É o que diz a mãe do Suruj. São do Ramlogan, lá de Fourways. Tem uns três meses que ele manda esses táxis para cá.

— Aha! — Ganesh levantou-se de um salto e entrou em casa.

Beharry ouviu Ganesh gritar.

— Escute aqui, criatura. Não dou a mínima para o seu cansaço. Quando é para contar dinheiro, você nunca está cansada. Só quero saber a verdade. Você e o seu pai têm alma de comerciante. Está no sangue: comprar, vender, ganhar dinheiro e mais dinheiro.

Beharry escutava, satisfeito.

— Não pode ter sido idéia do seu pai. Ele é burro demais para isso. Foi você, não foi? Estão pouco se lixando que eu tenha um nome a zelar. Para vocês o importante é que o dinheiro não pare de entrar. Mas estão se esquecendo de uma coisa: esse dinheiro é *meu*. Quantos carros passavam por mês em Fuente Grove um ano atrás? Um, dois. E hoje? Cinqüenta, às vezes cem. Quem é o responsável por isso? Eu ou o seu pai?

Beharry ouviu Leela chorar. Depois ouviu uma bofetada. O choro parou. Então ouviu Ganesh retornando com passos pesados à varanda.

— Você é um ótimo amigo, Beharry. Vou dar um jeito nisso agora mesmo.

Antes do meio-dia ele já comera, vestira-se — não com roupas inglesas, e sim com suas vestes hindus habituais — e estava a caminho de Fourways num táxi. Era um dos carros de Ramlogan. O taxista, um homenzinho gordo que sacolejava alegremente no assento, manejava o volante quase como se o amasse. Quando não estava conversando com Ganesh, entoava uma canção hindi aparentemente composta de apenas três palavras: *Deus seja louvado*.

Explicou a Ganesh:

— A coisa funciona da seguinte maneira, pândita. Ficamos em Princes Town ou San Fernando e avisamos aos que querem consultá-lo que, por ordem do senhor, só podem usar um desses cinco táxis. Assim nos disse o senhor Ramlogan. E até falo para as pessoas que é para o próprio bem delas, já que o senhor mesmo abençoou esses carros.

Cantarolou *Deus seja louvado* algumas vezes.

— O que acha das suas imagens, *sahib*?

— Imagens?

O taxista entoou a canção novamente.

— Na porta, pendurada no lugar onde os outros táxis colocam a lista de preços.

Era uma imagem emoldurada, publicada pela Gita Press, de Gorakhpur, na Índia, retratando a deusa Lakshmi na posição de costume: de pé, em cima de sua flor de lótus. Não havia lista de preços.

— Muito bem pensado, *sahib*. O senhor Ramlogan disse que a idéia foi sua, e nós cinco temos que tirar o chapéu para o senhor. — Ficou sério. — Faz a gente se sentir bem, *sahib*, dirigir um carro com uma imagem sagrada, especialmente sendo uma imagem abençoada pelo senhor. E as pessoas também gostam.

— E os outros taxistas?

— Ah, *sahib*. Esse é o nosso maior problema. Como fazemos para manter os filhos-da-puta afastados? A gente tem que tomar muito cuidado com eles. Não imagina como mentem. Não faz muito tempo, o Sookhoo pegou um sujeito colocando uma imagem sagrada no táxi.

— E o que é que o Sookhoo fez?

O taxista deu uma risada e cantarolou.

— O Sookhoo é matreiro, *sahib*. Um belo dia jogou o carro do sujeito para fora da estrada, encostou a manivela na cara do fulano e disse calmamente que, se ele não parasse de bancar o esperto, o senhor enfeitiçaria o carro dele.

Ganesh pigarreou.

— Com o Sookhoo é assim, *sahib*. Mas escute só o fim da história. Nem dois dias depois o sujeito sofreu um acidente. E foi um acidente horrível.

O taxista recomeçou a cantarolar.

Ramlogan mantinha a venda aberta a semana inteira. A legislação o proibia de vender artigos de mercearia aos domingos, mas não havia nenhuma lei que interditasse a comercialização de bolos, água gasosa ou cigarros nesse dia.

Estava sentado em sua banqueta atrás do balcão sem fazer absolutamente nada, limitando-se a olhar para a estrada com uma expressão vazia, quando o táxi encostou e Ganesh desceu. Ramlogan estendeu os braços por cima do balcão e começou a chorar.

— Ah, *sahib, sahib*, perdoe este velho caduco. Não queria tê-lo expulsado daqui aquele dia, *sahib*. Desde então não penso em outra coisa, estou sempre falando para mim mesmo "Ramlogan, onde foi parar o seu caráter? Ramlogan, ah, Ramlogan, onde foi parar o seu bom senso?". E rezo dia e noite por seu perdão.

Ganesh jogou a borla de sua estola verde por cima do ombro.

— Está com boa aparência, Ramlogan. Andou engordando.

Ramlogan enxugou as lágrimas.

— São só gases, *sahib*. — Assoou o nariz. — Só gases. — Estava mais gordo e mais grisalho, mais sebento e mais sujo. — Ah, sente-se, *sahib*. Não se preocupe comigo. Estou ótimo. Você se lembra, *sahib*, como costumava vir à venda do velho Ramlogan quando era menino e se sentava bem ali para trocarmos dois dedos de prosa? Você era um papo de primeira, *sahib*. Eu aqui sentado atrás do balcão ficava de queixo caído com as idéias que você tirava da cachola. Mas agora — o vendeiro fez um gesto com os braços, abarcando a venda, e seus olhos encheram-se novamente de lágrimas — foram todos embora e me largaram aqui sozinho. Sozinho mesmo. Nem a Soomintra aparece mais.

— Não foi para falar sobre a Soomintra que eu vim...

— Ah, *sahib*. Eu *sei* que você só veio para confortar um pouco este pobre velho abandonado. A Soomintra diz que eu sou muito antiquado. E a Leela não sai de perto de você. Por que não senta, *sahib*? Não está sujo, não. Parece sujo, mas é só impressão.

Ganesh continuou de pé.

— Seu Ramlogan, vim comprar os seus táxis.

Ramlogan parou de chorar e desceu da banqueta.

— Táxis, *sahib*? Mas por que *você* vai se meter com esse negócio de táxi? — Ele riu. — Um sujeito importante e estudado como você.

— Pago oitocentos dólares cada um.

— Ah, *sahib*, sei que só está querendo ajudar. Ainda mais que hoje em dia os táxis não dão dinheiro nenhum. Não é negócio para um místico famoso como você. Sabe, *sahib*, só comprei esses carros porque quando a gente fica velho e sozinho precisa ter alguma coisa com que se ocupar. Lembra dessa vitrine, *sahib*?

O recipiente de vidro parecia agora tão integrado à venda que Ganesh nem reparara nele. A parte de madeira estava encardida e as tampas de vidro haviam sido várias vezes remendadas, sempre com papel pardo, exceto num caso, em que o vendeiro recorrera a um pedaço da capa da *The Illustrated London News* para executar o conserto. Os quatro pezinhos estavam mergulhados em latas de salmão cheias de água, para manter as formigas afastadas. Era necessário mais memória que imaginação para acreditar que um dia aquilo havia sido um objeto novo e limpo.

— Fico contente de oferecer minha pequena contribuição à modernização de Fourways, mas ninguém dá o menor valor, *sahib*. Ninguém.

Por um momento esquecido de sua missão, Ganesh fitou o recorte de jornal e o cartaz de Leela. O recorte empardecera tanto que parecia queimado. O cartaz de Leela desbotara e estava quase ilegível.

— É a vida, *sahib*. — Ramlogan tinha acompanhado o olhar de Ganesh. — Os anos passam. As pessoas nascem, se casam, morrem. É o suficiente para transformar qualquer um em filósofo.

— Filosofia é o meu trabalho. E hoje é domingo...

Ramlogan deu de ombros.

— Você não *precisa* desses táxis, *sahib*.

— O senhor ficaria surpreso se soubesse quanto tempo livre eu tenho hoje em dia. Vamos acertar logo esse negócio?

Ramlogan ficou acabrunhado.

— *Sahib*, por que quer me deixar na miséria? Por que quer encher a minha velhice de desgosto e amargura? Por que persegue um velho analfabeto que não sabe a diferença entre A e B?

Ganesh franziu o cenho.

— *Sahib*, não é que eu estivesse querendo revidar as suas tramóias.

— *Revidar?* Tramóias? Que tramóias são essas que o senhor tem pra revidar? Qualquer pessoa que passasse pela estrada nesta tarde quente de domingo e o ouvisse falar assim com certeza pensaria que algum dia eu passei a perna no senhor.

Ramlogan colocou as mãos espalmadas sobre o balcão.

— O *sahib* sabe muito bem que agora está me deixando zangado. Não sou como os outros. Sei que você é místico, mas não me provoque. Quando me zango não sei do que sou capaz.

Ganesh esperou.

— Se não fosse meu genro, daria um pontapé no seu traseiro que faria você sair voando porta afora.

— Seu Ramlogan, será que nem depois de velho o senhor não se cansa de bancar o espertalhão?

Ramlogan esmurrou o balcão.

— Para me roubar no casamento com a minha filha você não precisou de nenhuma dessas besteiras místicas. É melhor dar o fora daqui antes que eu perca a paciência. Além do mais, a estrada é pública e qualquer um tem o direito de ir a Fuente Grove com o seu próprio táxi. Ganesh, se experimentar fazer alguma coisa, eu ponho você nos jornais, está ouvindo?

— Me põe nos jornais?

— Uma vez você me pôs nos jornais, lembra? Mas no seu caso não será uma notícia muito agradável, isso eu garanto. Ah, meu Deus! Há quanto tempo estou com você atravessado na garganta! Só porque se casou com uma das minhas filhas. Se você fosse um sujeito razoável, a gente sentava aqui, abria uma lata de salmão e resolvia esse assunto. Acontece que você é ganancioso demais. Quer roubar essa gente por conta própria.

— Seu Ramlogan, o que eu quero é lhe fazer um favor. Estou me dispondo a pagar pelos carros. Se eu comprasse os meus próprios táxis, o senhor acha que encontraria algum motorista para levar os seus de Princes Town e San Fernando a Fuente Grove? Acha?

Ramlogan partiu para os insultos. Ganesh limitava-se a sorrir. Então, quando já era tarde demais, o vendeiro apelou para a generosidade de Ganesh. Recebeu um sorriso como resposta.

Por fim, Ramlogan concordou em vender os táxis.

Mas quando Ganesh estava de partida, ele explodiu.

— Está certo, Ganesh, me deixe na miséria. Mas espere só para ver uma coisa. Espere para ver se não ponho você nos jornais e conto a todo mundo tudo o que sei sobre você.

Ganesh entrou no táxi.

— Ganesh! — gritou Ramlogan. — Agora é guerra!

Ganesh poderia ter incluído o táxi nos serviços que prestava ao público sem cobrar nada por isso, mas Leela criou dificuldades e ele teve que ceder. Afinal de contas, a idéia fora dela. Cobrava quatro xelins pela viagem de Princes Town e San Fernando a Fuente Grove; e se o preço estava um pouco acima do que seria justo cobrar, isto se devia ao péssimo estado das estradas. De qualquer forma, era mais barato do que a tarifa cobrada por Ramlogan, e os clientes ficaram agradecidos.

Leela tentou argumentar que as ameaças de Ramlogan não eram para valer.

— O papai está ficando velho, homem, e já não tem muita razão para viver. Não deve levar a sério tudo o que ele diz. Ele só fala por falar.

O fato, porém, é que Ramlogan cumpriu a palavra.

Num domingo em que a Grande Arrotadora estava de passagem por Fuente Grove, Beharry apareceu com uma revista:

— Pândita, já viu o que saiu sobre você na imprensa?

Entregou a revista a Ganesh. Era uma coisa malfeita chamada *O Hindu*, impressa de forma abominável no mais barato dos papéis. Os anúncios ocupavam a maior parte do espaço, mas havia numerosas citações de escrituras hindus espalhadas por cantos obscuros, notas obsoletas do Departamento de Informação sobre o esforço de guerra britânico, insistentes exortações de "Leia *O Hindu*", e uma coluna de mexericos intitulada *Um passarinho nos contou*. Foi para esse texto que Beharry chamou a atenção de Ganesh.

— A mãe do Suruj trouxe isto de Tunapuna. Parece que está causando um escândalo e tanto.

Uma das notas começava da seguinte forma: "Um passarinho nos contou que o assim chamado místico do sul de Trinidad resolveu virar taxista. O passarinho também gorjeou em nosso ouvido que o tal pretenso místico participou de um embuste de que o povo de Trinidad foi alvo no tocante a um suposto instituto cultural...".

Ganesh passou o jornal para a Grande Arrotadora e disse:

— Pai de Leela.

— Foi por isso que eu vim, menino. As pessoas andam comentando essa história. Ele diz que você é um atravessador de Deus. Mas não se preocupe. Todo mundo sabe que o Narayan, o sujeito que edita isso, morre de inveja de você. Também pensa que é místico.

— É verdade, pândita. A mãe do Suruj contou que o Narayan foi a Tunapuna e saiu falando para as pessoas que com um pouquinho de prática seria capaz de disputar o mercado de místico de igual para igual com você.

A Grande Arrotadora disse:

— Esse é o problema dos indianos de Trinidad. Odeiam ver outro indiano se dar bem.

— Não estou nem um pouco preocupado — disse Ganesh.

E não estava mesmo. Entretanto, as pessoas não se esqueceram de certas coisas publicadas em *O Hindu*, como o trecho que o descrevia como um "atravessador de Deus", e a acusação acabou sendo repetida mecanicamente pelos mais incautos.

Ganesh não tinha cabeça de comerciante. Na realidade, desprezava esse tipo de mentalidade. O serviço de táxis fora idéia de Leela. O restaurante também, e este último dificilmente poderia ser atribuído a um espírito mercantil. Os clientes agora precisavam esperar tanto tempo quando vinham consultá-lo, que lhes oferecer comida não era senão uma demonstração de respeito. Leela havia montado uma grande tenda de bambu ao lado da casa, onde dava de comer às pessoas; e como Fuente Grove ficava muito longe de tudo, era obrigada a cobrar uma pequena taxa adicional.

Foi depois disso que as pessoas começaram a criar um caso enorme com a venda de Beharry.

Para entender a questão — houve quem usasse a palavra escândalo — da venda de Beharry, é preciso ter em mente que por anos a fio a maior parte dos clientes de Ganesh estivera acostumada a enxota-diabos impostores que os faziam queimar cânfora e óleo de manteiga, matar galos e bodes. Esse tipo de ritual idiota não tinha muita serventia para Ganesh. Mas ele percebeu que seus clientes, sobretudo as mulheres, adoravam isso; de modo que também os mandava queimar coisas duas ou três vezes ao dia. As pessoas traziam os ingredientes e suplicavam-lhe que fizesse as oferendas por elas; e em certos casos dispunham-se até a pagar por isso.

Ganesh não ficou muito surpreso quando, numa manhã de domingo, Beharry disse:

— Sabe, pândita, tem horas que eu e a mãe do Suruj paramos para pensar nessas coisas que as pessoas lhe trazem, e ficamos preocupados. Essa gente é pobre, não sabe se a mercadoria é boa ou não, se está limpa ou suja. E conheço muito merceeiro por aí que não pensaria duas vezes em lhes empurrar coisas de má qualidade.

Leela disse:

— É verdade, homem. Já faz um bom tempo que a mãe do Suruj diz que se preocupa com isso.

Ganesh sorriu.

— A mãe do Suruj anda cheia de preocupações ultimamente.

— Pois é, pândita. Eu sabia você compreenderia. Esses coitados não têm o mesmo nível educacional que o seu e cabe a você cuidar para que comprem a mercadoria certa na venda certa.

Leela disse:

— Acho que ficariam mais contentes se pudessem comprar as coisas aqui mesmo em Fuente Grove.

— Por que então não cuida disso, *maharajin*?

— Não ficaria bem, Beharry. As pessoas iriam achar que estamos querendo enrolá-las. Por que não faz isso na sua venda? A mãe do Suruj me disse que não seria nenhum trabalho a mais. Para falar a verdade, acho que você e a mãe do Suruj são as pessoas mais indicadas para cuidar dessa coisa. Além disso, ando *tão* cansada.

— Está trabalhando demais, *maharajin*. Por que não tira uma folga?

Ganesh disse:

— É bondade sua me ajudar desse jeito, Beharry.

De maneira que os clientes passaram a comprar os ingredientes para as oferendas apenas da venda de Beharry. "As coisas lá não são baratas", explicou-lhes Ganesh, "mas é o único lugar em Trinidad onde a gente sabe o que está levando."

Praticamente tudo o que Beharry vendia ia parar na casa de Ganesh. Uma boa parte era destinada aos rituais. "E mesmo assim", dizia Ganesh, "é um desperdício de comida da melhor qualidade." O resto Leela usava no restaurante.

"Quero que esses pobres coitados comam apenas do bom e do melhor", dizia.

* * *

Fuente Grove prosperou. O Departamento de Obras Públicas reconheceu sua existência e recapeou a estrada, restituindo-lhe relativa uniformidade. Deram ao vilarejo sua primeira fonte de água corrente. Instalada em frente à venda de Beharry, do outro lado da estrada, a fonte em pouco tempo tornou-se o ponto de encontro das mulheres do vilarejo; e as crianças brincavam peladas sob a água que jorrava do cano.

Beharry prosperou. Suruj foi matriculado como aluno interno no Naparima College, em San Fernando. A mãe de Suruj engravidou pela quarta vez e contou a Leela sobre seus planos de reformar a venda.

Ganesh prosperou. Demoliu sua velha casa, passou a atender os clientes no restaurante e construiu uma mansão. Fuente Grove jamais havia visto algo parecido. Tinha dois pavimentos; as paredes eram de blocos de concreto; o Pretograma informou que a casa possuía mais de cem janelas e que isso provocaria problemas caso a notícia chegasse aos ouvidos do governador, pois só a Residência Oficial podia ter cem janelas. Um arquiteto indiano veio da Guiana Britânica e erigiu para Ganesh um templo no mais apropriado estilo hindu. Para arcar com os custos desse ímpeto construtor, Ganesh foi obrigado a cobrar ingresso das pessoas que visitavam o templo. Um pintor de letreiros profissional foi trazido de San Fernando para refazer a tabuleta "GANESH, *Místico*". No alto, escreveu em hindi *Paz a todos vocês*; e embaixo, *Proporcionamos consolo e bem-estar espirituais a qualquer hora e dia da semana, exceto aos sábados e domingos. Lamentamos, porém, não poder atender a pedidos de assistência financeira*. Esta parte estava em inglês.

A cada dia que passava, Leela ficava mais refinada. Ia com freqüência a San Fernando visitar Soomintra e fazer compras. Retornava com sáris caros e muita jóia pesada. A alteração mais significativa, contudo, foi em seu inglês. Adotou um sotaque pessoal que abrandava os sons vocálicos mais estridentes e passou a respeitar a gramática como ninguém, incluindo algumas conjugações verbais bastante peculiares.

Disse ela à mãe de Suruj:

— Não quisera que esta casa ficasse parecida com nenhuma outra casa indiana. Desejara colocar móveis bons e deixar tudo um primor. Estivera pensando até em comprar uma geladeira e outras coisinhas assim.

— Eu também estivera pensando — disse a mãe de Suruj. — Estivera pensando em construir uma venda novinha, bem moderna, uma mercearia de verdade, como as que tem nos livros do pai do Suruj, com um monte de latas, potes e umas prateleiras lindíssimas...

— ... e tudo o que as pessoas dizem sobre os indianos serem desleixados com suas casas é a mais pura verdade. Mas eu mandara pintar a nossa direitinho...

— ... faz tempo que o pai do Suruj diz isso. Vamos pintar a venda toda, de alto a baixo, vamos deixá-la um brinco, com um belo balcão de mármore. Mas não podemos esquecer do lugar onde a gente mora. Essa parte também vai ficar uma beleza...

— ... com uns tapetes de ótima qualidade, como os que eu e a Soomintra vimos na loja do Gopal, e cortinas deslumbrantes...

— ... poltronas Morris, assento de molas... Mas espere, parece que estou ouvindo o bebê chorar. Deve ser fome. Preciso ir, Leela querida.

Com tanto assunto para conversar, Leela e a mãe de Suruj continuaram boas amigas.

E Leela não falava só por falar. Uma vez concluída a casa — coisa que para os indianos de Trinidad já é em si uma façanha —, mandou-a pintar, expressando sua alma hindu com uma seleção de cores vivas e contrastantes. A um pintor de paredes solicitou que desenhasse uma série de rosas rubras na parede azul da sala de estar. Ao arquiteto da Guiana Britânica encomendou diversas estátuas e gravuras, as quais espalhou pelos lugares mais insólitos. Encarregou-o ainda de construir uma balaustrada cheia de adornos circundando o telhado plano, sobre o qual o mesmo arquiteto foi posteriormente incumbido de erigir dois elefantes de pedra, representando Ganesh, o deus-elefante hindu. A decoração de Leela recebeu aprovação irrestrita de Ganesh, que se dispôs a fazer ele próprio o desenho dos elefantes.

— Pouco me importa o que o Narayan fala ou deixa de falar sobre mim em *O Hindu* — disse ele. — Leela, vou comprar aquela geladeira para você.

E comprou. Colocou-a na sala de estar, onde encobria parte das rosas da parede mas podia ser vista da estrada.

Não se esqueceu dos detalhes. De um mercador indiano de San Fernando, adquiriu duas reproduções em sépia de desenhos indianos. Um deles retratava uma cena amorosa; no outro, Deus descera à Terra para conversar com um sábio. Leela não gostou do primeiro.

— Eu não pendurara isso na minha sala de estar de jeito nenhum.

— Você tem é a mente suja, criatura.

Sob o desenho amoroso, ele escreveu a frase: *Virás a mim desta maneira?.* E sob o outro: *ou desta?.*

Os desenhos foram pendurados.

E, depois de chegarem a um acordo sobre isso, puseram-se a ocupar as paredes para valer.

Leela começou com fotografias de sua família.

— Não quero saber de foto do Ramlogan na minha casa — disse Ganesh.

— Eu me recusara a tirá-la daí.

— Está certo, deixe o Ramlogan. Mas veja só o que vou pendurar aqui.

Era o retrato de uma atriz de cinema indiana exibindo um sorriso afetado.

Leela deitou algumas lágrimas.

Ganesh disse em tom afável:

— De vez em quando é bom ter um rosto feliz em casa.

Um detalhe da casa nova que por muito tempo os deixou deslumbrados foi o vaso sanitário. Era infinitamente melhor que a velha cloaca. E, em um sábado, Ganesh encontrou em San Fernando um brinquedo engenhoso, que resolveu instalar ao lado daquela maravilha. Era um suporte para papel higiênico que tocava música. Ao puxar o papel, a pessoa ouvia a melodia de *Yankee Doodle Dandy*.

Isto e os desenhos em sépia viriam a servir de inspiração para dois dos mais bem-sucedidos escritos de Ganesh.

Os ataques de Narayan tornaram-se mais intensos e mais diversificados. Num mês, Ganesh era acusado de ser anti-hindu, no outro de ser racista, depois era taxado de ateísta perigoso, e assim por diante. Em pouco tempo, as revelações do Passarinho ameaçavam tomar conta das páginas de *O Hindu*.

— E ele ainda chamara a isso de passarinho.

— Tem razão, menina. O passarinho cresceu e virou um baita corvo negro.

— Esse sujeito é perigoso, pândita — advertiu Beharry. Agora, quando ia à casa de Ganesh, o vendeiro tinha de subir à varanda entulhada de samambaias do andar de cima. O térreo era ocupado por um salão onde os clientes aguardavam até ser atendidos. — Mais dia, menos dia, as pessoas acabam acreditando nele. É como uma campanha publicitária.

— Se querem saber — disse Leela em seu tom cansado, entediado —, acho que esse homem é uma vergonha para os hindus de Trinidad. — Descansou a cabeça no ombro direito e semicerrou os olhos. — Lembro-me de quando meu pai aplicou uma bela surra de chicote num sujeito em Penal. É disso que o Narayan precisara.

Ganesh recostou o corpo em sua poltrona Morris.

— Pois eu vejo a questão da seguinte maneira.

Beharry mordiscou os lábios, extremamente atento.

— O que Mahatma Gandhi faria numa situação como essa?

— Não sei, pândita.

— Escrever. É isso que ele faria. Escrever.

E foi assim que Ganesh mais uma vez pegou da pena. Ele chegara a pensar que sua carreira de escritor estivesse praticamente encerrada. Planejava apenas, e de modo bastante vago, escrever uma autobiografia espiritual, na linha dos hindus de Hollywood. Porém esta seria uma obra extraordinária, a ser empreendida bem mais tarde, quando estivesse preparado para ela. Naquele momento, precisava agir rápido.

Quis fazer as coisas do jeito certo. Foi a Port of Spain — por ter-lhe faltado coragem no último instante, acabou vestindo-se com roupas inglesas — e dirigiu-se ao Cartório Geral de Registros, na Casa Vermelha.* Lá, registrou a Companhia Editora Ganesh Limitada. O emblema da empresa era uma flor de lótus desabrochada.

Pôs-se a escrever novamente e, para seu deleite, verificou que o desejo de escrever não se esvaíra, apenas submergira. Trabalhou arduamente no livro. Ficava acordado até tarde da noite, mesmo depois de tratar dos clientes o dia inteiro, e era freqüente que Leela tivesse de chamá-lo para dormir.

(*) Sede do então governo colonial de Trinidad e Tobago. (N. T.)

Beharry esfregava as mãos.

— Ah, esse Narayan vai ver só o que é bom.

Quando ficou pronto, dois meses depois, o resuldado surpreendeu Beharry. Parecia um livro de verdade. A capa era dura, o tipo grande, o papel grosso, e a coisa toda transpirava conteúdo e autoridade. Mas o tema deixou Beharry consternado. O título do livro era *O guia de Trinidad*.

— Desta vez o Basdeo fez um bom trabalho — disse Ganesh.

Beharry concordou, mas não parecia convencido.

— Isso vai acabar com o Narayan. E vai fazer você se dar muito bem, e a Leela também.

Beharry leu *O guia de Trinidad* com o devido respeito. Achou o livro bom. A história, a geografia e a população de Trinidad eram descritas de forma magistral. Falava-se sobre o caso de amor entre as várias raças de Trinidad. Em um capítulo intitulado "O Oriente no Ocidente", afirmava-se que os leitores ficariam admirados ao encontrar uma mesquita em Port of Spain; e ainda mais admirados ao encontrar, em um vilarejo chamado Fuente Grove, um genuíno templo hindu que dava a impressão de ter sido integralmente transportado da Índia. Dizia-se que o templo hindu de Fuente Grove merecia ser visitado, por razões tanto espirituais como artísticas.

O autor anônimo do guia falava com entusiasmo sobre a modernidade de Trinidad. A ilha, enfatizava, dispunha de três modernos jornais diários, e os anunciantes estrangeiros podiam considerá-los bons investimentos. Mas o autor lamentava a ausência de publicações semanais ou mensais influentes e alertava os anunciantes estrangeiros para que tomassem cuidado com revistas mensais arrivistas que se proclamavam porta-vozes de certos setores da comunidade.

Ganesh enviou exemplares gratuitos do guia para todos os acampamentos do exército americano em Trinidad, "com o intuito", conforme escreveu, "de dar as boas-vindas aos nossos corajosos irmãos de armas". Também mandou exemplares para as agências de exportação e publicidade dos Estados Unidos e do Canadá que tinham negócios em Trinidad.

Beharry esforçou-se ao máximo para disfarçar a perplexidade.

Leela disse:

— Estou besta. Gostara de saber para que tudo isso.

Ganesh não se preocupou em dissipar suas inquietações; mandou-a tratar de arrumar toalhas de mesa, grande quantidade de facas, garfos e colheres, e recomendou-lhe que tomasse conta direito do restaurante. Disse a Beharry que seria prudente que ele se abastecesse de bastante rum e cerveja.

Pouco tempo depois, Fuente Grove foi inundada por soldados americanos, e as crianças do vilarejo mascaram seus primeiros chicletes. Os soldados vieram em jipes e caminhões do exército; alguns, trazendo as namoradas, vieram de táxi. Ver os elefantes de pedra os tranqüilizou, embora não os tenha satisfeito, mas quando Ganesh os levou por um *tour* pelo templo — ele usou a palavra *tour* — sentiram que seu dinheiro havia sido bem empregado.

Leela contou mais de cinco mil americanos.

Beharry jamais esteve tão ocupado na vida.

— É como eu pensava — disse Ganesh. — Trinidad é um lugar pequeno e os coitados dos americanos não têm muito o que fazer.

Muitos deles solicitaram conselhos espirituais, e todos que pediram, receberam.

— Às vezes — disse Ganesh —, tenho a impressão de que esses americanos são o povo mais religioso do mundo. Até mais que os hindus.

— Hindus de Hollywood — murmurou Beharry, mas havia mordiscado os lábios tão violentamente que Ganesh não compreendeu suas palavras.

Três meses depois, a revista *O Hindu* informou ter sido obrigada a reduzir o número total de páginas, pois queria contribuir com o esforço de guerra. Além de Ganesh, não foram muitos os que repararam que também diminuíra a quantidade de propagandas de medicamentos patenteados e outros produtos internacionalmente conhecidos. A publicação perdeu o *glamour* dos anúncios ilustrados; e Narayan passou a ganhar dinheiro apenas com chamadas simples sobre uma ou outra lojinha de Trinidad.

Mas o Passarinho continuava a gorjear.

9
PÂNDITA E JORNALISTA

Ganesh via-se agora na condição de filósofo e juiz. As vilas indianas de Trinidad ainda possuíam *panchayats*, conselhos de anciãos, que amiúde o convidavam para julgar pequenos casos de furtos e agressões ou para resolver desentendimentos conjugais. Também era freqüentemente convidado a falar em encontros de orações.

Sua chegada a esses encontros causava impressão. Ele descia do táxi com dignidade, jogava a estola verde sobre o ombro e apertava a mão do pândita oficiante. Em seguida chegavam mais dois táxis, trazendo seus livros. Ajudantes lançavam-se sobre esses táxis, apanhavam braçadas de livros e os levavam para o palanque. Nessas ocasiões, os ajudantes agiam como pessoas orgulhosas e atarefadas, e pareciam quase tão solenes quanto Ganesh. Corriam do táxi para o palanque e daí para o táxi, carrancudos, sem jamais dizer uma palavra sequer.

Sentado no palanque, sob um dossel vermelho ornamentado com borlas, e circundado por seus livros, Ganesh era uma imagem de autoridade e piedade. Garbosamente vestida, a platéia espraiava-se em torno do tablado numa sucessão de ondas circulares cuja circunferência aumentava conforme diminuía o esplendor: dos negociantes e lojistas bem-vestidos, junto ao palanque, aos trabalhadores maltrapilhos, nas posições mais afastadas; das crianças enfeitadas com extravagância, dormindo sobre mantas e almofadas, às crianças nuas, de pernas e braços esqueléticos, esparramadas em cima de sacos de açúcar.

As pessoas vinham ouvi-lo não somente por sua reputação mas também pelo que havia de novidade em suas palavras. Ele falava sobre viver bem, sobre a felicidade e sobre como obtê-la. Tomava de empréstimo elementos do budismo e de outras religiões, e não hesitava em dizê-lo. Sempre que queria reforçar um argumento, estalava os dedos, e um ajudante mantinha determinado livro aberto para o público a fim de que as pessoas percebessem que Ganesh não estava inventando aquilo tudo. Falava em hindi, mas os livros que apresentava dessa maneira estavam escritos em inglês, e tal exibição de erudição enchia as pessoas de reverência.

Seu principal argumento era que o sofrimento provinha do desejo e que, portanto, o desejo tinha de ser suprimido. Em algumas oportunidades, interrompia abruptamente esse raciocínio para discutir se o desejo de suprimir o desejo não seria em si mesmo um desejo; no mais das vezes, porém, procurava ser tão pragmático quanto possível. Falava com fervor sobre o Sermão do Fogo, proferido por Buda. Ocasiões havia em que daí passava com naturalidade à Guerra, e desta às guerras em geral, até chegar ao trecho da *História da Inglaterra para crianças*, em que Dickens afirma que "a guerra é uma coisa horrorosa". Em outras ocasiões, sustentava que a felicidade só era possível se a pessoa esvaziasse a mente de todos os desejos, enxergando-se a si mesma como parte da Vida, um minúsculo elo da imensa corrente da Criação. "Deitem-se na relva seca e sintam a Vida que brota das rochas e da terra sob vocês, que os atravessa e sobe. Olhem para as nuvens e para o céu quando não estiver calor e sintam que vocês fazem parte de tudo isso. Sintam que todas as outras coisas são prolongamentos de vocês. Por conseguinte, vocês, que são tudo isso, jamais morrerão."

Às vezes as pessoas compreendiam, e ao se levantarem sentiam-se ligeiramente enobrecidas.

Agora, em 1944, era precisamente por essas coisas que o Passarinho criticava Ganesh. Parecia ter se conformado com seu "pretenso misticismo".

Dizia a coluna: "Sou apenas um passarinho, mas creio que, em qualquer comunidade dos dias de hoje, reverenciar visionários religiosos é sinal de retrocesso...".

A Grande Arrotadora falou para Ganesh:

— Pois é, menino, o Narayan agora deu para imitar você. Começou a dar palestras — nas cidades. E mostra seus próprios livros e coisas desse tipo. Anda falando sobre uma história de religião e povo.

— Ópio — disse Beharry.

Cada nova revelação do Passarinho era cuidadosamente examinada em Fuente Grove.

— Ele não inveja mais os seus poderes místicos, pândita. Está é trabalhando para as eleições de daqui a dois anos. Serão as primeiras eleições com sufrágio universal. É, rapaz, sufrágio universal. É nisso que ele está de olho.

Os números seguintes de *O Hindu* pareciam indicar que Beharry tinha razão. Os espaços que sobravam não eram mais preenchidos com citações do *Gita* ou dos *Upanishads*. Agora era tudo: *Os trabalhadores estão unidos! Uns ensinam aos outros, Mens sana in corpore sano, Per ardua ad astra,* O Hindu *é porta-voz do progresso, Posso não concordar com uma só palavra do que dizeis, mas lutarei até a morte para defender vosso direito de dizê-las*. O Passarinho começou a fazer campanhas por *Um salário justo para uma jornada de trabalho justa* e por *Moradias para os desamparados*; posteriormente, anunciou a criação do Fundo *O Hindu* de Moradia para Desamparados.

Certo dia, Leela disse à mãe de Suruj:

— Eu andara pensando em fazer algum trabalho beneficente.

— Querida, pois é a mesmíssima coisa que o pai do Suruj há tempos me *implora* para que eu faça. O problema é que não tenho tempo.

A Grande Arrotadora reagiu com entusiasmo e pragmatismo.

— Leela, conheço você há nove anos e esta é a melhor idéia que já ouvi sair da sua boca. Toda essa comida que vejo você jogar fora quando venho aqui poderia ser dada aos pobres.

— Ah, tia, não é muito que eu jogara fora, não. O que não uso hoje, amanhã eu usara. Mas como eu faço para começar esse trabalho social?

— Vou explicar como se faz. Você junta umas crianças, traz elas para o restaurante e dá alguma coisa para elas comerem. Ou então vai atrás das crianças e dá de comer a elas lá fora. O Natal está chegando, então você arruma umas bexigas e sai por aí distribuindo.

— Boa idéia, a Soomintra está começando a juntar uma porção de bexigas lindíssimas.

E agora, com a ajuda da Grande Arrotadora, todos os domingos Leela dedicava-se a atividades beneficentes.

Sem se incomodar com Narayan ou o Passarinho, Ganesh continuava trabalhando. Era como se os insultos de Narayan o houvessem estimulado a fazer exatamente o tipo de coisa pela qual era criticado. Nesse aspecto, mostrou-se previdente, pois foram sem dúvida os livros que escreveu nessa época que o ajudaram a estabelecer sua reputação, não apenas no interior mas também em Port of Spain. Usou o material de suas palestras em *O caminho para a felicidade*. Depois deste vieram *Reencarnação*, *Como vejo a alma*, *A necessidade da fé*. Esses livros registraram um volume de vendas bom e regular, mas nenhum deles foi um sucesso estrondoso.

Então, um após o outro, surgiram os dois livros que fizeram dele uma pessoa de renome em toda a Trinidad.

O primeiro começava da seguinte maneira: "Na terça-feira, 2 de maio, às nove horas da manhã, pouco depois de ter tomado o desjejum, vi Deus. Ele olhou para mim e disse...".

O que Deus me disse certamente figura entre os clássicos da literatura trinitária. Sua simplicidade sem concessões, chegando às raias da ingenuidade, é desconcertante. A personalidade do narrador é belamente revelada, sobretudo nos capítulos em que há diálogo, quando sua humildade e perplexidade espiritual servem de contraponto ao desenlace de vários nós metafísicos. Há também alguns capítulos de profecias audazes. Prevê-se o fim da Guerra e o destino de certos habitantes da ilha.

O livro lançou moda. Em várias regiões de Trinidad, muitas pessoas começaram a ver Deus. O caso mais célebre foi o de Man-man, que morava na Miguel Street, em Port of Spain. Man-man viu Deus, tentou se crucificar e teve de ser internado.

Apenas dois meses após a publicação de *O que Deus me disse*, Ganesh alcançou estupendo sucesso com uma obra escandalosa. Serviu-lhe de inspiração o suporte para papel higiênico que tocava música. Por ter sido publicado durante a Guerra, o título *Evacuação lucrativa* foi alvo de mal-entendidos; felizmente, pois talvez não tivesse sido permitido se as autoridades soubessem que, em certa medida, o livro tinha como tema a questão da prisão de ventre. "Uma questão vital", escreveu Ganesh no prefácio, "que desde tempos imemoriais atormenta as relações humanas." O principal argumento do livro era que a evacuação podia ser não apenas prazerosa como lucrativa, uma maneira de fortalecer os músculos abdominais. *Grosso modo*, o método recomendado era o que os contorcionistas e levantadores de peso chamam de escavação.

Isto, impresso em papel grosso, com uma capa no amarelo mais fulgurante, adornada com uma flor de lótus, alçou Ganesh, de uma vez por todas, e de forma inconteste, a uma posição de destaque.

Se dependesse dele, Ganesh talvez não houvesse empreendido nenhuma outra investida contra Narayan. O Passarinho não era mais que um gorjeio de protesto em meio à sincera e sagaz aclamação geral. Todavia, a situação desagradava pessoas como a Grande Arrotadora e Beharry.

Beharry sentia-se particularmente contrariado. Ganesh ampliara o horizonte de leituras e conhecimento de Beharry, e fora graças a Ganesh que ele prosperara. Tinha construído uma venda nova, toda de concreto, reboco e vidro. As terras em Fuente Grove haviam se valorizado, e ele lucrara com isso também. De tempos em tempos, era convidado por diversas Sociedades Literárias, de Debates e de Assistência Social para falar sobre aspectos da carreira de Ganesh: Ganesh, o homem; Ganesh, o místico; a contribuição de Ganesh para o pensamento hindu. Seu destino estava atado ao de Ganesh, e ele, mais que qualquer outra pessoa, ressentia-se dos ataques de Narayan.

Fazia o que podia para encorajar Ganesh a agir.

— O sujeito tornou a criticá-lo este mês, pândita.

— *Gaddaha!*

— A coisa não vai nada bem, pândita. Especialmente agora que o Ramlogan começou a escrever contra você em *O Hindu*. É perigoso.

Mas Ganesh não se preocupava que Narayan estivesse se preparando para as eleições de 1946.

— Não tenho a mínima vontade de virar um desses trapaceiros safados que se candidatam às eleições.

— Soube da última, pândita? O Narayan fundou um partido. A Associação Hindu. É um golpe eleitoral. Ele não tem a menor chance de ganhar em Port of Spain. Vai ter que disputar no interior, e é aí que tem medo de acabar perdendo para você.

— Beharry, você e eu sabemos como funcionam essas associações indianas por aqui. O Narayan e esse pessoal são como meninas brincando de casinha.

O parecer de Ganesh mostrou-se acertado. Na primeira assembléia geral da Associação Hindu, Narayan foi eleito presidente. Também foram preenchidos os seguintes cargos: quatro presidentes-assistentes, dois vice-presidentes, quatro vice-presidentes-assistentes; vários tesoureiros, um secretário executivo, seis secretários, doze secretários-assistentes.

— Viu só? Não deixaram ninguém de fora. Sabe, meu caro Beharry, depois que comecei a dar palestras nesses encontros de orações fiquei conhecendo os indianos de Trinidad como a palma da mão.

Acontece que Narayan resolveu bancar o esperto. Pôs-se a enviar cabogramas para a Índia, endereçados ao Mahatma Gandhi, ao pândita Nehru e ao Congresso Nacional Indiano; também mandava cabogramas para saudar todo tipo de aniversário: centenários, bicentenários, tricentenários. E sempre que enviava um cabograma, isso era noticiado pelo *Trinidad Sentinel*. Nada impedia que Ganesh enviasse seus próprios cabogramas, mas na Índia, onde as pessoas não faziam a menor idéia do que se passava em Trinidad, que chance teria um cabograma assinado GANESH PÂNDITA MÍSTICO contra um assinado NARAYAN PRESIDENTE ASSOCIAÇÃO HINDU TRINIDAD?

A delegação foi obra de Beharry.

Dois homens e um garoto apareceram um domingo à tarde na residência de Ganesh. Um dos homens era alto, negro e gordo. Lembrava um pouco Ramlogan, a única diferença eram as roupas, de um branco imaculado. Tinha uma barriga tão grande que pendia sobre o cinto de couro preto, ocultando-o; levava no bolso da camisa uma carta e uma série completa de canetas e lápis. O outro homem tinha pele clara, era magro e de boa aparência. O garoto vestia bermudas e estava com os punhos da camisa abotoados. Ganesh encontrava os homens com freqüência e sabia que eram organizadores. Não conhecia o garoto.

A delegação sentou-se com cuidado nas poltronas Morris da varanda, e Ganesh gritou para Leela, pedindo-lhe que trouxesse algumas Coca-Colas.

Olhando através das portas da sala de estar, a delegação pôde observar as fotos e os dois grandes calendários da Coca-Cola pendurados nas paredes.

Então viram Leela, magra e elegante em seu sári, abrir a geladeira. O sujeito gordo cutucou o garoto, que estava sentado a seu lado no sofá; e a delegação toda parou de olhar.

O sujeito gordo assumiu uma expressão séria.

— *Sahib*, não estamos para rodeios. O Beharry e a sua tia, aquela senhora encantadora, pediram que eu viesse aqui por causa da minha experiência em organizar encontros de orações e coisas desse tipo...

As Coca-Colas chegaram. Quatro garrafas geladas em uma bandeja com fundo de vidro. Leela suspirou.

— Aguardem um instante até que eu buscara os copos.

O sujeito gordo fitou as garrafas, o homem magro e de tez clara tocou com os dedos o esparadrapo que tinha acima do olho esquerdo, o garoto mirou as borlas da estola de Ganesh, e este sorriu alternadamente para cada um deles. Todos sorriram de volta, exceto o garoto.

Em outra bandeja com fundo de vidro, Leela trouxe copos suntuosos e de grande beleza, decorados com arabescos dourados, vermelhos e verdes, e circundados por faixas douradas.

Os membros da delegação seguraram os copos com ambas as mãos.

Instalou-se um silêncio constrangedor até que Ganesh interpelou o sujeito gordo:

— O que anda fazendo ultimamente, Swami?

Swami tomou um pequeno gole de Coca-Cola, um gole refinado, liliputiano.

— Nada de mais. Só tocando em frente, *sahib*.

— Só tocando em frente, é? — Ganesh sorriu.

Swami fez que sim com a cabeça e sorriu de volta.

— E o que foi que aconteceu com você, Partap? Parece que se cortou, rapaz.

— Um acidentezinho no Departamento de Encomendas Postais — disse Partap, apalpando o esparadrapo.

Ganesh sempre pensara neste sujeito como o Partap do Departamento de Encomendas Postais. Ele dava jeito de mencionar o órgão em praticamente todas as conversas de que participava, e Ganesh sabia que para aborrecê-lo bastava insinuar que ele era empregado dos Correios. "Departamento de Encomendas Postais, por favor", respondia em tom glacial.

Seguiu-se um silêncio, preenchido por três golinhos de Coca-Cola.

Swami pousou o copo de maneira decidida, mas com involuntária violência. Leela apareceu e permaneceu junto a uma das portas da sala de estar. Swami pegou o copo novamente e sorriu.

— Pois é, *sahib* — disse com grande alacridade. — Não estamos para rodeios. Você é o único entre os indianos de Trinidad que tem autoridade para enfrentar o Narayan. Não aprovamos a forma como ele o tem atacado. Viemos aqui hoje, *sahib* — Swami assumiu um tom solene —, para lhe pedir que crie sua própria associação. Na mesma hora elegemos você presidente e já tem aqui, sem precisar procurar muito, três presidentes-assistentes sentadinhos à sua frente, bebendo Coca-Cola.

— O que foi que o Narayan fez a vocês?

— Nem queira saber — disse Partap amargamente. — Ele andou dizendo coisas maldosas sobre mim e minha família, pândita. Acusou meu próprio pai de praticar suborno *e* corrupção no Conselho Rodoviário local. E sempre me chama de homem dos Correios, só para me chatear. Escrevo para a revista, mas ele não publica minhas cartas.

— E a mim ele acusa de roubar os pobres. — Swami parecia magoado. — Você me conhece há mais de dezoito meses, *sahib*. Organizei dezenas de encontros de orações para você. Você acha, *sahib*, que uma pessoa da minha posição vai se meter a roubar gente pobre? — Swami trabalhava como aliciador de clientes para um rábula de Couva.

— E o que foi que o Narayan fez ao menino?

Swami riu e tomou um grande gole de Coca-Cola. O garoto baixou os olhos e fixou-os no copo.

— O Narayan *ainda* não fez nada contra o menino, *sahib*. Ele só está aqui para ganhar experiência.

O constrangimento anuviou o semblante do garoto.

— É um menino danado de inteligente. — Com o olhar fixo no copo, o garoto franziu o cenho. — É filho da minha irmã. Um gênio, *sahib*. Na primeira tentativa, tirou nota máxima no Cambridge School Certificate.

Ganesh pensou em sua própria nota, pouco acima da média, obtida quando tinha dezenove anos. Disse "Hum" e tomou seu primeiro gole de Coca-Cola.

Partap prosseguiu:

— Isso não está certo, *sahib*. A gente abre o *Sentinel* e todos os dias encontra alguma coisa na página três sobre os cabogramas de felicitações enviados pelo Narayan.

Ganesh sorveu um longo gole de Coca-Cola.

Swami disse:

— Precisa tomar uma atitude, *sahib*. Criar sua própria associação. Ou fundar um jornal. Essa é outra coisa em que tenho uma experiência enorme. Na minha mocidade, *sahib*, nos idos da década de 20, não havia ano em que o Swami aqui não fundava um jornal. Outro dia precisei ir a Port of Spain — para resolver uma questão jurídica, sabe — e dei uma passada no Cartório de Registros. Rapaz, eu mesmo fiquei abismado quando vi a quantidade de jornais que já publiquei na vida. Mas agora mudei. Agora sou da opinião de que a pessoa só deve fundar um jornal se tiver um motivo muito bom.

Todos beberam um pouco de Coca-Cola.

— É melhor eu parar de falar de mim. Este menino aqui, *sahib*, nasceu para ser escritor. Precisa ver as palavras inglesas que ele usa, palavras do tamanho do meu braço! — Swami estendeu o braço direito até que a camisa se esticasse junto à axila.

Ganesh fitou o garoto.

— É que hoje ele está acanhado — disse Swami.

— Mas não se deixe enganar por isso — interveio Partap. — Ele pensa o tempo todo.

Beberam mais Coca-Cola e ficaram um bom tempo conversando. Ganesh, contudo, não se deixou convencer, embora houvesse naqueles argumentos muita coisa que o atraísse. A idéia de fundar seu próprio jornal, por exemplo, passara-lhe repetidas vezes pela cabeça. De fato, aos domingos às vezes gritava para Leela pedindo papel e lápis vermelho, com os quais produzia edições fajutas de jornais. Traçava colunas, indicava quais seriam ocupadas por anúncios, quais seriam destinadas à edificação dos leitores. Entretanto, como no caso dos cadernos de anotações, esse era um prazer de natureza íntima.

Pouco tempo depois, porém, aconteceram duas coisas que o fizeram lançar-se ao ataque contra Narayan.

Pode-se dizer que a primeira teve início na redação do *Messenger*, de Londres. A Guerra havia terminado, deixando os jornalistas de certa forma entregues a seus próprios recursos. O *Messenger* enviou um correspondente para a América do Sul, a fim de cobrir a revolução que prometia irromper por lá. Considerando-se que a única história interessante que ele conseguiu levantar foi a que ouviu em uma boate, da boca de uma mulher — ela falou: "Você está na cama e escuta bum, bum, bum. Você diz 'revolução' e ferra no sono de novo" —, até que o correspondente se saiu bem. Tendo coberto essa revolução, tomou um avião de volta, com escalas em Belém, Georgetown e Port of Spain, e revelou a existência de crises em cada uma dessas três localidades. Os nativos de Trinidad aparentemente planejavam uma revolta, e as autoridades britânicas e suas esposas freqüentavam os bailes armados com revólveres. O libelo serviu como publicidade e agradou a Trinidad. Ganesh interessou-se mais pela análise, tal como reproduzida no *Trinidad Sentinel*, que o correspondente fazia da situação política da ilha. Narayan era descrito como presidente da extremista Associação Hindu. Narayan, "que me recebeu na sede de seu partido", era o líder da comunidade indiana. Ganesh não se importou com isso. Não se incomodou com as alusões depreciativas aos hindus fanáticos do sul de Trinidad. Sentiu a alfinetada, contudo, no trecho em que o correspondente demorava-se em detalhes românticos sobre Narayan e referia-se a ele como "C. S. Narayan, um jornalista veterano já bastante calvo e fumante inveterado", e muitas outras coisas mais. Ganesh era capaz de suportar todo tipo de insultos por parte de Narayan. E se os ingleses quisessem acreditar que Narayan era o líder dos indianos de Trinidad, problema deles. Agora, que C. S. Narayan lhes fosse apresentado, e assim permanecesse em sua memória, como um jornalista veterano já bastante calvo e fumante inveterado, isso era algo que ele não podia tolerar.

— Sei que é um despropósito, Beharry. Mas é como me sinto.

Beharry mostrou-se compreensivo.

— As grandes afrontas não machucam. São as pequenas que tiram um homem do sério.

— Alguma coisa há de acontecer, então parto para cima do Narayan.

Beharry mordiscou os lábios.

— É assim que gosto de ouvi-lo falar, pândita.

E então, de modo muito oportuno, a Grande Arrotadora trouxe notícias formidáveis.

— Ah, Ganesh, que vexame! Que vexame esse Narayan está fazendo os indianos passar. — Estava tão transtornada que só conseguia arrotar e pedir água. Recebeu um copo de Coca-Cola, que lhe multiplicou os arrotos e a manteve incomunicável por algum tempo. Por fim disse: — Coca-Cola para mim não dá. Não sou tão moderna assim. Da próxima vez me tragam água.

— E que vexame é esse?

— Ah, menino. Sabe o Fundo de Moradia para Desamparados que o Narayan inventou?

— Faz meses que o Passarinho fala nisso.

— Moradia para os desamparados! Toda doação que chega, o sujeito pega e compra terras. Descobri por puro acaso. Não sei se você sabe das dificuldades que a Gowrie tem passado nos últimos tempos. Ela é meio parenta do Narayan. Pois bem, quando a encontrei no casamento da Doolarie e ela começou com a choradeira sobre dinheiro, sugeri "Gowrie, por que não pede ajuda ao Narayan? Agora ele tem esse fundo para os desamparados". Mas ela disse que não podia, porque era muito orgulhosa e o fundo continuava aberto. Mesmo assim consegui convencê-la. Então, ontem, quando a vi no funeral do Daulatram, perguntei "Falou com o Narayan?". Ela disse que sim, que tinha conversado com ele. "E o que foi que ele disse?", perguntei. Ela então me contou que o Narayan ficou furibundo e desatou a chorar, reclamando que todo mundo achava que só porque tinha aberto um pequeno fundo ele agora era um homem rico. Falou para ela "Gowrie, sou mais pobre que você. Olhe para mim, de onde tirou essa idéia de que fiquei rico? Na semana passada mesmo tive de comprar umas terras por catorze mil dólares. Como vou fazer para arrumar esse dinheiro?". Foi o que ele disse e, segundo a Gowrie, o camarada se queixou tanto que ela ficou com medo de que *ele* acabasse lhe pedindo dinheiro emprestado.

Durante essa longa fala, a Grande Arrotadora não arrotou uma vez sequer.

— A senhora acha que é a Coca-Cola? — indagou Ganesh.

— Não, fico assim quando me exalto.

— Mas por que é que as pessoas não põem a boca no trombone?

— Ah, menino, vai me dizer que não conhece Trinidad? Pensa que as pessoas que fazem doações se interessam em saber onde o dinheiro vai parar? O que elas querem é aparecer. Contanto que possam ver seu sorriso besta estampado nos jornais, estão felizes da vida. Além do mais, acha que vão querer que essa coisa caia na boca do povo e vire motivo de chacota?

— Isso não está certo. E não falo assim por ser místico e tudo mais. Só acho que nenhum estrangeiro concordaria com isso.

— Pois penso exatamente como você — disse a Grande Arrotadora.

Por conta disso, a delegação fez nova visita à casa de Ganesh. Dessa vez seus integrantes não se sentaram na varanda, e sim à mesa de jantar da sala de estar. Tornaram a apreciar as fotos penduradas nas paredes. Leela tornou a se encarregar do ritual de tirar a Coca-Cola da geladeira e servi-la em copos bonitos.

Swami continuava vestido de branco; no bolso de sua camisa notava-se a mesma disposição de canetas e lápis, a mesma carta. Partap perdera o esparadrapo. O garoto descartara as bermudas, trocando-as por um terno marrom trespassado, um ou dois números maior que o ideal para o seu tamanho. Carregava exemplares das revistas *Time*, *New Statesman* e *Nation*.

Disse Partap:

— O Narayan quer tanto bancar o esperto que acaba fazendo papel de bobo. Agora temos ele na palma da mão, pândita. O sujeito resolveu mudar de nome. Para os indianos é Chandra Shekar Narayan.

— E para os outros — acrescentou Swami — é Cyrus Stephen Narayan.

Leela trouxe grandes folhas de papel e vários lápis vermelhos.

Ganesh disse:

— Refleti sobre o que me disseram e resolvi criar nosso próprio jornal.

— É disso que a gente precisa para dinamitar o Narayan — garantiu Swami.

Ganesh traçou algumas colunas na folha de papel que tinha diante de si.

— Como em tudo na vida, temos que começar pequeno.

O garoto colocou os exemplares da *Time* e da *New Statesman* sobre a mesa.

— Estes jornais aqui são pequenos. *Bem* pequenos.

Swami riu. A risada soou como um gargarejo no aposento ao lado.

— Está vendo, *sahib*? O menino sabe o que fala. Nasceu para ser escritor. E entende mais das coisas que muito homem feito dessas bandas.

O garoto repetiu.

— É, esses jornais são bem pequenos.

Ganesh exibiu um sorriso indulgente.

— Isso custaria um dinheirão, rapaz. Precisamos começar com uma coisa pequena e simples. Veja o seu tio Swami. Ele começou pequeno quando resolveu publicar jornais.

Com movimentos solenes, Swami balançou afirmativamente a cabeça.

— O Partap também. Eu também. Todos nós temos que começar pequeno. Começaremos com quatro páginas.

— Só quatro? — disse o garoto com petulância. — Mas que espécie de jornal é esse que só tem quatro páginas?

— Depois nós aumentamos, rapaz. No futuro faremos um jornal enorme.

— Tudo bem, tudo bem. — Indignado, o garoto afastou a cadeira da mesa. — Vão em frente e publiquem essa porcaria que vocês chamam de jornal. Mas me deixem fora disso. — E passou a se ocupar da Coca-Cola.

— Primeira página — anunciou Ganesh. — Tem que ser uma página limpa, sem anúncios, exceto no canto inferior direito.

— Sempre prometi a mim mesmo — disse Partap em tom reverente — que se um dia publicasse um jornal, eu o dedicaria ao Mahatma Gandhi. Conheço um rapaz que, recebendo um agrado, seria capaz de arrumar um clichê com a foto do Gandhi na redação do *Sentinel*. Poderíamos colocá-la no alto da primeira página e eu me encarregaria de arranjar palavras ou coisas assim para servir de acompanhamento.

Ganesh demarcou o espaço para a homenagem.

— Isso resolve a questão — disse Swami.

— A primeira página será de ataque, muito ataque — disse Ganesh. — Deixem isso comigo. Estou trabalhando num artigo sobre as falcatruas do Fundo para Desamparados e a Leela anda ocupada escrevendo um breve relato sobre o trabalho de beneficência que ela faz.

Swami ficou tão contente que tentou cruzar as pernas gigantescas. A cadeira rangeu e Ganesh lançou um olhar severo em sua direção. Leela apareceu e atravessou a sala com passos furiosos.

— Tem gente que parece nunca ter visto um móvel na vida. Da próxima vez eu arrumara uns bancos para vocês.

Partap imediatamente aprumou-se na cadeira. Swami sorriu. Sentado de costas para a parede contígua à geladeira, o garoto disse:

— Certo, a primeira página está resolvida. Mas me pergunto o que as pessoas dirão quando virem a dedicatória ao Mahatma Gandhi ao lado desse monte de ataques.

Swami falou bruscamente:

— Cala essa boca, menino. Não pense que só porque já é grande e usa calças compridas não sou capaz de deitá-lo no meu colo e dar aqui mesmo umas boas palmadas no seu traseiro, na frente do pândita. Da próxima vez largo você em casa e não te deixo encostar o dedo em jornal nenhum que eu publicar. Se só sabe abrir essa boca para dar o contra, é melhor ficar bem quieto.

— Tudo bem, o senhor é adulto e pode me mandar calar a boca. Só quero ver o que vão arrumar para colocar nas outras três páginas.

Ganesh não deu atenção à altercação e continuou a traçar colunas nas páginas internas.

— Página dois.

Partap tomou um pequeno gole de Coca-Cola e repetiu:

— Página dois.

— Certo — disse Swami —, página dois.

Partap estalou os dedos.

— Anúncios!

— Uma página inteira de anúncios na página dois? Estão vendo as barbaridades que um sujeito inexperiente é capaz de falar?

— *Alguns* anúncios — contemporizou Ganesh.

— Foi o que eu quis dizer — disse Partap.

— Dividimos a página dois em quatro colunas. Que tal deixarmos duas para os anúncios?

Partap concordou com a cabeça.

— Era assim que *eu* costumava fazer — disse Swami.

— O que vão colocar nas outras duas colunas? — indagou o garoto.

Swami virou-se de modo abrupto na cadeira, que mais uma vez rangeu perigosamente. O garoto segurava a *Time* diante do rosto.

— E se colocássemos alguma coisinha sua, pândita? — sugeriu Partap.

— Já estou escrevendo a primeira página inteira, rapaz. E não quero que meu nome apareça no jornal. Não vou me rebaixar ao nível do Narayan.

Swami disse:

— Cultura, *sahib*. A página dois pode ser a página de cultura.

— Isso mesmo, cultura — reforçou Partap.

Sobreveio um longo silêncio, somente interrompido pelo garoto, que virava as páginas da *Time* com ímpeto desnecessário.

Ganesh batia com o lápis na mesa. Swami apoiou o queixo nas mãos e inclinou-se sobre a mesa, empurrando-a na direção de Ganesh. Partap cruzou os braços e franziu as sobrancelhas.

— Mais Coca-Cola? — ofereceu Ganesh.

Swami e Partap aquiesceram distraidamente com a cabeça e Leela apareceu para fazer as honras da casa.

— Se alguém preferir, tenho xícaras esmaltadas.

— Não se incomode, estamos bem assim — sorriu Partap.

— Cinema — disse o garoto por trás da *Time*.

— Como assim, cinema? — indagou ansiosamente Swami.

— Críticas de filmes — disse Ganesh.

— Puxa, é uma idéia de primeira — concordou Partap.

Swami entusiasmou-se.

— E podemos colocar anúncios de filmes na mesma página. De companhias indianas. Uma crítica para cada anúncio.

Ganesh deu um tapa na mesa.

— É isso aí.

O garoto cantarolava.

Os três homens beberam Coca-Cola com liberalidade. Swami riu consigo mesmo, chacoalhando o corpo até a cadeira ranger.

Em tom de pouco-caso, o garoto falou:

— Página três.

— Mais duas colunas de anúncios nesta também — disse rapidamente Ganesh.

— E um belo anúncio de página inteira na página quatro — acrescentou Swami.

— Sem dúvida — disse Ganesh —, mas por que se adiantar desse jeito?

— É que assim sobram apenas duas colunas para preencher — interveio Partap.

— É, só mais duas — comentou Swami com tristeza.

O garoto caminhou até a mesa e disse:

— O artigo de fundo.

Fitaram-no com expressões interrogativas.

— O editorial.

— Aí está, o jornal está pronto! — exclamou Swami.

— Quem vai escrever o editorial? — perguntou Partap.

— As pessoas conhecem meu estilo. Isso fica por conta de vocês. Me dêem apenas a primeira página — esquivou-se Ganesh.

— Um editorial sério, religioso, na página três — disse o garoto —, para compensar a primeira página, que, se entendi direito, vai ser uma página de ataque, de muito ataque.

Swami disse:

— É que agora estou enferrujado. Nos velhos tempos, era capaz de escrever um editorial em meia hora.

Partap sugeriu com hesitação:

— Que tal um artiguinho elogiando o Departamento de Encomendas Postais?

O garoto reagiu:

— Tem que ser um editorial sério *e* religioso. — Voltando-se para Swami, questionou: — E aquele artigo que o senhor me mostrou outro dia?

— Qual? — indagou Swami com indiferença.

— O voador.

— Ah, aquela bobagem. O menino se refere a umas palavrinhas que andei rabiscando outro dia, *sahib*.

Partap disse:

— Sei qual é. Aquele que a *New Statesman* devolveu. Mas que é um belo artigo, isso é. Pândita, o Swami prova que na Índia antiga as pessoas já sabiam tudo sobre aeroplanos.

— Hum — murmurou Ganesh. E a seguir: — Certo, vamos publicar.

— Terei que fazer alguns retoques — disse Swami.

— Bom, isso resolve tudo — comentou Partap.

Mas o garoto advertiu:

— Estão se esquecendo de um detalhe: o nome.

Os homens tornaram a ficar pensativos.

Swami mexeu o gelo no copo.

— Acho que é melhor eu colocar as cartas na mesa de uma vez por todas. Sou assim, *sahib*. Não gosto de rodeios. Se não conseguirmos arrumar um bom nome, a culpa é minha. Usei todos eles quando era editor. *Mirror*, *Herald*, *Sentinel*, *Tribune*, *Mail*. Não sobrou nenhum. Usei todos: hindu isso, hindu aquilo.

— Precisa ser uma coisa simples — disse Ganesh.

Partap brincou com o copo e murmurou:

— Uma coisa bem simples. — E antes que tivesse tempo de engolir as palavras, disparou: — Que tal *O Hindu*?

— Ô imbecil! — gritou Swami. — Esqueceu que esse é o nome da revista do Narayan? Foi o trabalho nos Correios que te deixou burro desse jeito?

A cadeira desabou com um estrondo no chão, e Leela, em pânico, surgiu imediatamente. Viu Partap de pé, pálido e trêmulo, com um copo na mão.

— Repita isso — berrou. — Repita, pra ver se não quebro este copo na sua cabeça. Quem é que trabalha nos Correios? Por acaso você já viu um homem do meu nível lambendo selo? Seu rato matreiro, você só presta para cevar clientes para aquele rábula sacana... Mas não vou sujar minha boca com você aqui, não.

Ganesh colocou o braço em volta do ombro de Partap enquanto Leela agia com presteza, retirando o copo da mão dele e levando embora os demais copos que estavam em cima da mesa.

Swami disse:

— Foi só uma brincadeira, amigo. Acha que passaria pela cabeça de alguém que você trabalha nos Correios? Só de olhar para você já percebo que estou diante de um homem do Departamento de Encomendas Postais. Está escrito na sua testa. Não é, menino?

— Para mim ele parece um homem do Departamento de Encomendas Postais — confirmou o garoto.

Ganesh falou:

— Está vendo? Os dois dizem que você parece um homem do Departamento de Encomendas Postais. Venha, sente-se aqui e comporte-se como tal. Sente-se aqui, esfrie a cabeça e beba um pouco de Coca-Cola... Ué, onde foram parar os copos?

Leela bateu o pé no chão.

— Eu não servira Coca-Cola para esses analfabetos nos meus lindos copos.

Swami disse:

— Desculpe-nos, *maharajin*.

Mas ela já havia saído da sala.

Ao sentar-se, Partap disse:

— Me desculpem, errar é humano. Por um momento me fugiu da cabeça o nome da revista do Narayan, só isso.

— Que tal *O Sanatanista*? — perguntou Swami.

— Não — disse o garoto.

Ganesh olhou para ele.

— Não?

— É um nome fácil de deturpar — explicou o garoto. — De *Sanatanista* pra *Satanista* é um pulo. Além do mais, meu pai não é sanatanista. Somos ários.*

De modo que os homens puseram-se novamente a meditar.

Swami interpelou o garoto:

— Já pensou em alguma coisa?

— O que o senhor acha que eu sou? Um pensador profissional?

— Não faça assim. Se pensou em alguma coisa, não guarde segredo — reclamou Partap.

— Somos adultos, não somos? Vamos esquecer esse menino — disse Ganesh.

— Está certo, parem de se preocupar. Vou aliviar para vocês. O nome que estão procurando é *O Darma*, a fé.

Ganesh fez um esboço do nome no alto da primeira página.

O garoto disse:

— O que me admira é que uns marmanjos como vocês fiquem aí sentados, bebendo Coca-Cola e conversando sobre suas experiências sem se dar ao trabalho de pensar na questão dos anúncios.

Ainda dominado pela excitação, Partap tornou-se loquaz.

— Na semana passada eu estava justamente conversando com o diretor do Departamento de Encomendas Postais e o camarada me contou que nos Estados Unidos e na Inglaterra — onde ele passou férias antes da Guerra — têm uns homens importantíssimos que passam o dia todo sentados só escrevendo anúncios.

Swami disse:

— Já não tenho mais os contatos de antigamente para conseguir anúncios.

Ganesh interpelou o garoto:

— Acha que precisamos mesmo disso?

Swami queixou-se:

(*) Referência às seitas hindus dos sanatanistas (*Sanatan Dharma*), que são tradicionalistas e congregam a vasta maioria dos hindus de Trinidad, e dos ário-samajistas (*Arya Samaj*), de inclinação reformista. (N. T.)

— Por que pergunta ao menino? Se quer o *meu* conselho, eu lhe digo, sem meias palavras, que um jornal sem anúncios não vale nada, as pessoas ficam com a impressão de que ninguém o lê.

Partap disse:

— Sem anúncios a gente vai ter mais colunas para preencher. Duas e duas são quatro, com mais quatro da última página, são oito colunas, e ainda tem a da primeira página...

Ganesh decidiu:

— Teremos anúncios, e eu sei de um sujeito que com toda certeza vai querer anunciar. O Beharry. Empório Beharry. Na primeira página.

— Quem mais o senhor conhece? — indagou o garoto.

Partap franziu as sobrancelhas.

— O melhor a fazer seria nomear um gerente de negócios.

Swami sorriu para Partap.

— Que idéia *excelente*. Acho que a pessoa mais indicada para o cargo é o pândita Ganesh.

A votação foi unânime.

O garoto cutucou Swami, que disse:

— E creio que devíamos nomear um subeditor. O mais indicado é este menino aqui.

A sugestão foi aceita. Todos concordaram também que na primeira página de *O Darma* Swami deveria aparecer como editor-chefe e Partap como editor.

Nas duas ou três semanas seguintes, houve momentos em que Ganesh se arrependeu da decisão de ter se envolvido com o jornalismo. As companhias de cinema não foram nada receptivas. Afirmaram que, tendo em vista a conjuntura, já dispunham de anúncios suficientes, e mostraram-se céticas quanto à possibilidade de que as críticas de *O Darma* viessem a garantir, por mais favoráveis que fossem, a estabilidade da indústria cinematográfica indiana. Era este o argumento de Ganesh: "A situação do cinema indiano", dizia, "não é tão saudável quanto parece. Assim que os efeitos da Guerra desaparecerem — bum! — as coisas vão desandar". Os executivos aconselharam-no a ficar com a religião e deixar a indústria cinematográfica em paz. "Está certo", ameaçou Ganesh. "Não terão críticas.

Não publicaremos uma única palavra sobre vocês. *O Darma* vai simplesmente ignorar a existência do cinema indiano. Não publicaremos absolutamente nada." Todavia, veio-lhe rápida como um raio a imagem das duas colunas culturais da página dois vazias, e ele arrefeceu. "Sinto muito ter perdido a cabeça", escreveu-lhes. "O modo como me trataram não deve influenciar o modo como os tratarei." A despeito disso, as companhias de cinema recusaram-se a conceder entradas gratuitas a *O Darma*, e Ganesh teve de pagar do próprio bolso para que o garoto assistisse aos dois filmes que seriam resenhados.

O cargo de gerente de negócios causava-lhe constrangimentos. Implicava visitar conhecidos e entabular conversas sobre a situação na Índia antes de lascar o pedido de anúncio. Também não era muito prudente, já que ele pretendia evitar que sua íntima associação com *O Darma* ficasse conhecida.

Por fim, desistiu da idéia de obter anúncios. Chegou a conseguir sete ou oito centímetros com pequenos comerciantes que eram seus clientes, mas depois optou por publicar anúncios não encomendados. Pensou em todas as vendas que conhecia e escreveu textos para elas. Foi uma tarefa difícil, pois os estabelecimentos assemelhavam-se muito uns aos outros e não era nada empolgante ficar repetindo coisas como "Produtos da melhor qualidade a preços da cidade" ou "Mercadorias de primeira a preços competitivos". Ao fim e ao cabo, resolveu apelar para a criatividade. Passou a descrever ofertas imbatíveis apregoadas por vendas fictícias localizadas em vilas desconhecidas.

Swami ficou satisfeito.

— Ficou um serviço de mestre, *sahib*.

Partap disse:

— E este lugar de que fala aqui, Los Rosales, onde é que fica?

— A Keskidee das Pechinchas? É uma venda novinha em folha. Abriu na semana passada.

O garoto entregou críticas injuriosas sobre os filmes.

— Não podemos publicar isso, rapaz — disse Ganesh.

— O senhor fala assim porque tudo o que faz é andar por aí atrás de anúncios. Eu perdi seis horas inteiras assistindo a esses dois filmes.

As críticas foram reescritas.

O garoto disse:

— O jornal é seu, pândita. Se me obriga a mentir, a responsabilidade é sua.

— E o seu artigo sobre o Fundo para Desamparados, *sahib*?

— Aqui está ele. Vai fazer o Narayan virar motivo de piada em Trinidad. Quando publicarmos isto aqui ao lado deste relatório da Leela, o Narayan vai sentir a truta.

Mostrou-lhes o relatório.

— O que são esses riscos na folha toda? — indagou o garoto.

— Precisei corrigir uns sinais de pontuação.

— É um belo relatoriozinho, *sahib* — disse Swami em tom meloso.

O texto dizia o seguinte:

RELATÓRIO SOBRE MINHAS ATIVIDADES BENEFICENTES

Leela Ramsumair

1. Em novembro do ano passado, imbuída de profunda humildade e modéstia, ajudei 225 pessoas desamparadas, oferecendo-lhes um lanche e um pouco de dinheiro. Os custos dessas benesses foram cobertos por doações voluntárias e prestimosas feitas por cidadãos trinitários.

2. Em dezembro, ofereci um lanche a 213 crianças pobres. Os custos foram cobertos por mim e meu marido, o pândita, bacharel e místico Ganesh Ramsumair.

3. Em janeiro, o dr. C. V. R. Swami, jornalista hindu e organizador de eventos religiosos, procurou-me com um urgente pedido de assistência financeira. Ele havia se responsabilizado pela organização de um encontro de orações com duração de sete dias, durante o qual estava tendo de alimentar, em média, até duzentos brâmanes por dia, além de outras 325 pessoas (dados fornecidos pelo dr. Swami). Sua reserva de alimentos se esgotara. Dei-lhe a assistência financeira solicitada, que lhe permitiu alimentar, no sétimo e último dia de orações, mais de quinhentos brâmanes e 344 pessoas desamparadas.

4. Em fevereiro, visitei o Conjunto Habitacional Doces Pastagens, onde fui recebida por cerca de 425 crianças, todas necessitadas. Alimentei-as, e presenteei com brinquedos as 135 mais pobres.

5. Em março, em minha residência, em Fuente Grove, ofereci um lanche a mais de 42 crianças extremamente pobres. Acredito ser apro-

> priado mencionar que, embora tenha alimentado todas elas, só pude dar roupas às doze mais pobres.
> 6. Ao submeter este relatório ainda incompleto à fiscalização da sociedade trinitária, gostaria de tornar pública minha imensa dívida para com os inúmeros cidadãos trinitários que voluntária e prestimosamente doaram os recursos financeiros que me possibilitaram proporcionar alívio e conforto — sem distinção de raça, casta, cor ou credo — a crianças que vivem na mais absoluta miséria.
>
> *O Darma* foi para o prelo.

O garoto cuidou com prazer do leiaute do jornal. Colocou uma manchete na primeira página e outra na página três. No alto desta página, inseriu um texto em itálico e corpo 24, que dizia:

> Nos dias que correm, o aeroplano é visto como algo ordinário, banal, e é generalizada a crença de que o progresso nessa área data apenas dos últimos quarenta anos. Entretanto, pesquisas diligentes provam o contrário. Na erudita comunicação que se segue, o dr. C. V. R. Swami demonstra que há dois mil anos havia...
>
> E em letras pretas, garrafais:
>
> **AVIAÇÃO NA ÍNDIA ANTIGA**

Conhecia tudo sobre títulos e usava-os em todos os parágrafos. Colocava o último parágrafo de todos os artigos em itálico, com a última linha em letras pretas.

Posteriormente, o tipógrafo Basdeo falou para Ganesh:

— *Sahib*, se mandar esse menino encomendar alguma impressão de novo, acabo torcendo o pescoço dele.

10

A DERROTA DE NARAYAN

"Se eu precisasse de mais provas da interferência da mão da Providência em minha carreira", escreveu Ganesh em *Os anos de culpa*, "bastaria observar os incidentes que levaram ao declínio de Shri Narayan."

Em Trinidad, é falta de educação tratar com desprezo um homem que tenha sabidamente manipulado fundos públicos com imprudência. Tão logo seus erros venham à tona, o coitado passa a ser suficientemente ridicularizado e vira tema de calipsos. Depois que *O Darma* entrou em circulação, Narayan não teve mais sossego.

— Pândita, está aí sua chance de acabar com ele de uma vez por todas — disse Beharry. — Dê-lhe dois ou três meses para se recuperar e — zás! — as pessoas param de rir e começam a lhe dar ouvidos novamente.

Mas ninguém conseguia pensar num plano.

Leela disse:

— Se dependesse de mim, faria como meu pai: daria uma bela surra de chicote nesse sujeito.

Beharry sugeriu mais palestras.

O garoto disse:

— Seqüestre o filho-da-puta, pândita.

Swami e Partap queimaram as pestanas, mas não conseguiram bolar nada.

Isso foi durante a temporada de casamentos hindus, e a Grande Arrotadora andava extremamente ocupada.

A mãe de Suruj ainda quebrava a cabeça quando, para a infelicidade de Narayan, o Destino interveio.

Dois dias após a publicação do volume um, número um de *O Darma*, o *Trinidad Sentinel* veiculou a notícia de que um industrial hindu da Índia destinara trinta mil dólares para o aprimoramento cultural dos hindus de Trinidad. O dinheiro ficaria sob custódia do governo de Trinidad até que pudesse ser transferido para uma organização hindu competente.

Narayan apressou-se em declarar que a Associação Hindu, da qual tinha a honra de ser presidente, possuía a competência necessária para cuidar dos trinta mil dólares.

Leela disse:

— Se deixarem, são capazes de cuidar de muito mais que isso.

— Foi mesmo Deus que nos deu esta oportunidade, pândita — instigou Beharry. — Mas você tem que ser rápido. A segunda assembléia geral da associação do Narayan está marcada para daqui a quatro semanas. Será que não daria para aprontar algo lá?

— Não faço outra coisa senão pensar nisso — disse Ganesh, e por um momento Beharry reconheceu o velho e pré-místico Ganesh.

Quatro dias mais tarde, o correspondente do *Sentinel* em San Fernando informou que o pândita Ganesh Ramsumair, de Fuente Grove, planejava fundar a Liga Hindu, entidade que teria por objetivo representar os hindus de Trinidad.

Em entrevista concedida nesse mesmo dia, Narayan afirmou que a Associação Hindu era a única entidade representativa dos hindus de Trinidad. A Associação possuía excelente histórico de atividades beneficentes, havia sido fundada muito antes que a Liga fosse sequer cogitada, e para todos os bem-avisados era evidente que a criação desta última visava apenas os trinta mil dólares.

Choveram cartas de ambos os lados para o *Sentinel*.

Por fim, anunciou-se que a assembléia inaugural da Liga Hindu seria realizada na residência do pândita Ganesh Ramsumair, em Fuente Grove. Uma reunião de caráter privado.

Naquele sábado à tarde, cerca de cinqüenta homens, a maior parte formada por antigos clientes, reuniram-se no pavimento térreo da casa de Ganesh. Entre eles havia advogados, rábulas e seus aliciadores de clientes, taxistas, escreventes e trabalhadores. Leela ofereceu-lhes Coca-Cola diluída em água e, determinada a não correr riscos, serviu-a em xícaras esmaltadas.

Ganesh sentou-se sobre almofadas laranjas no estrado armado sob a gravura de Hanuman, o deus-macaco. Recitou uma comprida oração hindi, depois usou uma folha de mangueira para espargir a água de uma jarra de latão sobre os participantes.

Sentado com as pernas cruzadas em um *charpoy*,* ao lado do garoto, Partap disse em hindi:

— Água do Ganges.

O garoto disse:

— Vai para a França!

Ganesh obrigou-os a prestar um terrível juramento, que os comprometia com o sigilo da reunião.

Então ficou de pé e jogou a estola verde por cima do ombro.

— O que eu gostaria de dizer é uma coisa muito simples. Queremos usar de forma adequada o dinheiro que nos foi dado e, ao mesmo tempo, impedir o Narayan de continuar causando problemas. Ele diz que tem competência para cuidar do dinheiro. Sabemos muito bem de que competência ele está falando.

Rebentaram risadas. Ganesh tomou um gole de Coca-Cola, servida num copo lindíssimo.

— Para ficarmos com o dinheiro, não basta tirarmos o Narayan do caminho. Temos que constituir um organização hindu unificada.

Soaram gritos de aprovação.

— A Associação Hindu não é uma organização muito grande. Somos mais numerosos que eles. A Associação quer atrair novos membros, e eu os convoquei aqui hoje para lhes pedir que formem suas próprias seções da Associação Hindu.

Ouviram-se murmúrios.

O garoto disse:

— Pensei que hoje íamos fundar a *Liga* Hindu.

Ganesh levantou a mão.

(*) Catre rústico feito com cordas entrelaçadas em uma armação de madeira. (N. T.)

— Estou fazendo isso pelo bem da unidade dos hindus de Trinidad.

Alguns gritaram em hindi:

— Vida longa ao Ganesh!

— Mas como é que fica a Liga? — perguntou o garoto.

— Não haverá Liga. Faltam menos de três semanas para a segunda assembléia geral da Associação Hindu. Muitos cargos dirigentes serão preenchidos e espero ver todos vocês eleitos.

Estalaram aplausos.

Swami ergueu-se com dificuldade.

— Presidente Ganesh, será que eu poderia perguntar como fará para garantir que isso aconteça?

Estalaram novos aplausos e Swami sentou-se.

— Este é o problema: como faremos para ganhar as eleições na assembléia geral da Associação? A solução: contando com um número maior de delegados que todos os outros. Como faremos para ter esses delegados? Criando mais seções. Quero que as cinqüenta pessoas aqui presentes fundem cinqüenta seções. Cada seção enviará três delegados à assembléia.

Swami ergueu-se novamente.

— Presidente Ganesh, será que eu poderia lhe perguntar, *sahib*, como fará para que cada um de nós aqui presente conte com três delegados?

— Tem um montão... Há centenas de pessoas que ficariam felizes de poder me prestar um favor.

O garoto levantou-se em meio aos aplausos dirigidos a Swami e Ganesh.

— Está certo, está tudo muito bem. Mas o que leva o senhor a pensar que o Narayan não fará o mesmo que a gente?

Ouviram-se murmúrios de "Esse menino é novo, mas é esperto" e "É filho de quem, hein?".

Swami, que mal tinha acabado de se sentar, ergueu-se novamente. Recebeu novos aplausos. Sorriu, apalpou a carta no bolso da camisa e levantou a mão, pedindo o fim da ovação.

— Presidente Ganesh, com sua permissão, *sahib*, responderei à pergunta do menino. Afinal de contas, é meu próprio sobrinho, filho da minha própria irmã.

Retumbaram aplausos ensurdecedores. Ouviram-se apelos de "Psiu! Psiu! Deixem a gente ouvir o homem falar".

— Me parece, presidente Ganesh, que a pergunta do garoto praticamente se responde sozinha. Em primeiro lugar, quem vai levar o Narayan a sério a essa altura do campeonato? Quem lhe dará ouvidos? Presidente Ganesh, sou o editor-chefe do *Darma*. Por causa desse jornal, o Narayan virou motivo de piada em Trinidad. Em segundo lugar, *sahib*, o Narayan não tem cérebro para pensar numa coisa dessas.

Rebentaram risadas.

Swami tornou a levantar a mão.

— Em terceiro e último lugar, *sahib*, temos o elemento-surpresa. É isso que vai desmontar o Narayan.

Soaram gritos de "Vida longa ao Swami! Vida longa ao sobrinho do Swami!".

Partap indagou:

— E quanto ao transporte, pândita? Estava aqui pensando. Eu poderia pegar algumas peruas do Departamento de Encomendas Postais...

— Tenho cinco táxis — disse Ganesh — e muitos amigos taxistas.

Os taxistas presentes caíram na gargalhada.

Ganesh proferiu o discurso de encerramento.

— Lembrem-se, nosso único inimigo é o Narayan. Não se esqueçam, nosso único objetivo é a unidade dos hindus. — E antes que a assembléia se dispersasse, motivou os participantes com um brado: — Tenham sempre em mente que há um jornal por trás de vocês!

No dia seguinte, domingo, o *Sentinel* noticiou a fundação da Liga Hindu. De acordo com seu presidente, o pândita Ganesh Ramsumair, a Liga já contava com vinte seções.

Na terça-feira — o *Sentinel* não circula às segundas —, Narayan disse que a Associação Hindu somava trinta seções. Na quarta-feira, a Liga informou que havia dobrado o número de filiados e chegara a quarenta seções. Na quinta-feira, foi a vez de a Associação sustentar que o número dos *seus* filiados havia duplicado e que suas seções já eram sessenta. Na sexta-feira, a Liga permaneceu em silêncio. No sábado, a Associação assegurou haver ampliado para oitenta o número de seções filiadas. Ninguém se manifestou no domingo.

Na terça-feira seguinte, Narayan declarou em entrevista coletiva não restar a menor dúvida de que a organização hindu competente era a Associação e que a entidade iria pressionar pela concessão dos trinta mil dólares logo após a eleição de seus novos dirigentes, durante a segunda assembléia geral, marcada para aquele domingo.

A reunião da Associação Hindu aconteceria em Carapichaima, no saguão da Sociedade Solidária, um prédio grande cujo estilo lembrava o das escolas missionárias, com pilares de três metros de altura e um telhado piramidal de ferro galvanizado. O pavimento superior era todo de concreto; no térreo, os pilares eram revestidos de treliça. Uma tabuleta enorme, nas cores preto e prata, divulgava com eloqüência os benefícios proporcionados pela Sociedade, que incluíam o "sepultamento gratuito dos sócios".

A abertura da segunda assembléia-geral da Associação Hindu estava marcada para a uma da tarde, mas quando Ganesh e seus correligionários chegaram em seus táxis, por volta da uma e meia, tudo o que encontraram foram três homens vestidos de branco, entre eles um negro alto, com barba comprida e ares de santo.

Ganesh alertara-os para a ocorrência de eventuais pancadarias. Por isso, assim que os táxis chegaram a Carapichaima, Swami, armado com um sólido bastão de *poui*, sentou-se na beirada de seu assento e pôs-se a berrar:

— Onde é que está o Narayan? Cadê você, Narayan? Hoje quero ficar cara a cara com você!

Agora já tinha se acalmado.

Os homens de Ganesh tomaram rapidamente conta do lugar. Demonstrando uma iniciativa que surpreendeu Ganesh, Partap acompanhou o batalhão de reconhecimento.

— O Narayan não está aqui — disse o garoto com alívio.

Swami bateu com o bastão no chão empoeirado.

— É um truque, *sahib*. Justo *hoje* que eu pretendia ficar cara a cara com ele.

Então Partap retornou com a informação de que os delegados da Associação Hindu estavam comendo em uma sala do andar de cima.

Acompanhado por Swami, Partap e o garoto, Ganesh atravessou o pátio de terra e asfalto até chegar à escada de madeira na lateral do edifício.

O garoto disse:

— É melhor me protegerem direito, estão ouvindo? Se eu sair daqui machucado, alguém vai pagar caro por isso.

Ao chegarem à metade da escada, Swami gritou:

— Narayan!

Ele estava no topo da escada, um homem velho, muito baixo, magérrimo, metido num terno de dril branco sujo e mal-ajambrado. O rosto contorcia-se numa expressão pungente. Parecia dispéptico. Virou-se e foi se debruçar na mureta da varanda superior, olhando atentamente para as mangueiras e as casinhas de madeira do outro lado da estrada.

Ganesh e seus homens galgaram ruidosamente os degraus — de todos o mais barulhento era o garoto.

Swami disse:

— Tome o meu *poui* e dê uma porretada naquela careca enquanto ele está distraído, *sahib*. Uma chance como essa não aparece duas vezes na vida.

— Você está certíssimo — concordou Ganesh.

— E aqui tem três testemunhas de que ele se desequilibrou e caiu — incentivou o garoto.

Ganesh não retrucou.

— Me dá aqui esse bastão. *Eu* vou dar um jeito no Narayan — aventurou-se o garoto.

Swami sorriu.

— Você ainda é muito pequeno para isso.

Os correligionários de Ganesh distribuíam exemplares de *O Darma* a torto e a direito para as pessoas que passavam pela estrada, para os delegados que comiam e para aqueles que perambulavam pelo pátio. De início, haviam tentado cobrar quatro centavos por exemplar; agora, contentavam-se em distribuir a publicação de graça.

Partap disse calmamente:

— Quer que eu vá lá e comece a insultar o sujeito, pândita? É o tipo da coisa que sou maluco o bastante para fazer. — Ficou subitamente enfurecido. — Escutem aqui, é melhor alguém me segurar, ou acabo mandando aquele tampinha pro hospital. Me segurem!

Eles o seguraram.

Narayan parou de olhar para o outro lado da estrada e caminhou vagarosamente até o topo da escada.

Swami disse:

— Quer que eu lhe dê um pontapé e faça ele rolar escada abaixo, *sahib*?

Também o seguraram.

Narayan olhou de soslaio para eles. Tinha um aspecto acabrunhado.

— Deixem-no em paz — disse Ganesh. — O coitado já se acabou.

O garoto falou:

— Está bem estragado mesmo.

Ouviram-no descer a escada num ploc, ploc moroso.

Os delegados que até então estavam comendo saíram para a varanda em pequenos grupos, de copo na mão. Permaneciam tão calmos quanto possível e agiam como se Ganesh e seus homens não estivessem ali. Puseram-se a gargarejar e a lavar as mãos por cima da mureta. Enquanto isso, riam e conversavam em voz alta.

Ganesh teve sua atenção atraída por um sujeito baixinho e parrudo que gargarejava na outra extremidade da varanda. Ficou com a impressão de reconhecer o vigor com que esse homem gargarejava e cuspia no pátio; e aquela vivacidade sem peias pareceu-lhe definitivamente familiar. De quando em quando, o fulano dava pulinhos inusitados, trejeito que Ganesh também reconheceu.

O homem parou de gargarejar e olhou à sua volta.

— Ganesh! Ganesh Ramsumair!

— Indarsingh!

Estava mais gordo e passara a usar bigode, mas o gingado e a efervescência que haviam feito dele um aluno ilustre no Queen's Royal College continuavam os mesmos.

— Olá. Como vai, meu velho?

— Cara, você está falando igualzinho ao pessoal de Oxford. Que foi que te deu?

— Relaxe, meu velho. Que peça infame resolveu nos pregar, hein? Mas você está com ótima aparência, está nos trinques. — Ajeitou a gravata da Saint Catherine's Society* e deu outro pulinho.

Usar um linguajar mais depurado com Indarsingh deixaria Ganesh muito constrangido.

— Cara, jamais me passaria pela cabeça te encontrar aqui. Um figurão das bolsas de estudos como você.

— O direito só me fez comer o pão que o diabo amassou, meu velho. Resolvi entrar para a política. Estou começando por baixo. Faço discursos.

— Ah, isso sim. Ninguém ganhava do grande Indarsingh nos debates do colégio.

Swami e os outros assistiam ao diálogo embasbacados. Ganesh disse:

— Por acaso mandei vocês ficarem aqui montando guarda? Onde é que anda o Narayan?

— Está sentado lá embaixo no maior quebranto, limpando o rosto com um lenço sujo.

— Ora, então vão lá e fiquem de olho nele. Não o deixem inventar nenhuma graça.

Os homens e o garoto se retiraram.

Indarsingh não deu a menor atenção à interrupção.

— Agora faço discursos para os camponeses. É um negócio completamente diferente, meu velho. Não tem nada a ver com os discursos que eu fazia na Sociedade Literária e na Oxford Union.

— Na *Oxford* Union.

— Por anos a fio, velho. Um semestre após o outro lá estava o Indarsingh. Três vezes indicado para o Comitê da Biblioteca. Não me aceitaram. Puro preconceito. Fiquei enojado. — O semblante de Indarsingh entristeceu-se momentaneamente.

— Por que largou o direito sem mais nem menos, cara?

— Discurso para camponeses — repetiu Indarsingh. — É uma arte, velho.

— Ah, não é tão difícil, não.

Indarsingh fez que não ouviu.

(*) Congregação dos alunos da Universidade de Oxford que, por falta de recursos, precisavam morar fora do campus. (N. T.)

— Nos últimos meses, faço discursos para todo tipo de gente. Sabe como é, preciso pegar prática. Falo em clubes de ciclismo, futebol, críquete. Mas não apresento essas discursetas de dez minutos, não. Dou-lhes uma coisa especial. Um dia, na eleição do clube de críquete, falei tanto que o lampião apagou. — Fitou Ganesh com uma expressão séria. — Adivinhe o que aconteceu.

— Você acendeu o lampião de novo?

— Errou, velho. Continuei falando. *No escuro*.

O garoto subiu a escada correndo.

— A assembléia vai começar, *sahib*.

Ganesh não reparara que os gargarejadores haviam deixado a varanda.

— Vou partir para cima de você, Ganesh. Não gosto de espertezas. Vou arrebentá-lo com meu discurso. — E deu um pulinho.

Começaram a descer a escada.

— Tenho uma história boa para contar, velho. É sobre os discursos que ando praticando. Um sujeito chamado Ganga apoiava um desses idiotas nas eleições para o Conselho Municipal. Apoiei outro candidato e ele ganhou. Foi uma vitória apertada. O Ganga resolveu criar caso. Armou a maior encrenca, exigindo a recontagem dos votos. Pois fiz um discurso de *quinze* minutos contra a recontagem. Ah, a assembléia vai começar. Hoje isso aqui está cheio de delegados, hein?

— E aí, e depois?

— Ah, na recontagem o meu candidato perdeu.

A sala estava cheia. Não havia bancos suficientes e muitos delegados eram obrigados a permanecer em pé, apoiados às treliças. A confusão era aumentada pelo número de pilares de madeira que brotavam em lugares insólitos.

— Está lotado, velho. Não esperava que fôssemos tantos, não é mesmo? Mas não vou me sentar perto de você, não. Vou me espremer em algum canto lá na frente. E lembre-se: nada de espertezas.

Os delegados abanavam-se com exemplares de *O Darma*.

Se *O Darma* não tivesse feito dele uma figura tão lúdicra e não houvesse colocado a concessão dos trinta mil dólares em posição tão vulnerável, Narayan talvez tivesse reagido. Mas ele fora apanhado tão completamente desprevenido e estava tão ciente da fragilidade de sua situação que tudo correu tranqüilamente para Ganesh.

Houve momentos, porém, em que Ganesh ficou preocupado.

Por exemplo, quando Narayan, sentado na condição de presidente à mesa decorada com o amarelo-açafrão, branco e verde da bandeira indiana, indagou como o sr. Partap, o qual, sabia-se, trabalhava em Port of Spain e morava em San Fernando, podia representar Cunaripo, que ficava a quilômetros de distância de ambos os lugares.

Ganesh levantou-se de imediato para esclarecer que o sr. Partap realmente era um respeitável membro do Departamento de Encomendas Postais de Port of Spain e pertencia a uma ilustre família de San Fernando, mas que, sem dúvida graças a méritos acumulados em alguma vida passada, também era proprietário de terras em Cunaripo.

Narayan parecia desconsolado. Disse secamente:

— Ah, claro. Suponho que eu seja representante de Port of Spain, embora trabalhe em Sangre Grande, que fica a apenas oitenta quilômetros de distância.

A gargalhada foi geral. Todos sabiam que Narayan vivia e trabalhava em Port of Spain.

Então Indarsingh começou a causar problemas. Em um discurso de quase dez minutos, proferido num inglês impecável, expressou o desejo de saber se todas as seções presentes haviam pago suas taxas de filiação.

Sentado ao lado de Narayan, o tesoureiro-chefe abriu um caderno azul com a foto do rei Jorge VI na capa. Afirmou que muitas seções, em particular as novas, não haviam efetuado o pagamento; mas disse estar certo de que em breve o fariam.

Indarsingh bradou:

— Isso é inconstitucional!

O silêncio tomou conta da assembléia.

Aparentemente contando com um clamor de protesto, o silêncio o pegou de surpresa. Concluiu com um:

— E tenho dito — e sentou-se.

Narayan torceu os lábios finos.

— É, não deixa de ser um pouco estranho. Consultarei a Constituição!

Do fundo da sala, Swami esbravejou:

— Narayan, você não vai consultar Constituição nenhuma!

O desalento tomou conta do semblante de Narayan, que deixou o livreto de lado.

— Ora, onde já se viu, justamente você, que vive roubando os parcos tostões que as pessoas suam para economizar, querendo consultar a Constituição!

Ganesh ficou de pé.

— Senhor presidente, peço ao doutor Swami que retire esses comentários indelicados.

A assembléia fez coro à exortação.

— Isso mesmo! Apoiado!

— Está certo, retiro o que disse. Ei, quem foi que disse "cala a boca"? Quer experimentar a força da minha mão? — Swami olhou ameaçadoramente em volta. — Escutem aqui, vamos esclarecer as coisas. Não viemos brigar com ninguém. Só queremos que os hindus se unam e que essa doação seja para *todos*, e não para um sujeito só.

Narayan parecia mais abatido do que nunca.

Ouviram-se risadas, não apenas dos correligionários de Ganesh.

Ganesh cochichou para o garoto:

— Como foi me deixar esquecer das taxas de filiação, rapaz?

O garoto replicou:

— Um homem crescido como o senhor não devia falar assim comigo.

Indarsingh estava de pé novamente.

— Senhor presidente, esta é uma organização democrática e eu jamais ouvi falar de associações — e olhem que sou uma pessoa viajada — que concedam direito de voto aos membros em atraso com suas taxas de filiação. A bem da verdade, defendo o criterioso ponto de vista de que no geral...

Narayan perguntou:

— O senhor está apresentando uma moção?

Indarsingh pareceu ofendido.

— Sim, senhor presidente. Uma moção, claro.

Swami trovejou:

— Senhor presidente, chega dessa bobagem de moção e comoção. Ouçam uma coisa sensata para variar. Proponho a moção de que a Constituição seja... seja...

— Suspensa — soprou o garoto.

— ... seja suspensa, ou pelo menos a parte que diz que os membros devem pagar antes de votar. A suspensão fica valendo para esta, e somente esta, assembléia.

Indarsingh inflamou-se, arregaçou uma das mangas da camisa, citou Gandhi, falou sobre a Oxford Union e disse estar envergonhado com a degradação moral da Associação Hindu.

Narayan estava em petição de miséria.

A um sinal de Ganesh, quatro homens precipitaram-se sobre Indarsingh e o arrastaram para fora.

— Isso é antidemocrático! Inconstitucional! — protestava Indarsingh. E de repente calou-se.

Narayan perguntou:

— Quem apóia a moção apresentada?

Todas as mãos foram levantadas.

Narayan anteviu a derrota. Tirou um lenço do bolso e o segurou contra a boca.

Então o estado de ânimo da assembléia sofreu uma alteração.

O negro de barba levantou-se e fez um longo discurso. Disse que havia sido atraído pelo hinduísmo porque gostava dos indianos; mas ficara absolutamente repugnado com a degradação moral que presenciara naquele dia. Por causa disso havia resolvido juntar-se aos muçulmanos, e agora que tinha virado muçulmano os hindus deviam tomar bastante cuidado com ele.

O tesoureiro-chefe, guardião do caderno azul, uma figura esplêndida com seu turbante laranja e *koortah* de seda, disse que os indianos eram um povo abominável, e os hindus particularmente execráveis. Perdera a fé em seu povo e já não considerava uma honra ser tesoureiro-chefe da Associação Hindu. Renunciava ao cargo ali mesmo e não se candidataria à reeleição.

Lealdades pessoais foram esquecidas.

— Fique, estimado pândita! Fique! — clamou a Associação Hindu.

O tesoureiro-chefe chorou e resolveu ficar.

Ao levantar-se para falar, Narayan parecia mais murcho e acabrunhado que nunca. Seu discurso foi integralmente reproduzido em *O Hindu*:

— Hoje prevalece entre o povo hindu de Trinidad a dissensão e o descontentamento. Sou, meus amigos, responsável por parte dessa dissensão e descontentamento. Tenho de confessá-lo. — Estava chorando. — Os amigos perdoariam este velho?

— Sim, querido chefe — respondeu a platéia também em lágrimas. — Nós o perdoamos.

— Meus amigos, estamos desunidos. E agora, com sua licença, contarei a história de um velho, seus três filhos e um feixe de lenha. — Não contou a história muito bem. — Unidos resistimos, desunidos sucumbimos. Meus amigos, sucumbamos unidos em vez de unidos resistir. O pândita Jawaharlal Nehru jamais se digladiou com Shri Chakravarti Rajagopalacharya ou com Shri Vallabhai Patel pela presidência do Congresso Nacional Indiano. Meus amigos, também não desejo ser o responsável por semear o descontentamento e a dissensão entre o povo hindu de Trinidad. Só quero resgatar o meu auto-respeito e o vosso respeito. Meus amigos, abandono a vida pública. Não pretendo reeleger-me presidente da Associação Hindu de Trinidad, da qual sou membro-fundador e presidente.

Narayan foi longa e estrondosamente ovacionado. Algumas pessoas choravam. Outras gritavam "Vida longa ao Narayan!".

Ele também estava aos prantos.

— Obrigado, obrigado, meus amigos. — E sentou-se para enxugar os olhos e assoar o nariz.

— E o filho-da-puta ainda por cima é diplomático, pândita — disse o garoto.

Porém Ganesh enxugava uma lágrima.

Ganesh foi o único candidato à presidência e elegeu-se sem a menor confusão.

Swami e Partap estavam entre os novos presidentes-assistentes. O garoto era um mero secretário. Indarsingh foi convidado para o cargo de quarto assistente do secretário-executivo, mas declinou da oferta.

O primeiro ato de Ganesh como presidente foi enviar um cabograma para o Congresso Nacional Indiano. Embaraçosamente, a data não correspondia ao aniversário de nenhuma pessoa ou evento importante. Telegrafou:

> MANTENHAM VIVOS IDEAIS MAHATMAJI PONTO ASSOCIAÇÃO HINDU ESTÁ COM VOCÊS LUTA PELA INDEPENDÊNCIA PONTO SAUDAÇÕES
>
> GANESH PRESIDENTE ASSOCIAÇÃO HINDU
> TRINIDAD E TOBAGO

11

MLC

O volume um, número dois de *O Darma* jamais foi publicado.

Swami e Partap não conseguiam disfarçar o alívio. Mas o garoto falou para Ganesh:

— Não quero mais tomar parte nessas brincadeiras de criança, ouviu? — E para Swami disse: — Da próxima vez que for fundar um jornal, me deixe de fora.

Porém *O Darma* servira a seu propósito. Narayan manteve a palavra e abandonou a vida pública. A campanha para as primeiras eleições gerais de Trinidad corria solta à sua volta, mas ele permanecia em sua casa de Mucurapo, em Port of Spain, um inválido imprestável. A revista *O Hindu* deixou de lado os slogans *Uns ensinam aos outros* e *Per ardua ad astra*, voltando a consolar-se com citações das escrituras hindus. O Passarinho levou sumiço e seu espaço passou a ser ocupado por "Centelhas da fogueira de um brâmane."

Ganesh não tinha tempo para tratar dos assuntos da Associação Hindu. As eleições aconteceriam dali a dois meses e ele se viu enredado nelas. Indarsingh resolvera lançar-se candidato no distrito de Ganesh, e foi isso, mais que os incentivos da Associação, de Beharry ou de Swami, que o fez concorrer às eleições.

— Nesse ponto o Narayan tinha certa razão, pândita — disse Beharry. — Sobre a questão dos visionários religiosos. E a mãe do Suruj também. Ela diz que curar a alma é sempre bom, mas não enche a barriga das pessoas.

Ganesh aconselhou-se com Leela.

Ela disse:

— É claro que você tem que se candidatar. Não vai ficar aí sentado e deixar aquele moleque enganar o povo, vai?

— O Indarsingh não é nenhum moleque, criatura.

— É claro que não. A mãe do Suruj é que está certa. Quando a instrução é muita, faz mal à pessoa. Você não saiu daqui, se enfiou nos livros por conta própria e ainda assim é um homem mais importante que o Indarsingh com toda aquela Oxford onde ele diz que estudou.

A Grande Arrotadora exclamou:

— Ah, Ganeshinho, isso é o que eu mais queria ouvir da sua boca. Você tem o *dever* de se candidatar e ajudar os pobres.

De modo que Ganesh resolveu concorrer às eleições.

— Mas eu não ficara feliz — advertiu Leela — de ver o meu marido entrando em todo tipo de discussão vulgar com gente baixa. Não quero que jogue meu nome na lama.

Não jogou. Fez a campanha eleitoral mais limpa da história de Trinidad. Não tinha nenhuma plataforma política e seus cartazes eram da maior simplicidade: GANESH FARÁ O QUE PUDER, VOTAR EM GANESH É VOTAR EM DEUS, restringindo-se por vezes a afirmações ainda mais singelas, como GANESH VENCERÁ e GANESH É HONESTO E É DE DEUS.

Não realizou nenhum comício, mas Swami e Partap organizaram-lhe vários encontros de orações. Trabalhou com afinco para expandir suas conferências "Caminho para a felicidade;" eram necessários três ou até quatro táxis para carregar os livros de que ele precisava. No meio da palestra, aparentando a maior indiferença, dizia em hindi:

— Talvez seja do interesse de um ou dois dos presentes ao encontro desta noite saber que concorrerei às eleições do mês que vem. Não posso prometer nada. Em todos os assuntos consultarei a Deus e a minha consciência, mesmo sob pena de desagradar vocês. Mas isso é outra história. Estávamos falando, devem estar lembrados, sobre a transmigração das almas. Pois bem, essa teoria também foi formulada por um filósofo da Grécia Antiga, mas eu trouxe alguns livros esta noite para lhes mostrar como é mais do que provável que o grego tenha ido buscar essa idéia na Índia...

Um dia Beharry disse:

— A mãe do Suruj acha que aquela tabuleta em frente à sua casa não está boa, pândita. Ela diz que a madeira está tão embolorada que a casa toda fica com um aspecto estragado.

Por isso Ganesh retirou o aviso contendo a ameaça de que os pedidos de assistência financeira não seriam atendidos, e pregou no lugar uma tabuleta nova e mais simples, que dizia: *Proporcionamos consolo espiritual a qualquer hora.*

Uma noite, num dos encontros de orações, Ganesh notou o garoto entre os ajudantes que carregavam os livros dos táxis para o palanque.

Swami disse.

— Trouxe o menino para ele se desculpar do que andou dizendo, *sahib*. Ele quer se redimir dando uma mão com os cartazes. Ultimamente vivia chorando pelos cantos, *sahib*. E apesar de ser novo tem uma mão de artista para pintar letreiros.

As letras que o garoto desenhava eram rebuscadas. Jamais se contentava com letras comuns, sombreava tudo, e às vezes era difícil entender o que ele havia escrito. Mas era entusiasmado e todos gostavam dele. Beharry, que também trabalhava nos cartazes, disse:

— Às vezes gostaria que Deus tivesse me dado um filho assim, pândita. O Suruj é um bom menino, mas tem a cabeça oca. Está sempre em alguma classe de recuperação. Fico besta com isso. Sou um sujeito inteligente e a mãe do Suruj não tem nada de palerma.

O elogio de Beharry serviu de estímulo para o garoto e ele criou o cartaz mais famoso das eleições:

GANESH é
Ativo
Nobre
Experiente
Sagrado
HINDU

Em razão disso tudo, desde o início ficou claro que Indarsingh não teria a menor chance. Mas ele lutou corajosamente. Obteve o apoio do Partido do Progresso e Unidade, o PPU, uma agremiação apressadamente formada dois meses antes das eleições. Os objetivos do PPU, à maneira de sua organização, eram vagos, e Indarsingh teve de se virar sozinho. Seus discursos eram coisas compridas, cuidadosamente elaboradas — mais tarde publicados em forma de livro pelo autor, sob o título *Colonialismo: quatro ensaios* — sobre "A economia do colonialismo", "Colonialismo em perspectiva", "Anatomia da opressão", "O caminho para a liberdade". Indarsingh viajava pelas redondezas com sua própria lousa e uma caixa de gizes coloridos, ilustrando seus argumentos com diagramas. As crianças gostavam dele. Rodeavam-no no início e no fim dos comícios, pedindo "um pedacinho de giz que o senhor esteja pensando em jogar fora". Os mais velhos chamavam-no de "Dicionário Ambulante".

Uma ou duas vezes Indarsingh tentou atacar Ganesh, mas logo percebeu que o tiro sairia pela culatra. Ganesh não tocou no nome de Indarsingh uma vez sequer.

À medida que o dia da eleição se aproximava, a antipatia que Leela sentia por Indarsingh aumentava.

— Me admirara que com essa bacharelice toda e esse sotaque pomposo ninguém tenha atirado uma coisa bem grande na cabeça dele.

— Não fica bem você falar assim, Leela — disse Ganesh. — O Indarsingh é um bom rapaz. Está fazendo uma campanha limpíssima, e as coisas não são assim tão limpas no resto de Trinidad, isso eu garanto.

Leela virou-se para Beharry.

— Você agüenta ouvi-lo falar essas coisas? É justamente esse tipo de bondade e nobreza de espírito que é perigoso em Trinidad. Parece que a experiência com o Narayan não bastou para ele aprender a lição.

Beharry disse:

— Acho que o pândita está coberto de razão. O Indarsingh é um bom rapaz, mas não passa de um garoto. Ele fala mesmo muito empolado. Mas isso para nós até que é bom. Eu e o pândita Ganesh conseguimos entender o que ele diz, mas as pessoas comuns não.

Uma noite Ganesh chegou tarde em Fuente Grove, vindo de um encontro de orações em Bamboo Walk, vila que ficava na divisa de seu distrito. Na sala de estar do pavimento superior, Leela, Beharry e o garoto trabalhavam como de hábito nos cartazes.

Estavam sentados à mesa de jantar. No entanto, Ganesh viu outra pessoa ajoelhada junto à geladeira, preenchendo os contornos do bordão GANESH É HONESTO E É DE DEUS em um cartaz desdobrado no chão. Era um homem grande e gordo, mas não era Swami.

— Olá, *sahib* — disse o sujeito em tom despreocupado, e continuou a preencher as letras.

Era Ramlogan.

— Oi, seu Ramlogan. Há quanto tempo não nos víamos.

Ramlogan não levantou os olhos.

— Ando muito ocupado, *sahib*. A venda tem me dado um trabalhão.

Ganesh disse:

— Leela, espero que tenha bastante comida para mim hoje. Sou capaz de comer todas as sobras que tiver aí. Estou com uma fome de leão. Ei, não vai oferecer nada para o seu pai?

Leela dirigiu-se toda alegre à geladeira.

Ramlogan continuava preenchendo as letras.

— Que tal o cartaz?

— A redação está excelente, *sahib*. — Ramlogan mantinha os olhos baixos.

— Foi a Leela que deu a idéia.

— Ela é um espetáculo, *sahib*.

Leela serviu Coca-Cola a todos.

Ramlogan, que descansava o corpo apoiando-se com as mãos no chão, ficou de joelhos e riu.

— Faz anos que vendo essa Coca-Cola e nunca tinha experimentado antes, *sahib*. Mas é assim mesmo. Já reparou como os carpinteiros costumam viver em cada casebre caindo aos pedaços?

Leela disse:

— Homem, seu jantar está na cozinha.

Ganesh atravessou a sala de estar em direção ao grande cômodo pegado à varanda dos fundos.

Leela tinha lágrimas nos olhos.

— Homem, é a segunda vez na vida que me faz sentir orgulho de você. — Apoiou-se nele.

Ele não a repeliu.

— A primeira vez foi com o menino da nuvem. Agora com o papai.

Enxugou os olhos e acomodou Ganesh à mesa da cozinha.

* * *

Na semana anterior ao dia da eleição, Ganesh resolveu suspender as atividades místicas e organizar um *Bhagwat*, um encontro de orações de sete dias.

Disse:

— Desde pequeno prometo a mim mesmo realizar meu próprio *Bhagwat*, mas nunca consigo arrumar tempo.

O garoto disse:

— Mas, pândita, agora é hora de circular pelas redondezas e conversar com as pessoas.

— Eu sei — disse Ganesh com tristeza. — Mas algo me diz que se não fizer um *Bhagwat* agora, jamais terei outra oportunidade.

Leela não aprovou a idéia.

— Para você é fácil, só tem que ficar sentado, recitando orações e coisa e tal. Mas não é só pelas rezas que as pessoas vão aos *Bhagwats*, isso eu garanto. Querem é comer de graça.

Não obstante, a Grande Arrotadora, a mãe de Suruj e Ramlogan vieram em auxílio de Leela e a ajudaram na formidável semana de tarefas culinárias. O *Bhagwat* foi realizado no térreo; as pessoas foram alimentadas no restaurante de bambu ao lado da casa; e uma cozinha foi especialmente improvisada nos fundos. A lenha queimava em buracos enormes cavados no chão, e em grandes panelas pretas de ferro eram cozinhados arroz, *dal*, batata, abóbora, vários tipos de espinafre, *karhee* e muitos outros alimentos vegetarianos hindus. Pessoas que viviam a vários quilômetros de distância vieram para o *Bhagwat*, e até Swami, que já havia organizado tantos *Bhagwats*, disse:

— É a maior e melhor coisa que já organizei na vida.

Leela reclamava mais que nunca de cansaço; os gases causavam extraordinárias dificuldades à Grande Arrotadora; a mãe de Suruj queixava-se o tempo todo de suas mãos.

Ramlogan falou para Ganesh:

— As mulheres são assim mesmo, *sahib*. Vivem reclamando, mas não tem nada que gostem mais do que uma grande festa como esta. A mãe de Leela era igualzinha. Estava sempre indo cantar no casamento de alguém. Depois voltava na manhã seguinte reclamando, completamente rouca. Mas quando aparecia outro casamento, cadê a mãe de Leela? — já tinha corrido para lá.

Num gesto sobranceiro, Ganesh convidou Indarsingh para a última noite do *Bhagwat*, na véspera das eleições.

Leela falou para a mãe de Suruj e a Grande Arrotadora:

— Deste meu marido eu não esperara mesmo outra coisa. Tem horas que esses homens se comportam como se tivessem perdido o juízo.

A mãe de Suruj remexia o caldeirão de *dal* com uma concha de um metro de comprimento.

— Ah, minha cara. Mas o que é que a gente faria sem eles?

Indarsingh compareceu ao *Bhagwat* envergando um *blazer* de Oxford. Por ser o organizador, Swami apresentou-o ao público.

— Terei de falar em inglês para lhes apresentar este homem, pois creio que ele não sabe nem uma palavra de hindi. Estou certo, porém, que todos concordarão que ele fala como um autêntico inglês. É que estudou no exterior e acaba de voltar à nossa ilha para tentar ajudar o sofrido povo de Trinidad. Senhoras e senhores... eis o senhor Indarsingh, bacharel em humanidades pela Universidade de Oxford, Londres, Inglaterra.

Indarsingh deu um pulinho, ajeitou a gravata e, tolamente, falou sobre política.

Indarsingh perdeu seu depósito* e teve uma grande altercação com o secretário do PPU, que também havia perdido o seu. Indarsingh alegava que o PPU prometera indenizar os candidatos que perdessem seus depósitos. Descobriu que estava falando com as paredes, já que o Partido do Progresso e Unidade havia simplesmente desaparecido após a divulgação dos resultados eleitorais.

Foi Beharry quem teve a idéia de que os habitantes de Fuente Grove deveriam referir-se a Ganesh como o nobre MLC** Ganesh Ramsumair.

(*) No Reino Unido, para concorrer às eleições, os candidatos são obrigados a depositar uma espécie de caução legal, reembolsada somente aos que atingem determinado percentual mínimo de votos. (N. T.)

(**) Abreviação em inglês de Membro do Conselho Legislativo. (N. T.)

— Quer falar com quem? — interpelava os visitantes. — Com o nobre Membro do Conselho Legislativo Ganesh Ramsumair?

Talvez valesse a pena fazer aqui uma breve interrupção para refletir sobre as circunstâncias que cercaram a ascensão de Ganesh, de professor a massagista, de massagista a místico, de místico a MLC. Em sua autobiografia, *Os anos de culpa*, que começou escrever por essa época, Ganesh atribui seu sucesso (termo que pede perdão por usar) a Deus. A autobiografia revela sua firme crença na predestinação; e as circunstâncias que conspiraram para alçá-lo a uma posição de destaque parecem de fato providenciais.

Se tivesse nascido dez anos antes, seu pai dificilmente o teria mandado para o Queen's Royal College, tendo em vista a forma como os indianos de Trinidad então encaravam a questão da educação. É possível que houvesse se tornado pândita, e um pândita medíocre. Se tivesse nascido dez anos depois, seu pai o teria mandado para os Estados Unidos, Canadá ou Inglaterra, para se profissionalizar num desses países — tamanha a mudança ocorrida na atitude dos indianos —, e Ganesh talvez viesse a ser um advogado malsucedido ou um médico perigoso. Se em 1941, quando os americanos aterrissaram em Trinidad, Ganesh tivesse seguido o conselho de Leela, arrumando um emprego com os ianques ou tornando-se motorista de táxi, como fizeram tantos massagistas, sua via mística teria se fechado para sempre e ele teria se arruinado. A despeito do glorioso interlúdio americano, hoje esses massagistas penam para ganhar a vida. Em Trinidad, ninguém mais quer saber de dentistas charlatões ou de massagistas pouco qualificados; e os antigos colegas de Ganesh no mundo das massagens são obrigados a continuar trabalhando como taxistas — só que a três centavos o quilômetro, dado o acirramento da concorrência.

"Não resta dúvida", escreveu Ganesh, "que meu Criador pretendia que eu me tornasse místico."

Até os inimigos o ajudaram. Não fossem os ataques de Narayan, Ganesh jamais teria entrado para a política e talvez houvesse dado prosseguimento a suas atividades místicas. Com conseqüências desastrosas. Ganesh descobriu-se místico quando Trinidad clamava por um. Esse tempo ficou para trás. Algumas pessoas não se deram conta disso, e ainda hoje é possível encontrar em alguns rincões da ilha um resto de místicos vivendo na miséria. A Providência parece ter realmente servido de guia a Ganesh. Do mesmo modo que lhe indicou o momento de ingressar no misticismo, também o avisou quando era chegada a hora de abandonar o barco.

Sua primeira experiência como MLC foi humilhante. Os membros do novo Conselho Legislativo e suas esposas foram convidados para um jantar na Residência Oficial, e embora um recém-criado semanário de linha editorial cínica e obscena tenha visto no convite uma jogada imperialista, todos os membros compareceram. Porém não todas as esposas.

Leela teve vergonha, mas inventou a desculpa de que não podia nem pensar em comer do prato de outras pessoas.

— É como ir a um restaurante. A gente não sabe que comida é aquela e não conhece o cozinheiro.

Em seu íntimo, Ganesh ficou aliviado.

— Eu tenho de ir. Mas não quero saber dessa bobagem de garfo e faca. Vou comer com a mão, como sempre, e não dou a mínima para o que o governador ou qualquer outra pessoa diga.

Todavia, na manhã do dia do jantar, consultou Swami.

— A primeira coisa que você precisa tirar da cabeça, *sahib*, é que vai gostar da comida. Essa coisa de comer com garfo, colher e faca é só questão de treino. — E descreveu a técnica em linhas gerais.

Ganesh disse:

— Não, não. Faca para peixe, colher de sopa, colher para frutas, colher de chá... Quem é que consegue se sentar à mesa e lembrar disso tudo?

Swami riu.

— Faça como eu costumava fazer, *sahib*. Fique de olho no que os outros fazem. E coma uma boa pratada de arroz e *dal* antes de sair.

O jantar foi uma festa para os fotógrafos. Ganesh apareceu de *dhoti*, *koortah* e turbante; o membro de um dos distritos de Port of Spain trajava um terno cáqui e um chapéu-capacete; um terceiro estava de culotes; um quarto, tendo momentaneamente aderido a seus princípios eleitorais, vestia bermudas e tinha a camisa desabotoada; o mais negro dos MLCs envergava um terno azul de três peças, luvas de lã amarelas e um monóculo. Todos os demais homens presentes lembravam pingüins, e em alguns casos a semelhança ia até o rosto negro.

Um MLC indiano, cristão e de idade avançada não levou a esposa porque, segundo disse, jamais teve uma; em seu lugar levou uma filha, uma garotinha esperta de uns quatro anos.

A mulher do governador circulava com segurança e determinação entre os membros do Conselho e suas esposas. Quanto mais desconcertante o homem ou a mulher, mais ela se interessava e mais encantadoramente se portava.

— Ora essa, senhora Primrose — disse jovialmente para a mulher do mais negro dos MLCS —, como a senhora está *diferente* hoje.

Toda espremida num vestido de estampas floríferas, a sra. Primrose ajeitou o chapéu com motivos florais.

— Ah, madama, a senhora está me confundindo com *outra*. Aquela não sou eu. A outra, a que a senhora viu em Granadina, na União das Mães, está em casa fazendo nenê.

Muito oportunamente um garçom passou oferecendo xerez.

A sra. Primrose deu uma risadinha e perguntou:

— É forte essa bebida?

O garçom fez que sim com a cabeça e fitou-a com desdém.

— Não, obrigada. Não sou versada nesse tipo de coisa.

— Que tal outra bebida? — incitou a mulher do governador.

— Um cafezinho, *se* tiver.

— Café. Receio que ainda demore um pouco para servirem o café.

— Não tem problema. Para falar a verdade, não quero beber nada, não. Só estava sendo sociável. — E deu outra risadinha.

Logo depois sentaram-se para jantar. A mulher do governador ficou à esquerda do sr. Primrose. Ganesh viu-se entre o sujeito de culotes e o indiano cristão e sua filha, e verificou alarmado que as pessoas com quem contava aprender a técnica de comer com talheres haviam se sentado muito longe dele.

Os membros do Conselho Legislativo olhavam para os garçons, que tratavam de desviar o olhar. Então os legisladores passaram a se olhar uns aos outros.

O sujeito de culotes murmurou:

— É por isso que os negros não vão para a frente. Reparou como se comportam esses garçons? E são pretos como carvão.

O comentário não suscitou nenhuma reação.

A sopa foi servida.

— Tem carne? — indagou Ganesh.

O garçom balançou afirmativamente a cabeça.

— Então leve embora — disse Ganesh com uma repugnância veemente.

O sujeito de culotes disse:

— Aí você errou. Devia era brincar com a sopa.

— Brincar?

— É o que diz o livro.

Nenhuma das pessoas próximas a Ganesh parecia disposta a provar a sopa.

O sujeito de culotes olhou em volta.

— Bela sala, não?

— Belos quadros — disse o sujeito da camisa desabotoada, que estava sentado defronte deles.

O sujeito de culotes suspirou com enfado.

— Engraçado, não estou com muita fome hoje.

— É o calor — observou o sujeito da camisa desabotoada.

O indiano cristão sentou a filha em sua perna esquerda e, sem fazer caso dos demais, mergulhou uma colher na sopa. Provou-a com a língua para ver se não estava muito quente e disse:

— Aah. — A menina abriu a boca para receber a sopa. — Uma pra você — disse o cristão, e também tomou uma colherada. — E outra pra mim.

Os outros MLCs assistiam à cena. Tomados por súbita intrepidez, puseram-se a comer.

Um desastre nada inusitado sucedeu ao sr. Primrose. Seu monóculo caiu dentro da sopa.

A mulher do governador desviou o olhar.

Mas o sr. Primrose chamou-lhe a atenção para o monóculo. — Ora, ora, vejam só onde é que isso foi parar — comentou, rindo consigo mesmo.

Os MLCs fitaram-no com comiseração.

O sr. Primrose virou-se para eles.

— O que é que estão olhando? Nunca viram um preto antes?
O sujeito de culotes sussurrou para Ganesh:
— Mas a gente nem abriu a boca.
— Ora! — vociferou o sr. Primrose. — Por acaso preto não usa monóculo?
Pescou a lente, limpou-a e guardou-a no bolso do paletó.
O sujeito da camisa desabotoada tentou mudar de assunto.
— O que eu queria saber é quanto nos reembolsarão pelo que gastamos de transporte para vir até aqui. Não fui eu que pedi para jantar com o governador. — Fez um movimento brusco com a cabeça na direção deste último, mas trouxe-a rapidamente de volta à posição original.
— De um jeito ou de outro, têm que nos pagar — reforçou o sujeito de culotes.
Para Ganesh o jantar foi uma tortura. Sentiu-se alheio e desconfortável. Foi ficando mais e mais amuado e recusou todos os pratos servidos. Sentiu-se como se tivesse voltado a ser um garoto em seu primeiro dia no Queen's Royal College.

Ao chegar a Fuente Grove, tarde da noite, estava de péssimo humor.
— Só queriam me fazer de palhaço — resmungava —, um completo palhaço.
— Leela — trovejou. — Vamos, criatura, venha me dar alguma coisa para comer.
Leela apareceu com um sorriso sarcástico no rosto.
— Pensei que você fosse *jantar* com o governador.
— Não me amole, criatura. Já jantei. Agora quero comer. Vou mostrar uma coisa àquela turma — rosnava, enquanto seus dedos abriam sulcos entre o arroz, o *dal* e o *curry* —, ainda mostro uma coisa a eles.

12

DE MLC A MBE

Pouco tempo depois, Ganesh resolveu se mudar para Port of Spain. Achou cansativo ter de fazer quase todos os dias a viagem entre Port of Spain e Fuente Grove. Embora o governo o ressarcisse dos gastos, ele sabia que mesmo morando em Port of Spain poderia solicitar o reembolso de despesas de viagem, como faziam outros MLCs do interior.

Swami e o garoto vieram se despedir. Ganesh havia se apegado bastante ao rapaz: enxergava nele muito de si próprio.

— Não se preocupe, *sahib* — disse Swami. — A Associação Hindu está arrumando uma coisinha para ele. Uma pequena bolsa de intercâmbio cultural para ele viajar um pouco e se instruir.

Beharry, a mãe de Suruj e Dipraj, segundo filho do casal, ajudaram a empacotar as coisas. Mais tarde chegaram Ramlogan e a Grande Arrotadora.

A mãe de Suruj e Leela se abraçaram e choraram; Leela deu à mãe de Suruj as samambaias que ficavam na varanda do pavimento superior.

— Nunca me desfarei delas, querida.

A Grande Arrotadora disse:

— Vocês duas estão se comportando como se alguém fosse casar.

Beharry enfiou a mão por baixo da camiseta e mordiscou os lábios.

— O Ganesh tem mesmo que partir. Já cumpriu seu dever aqui e Deus o chama noutro lugar.

— Gostaria que essa coisa toda jamais tivesse acontecido — disse Ganesh com repentina amargura. — Ah, quem me dera jamais ter me tornado místico!

Beharry colocou a mão no ombro de Ganesh.

— Está falando da boca para fora, Ganesh. Sei que é duro partir depois de onze anos aqui, mas repare como Fuente Grove mudou. Temos uma estrada nova, minha nova venda, uma fonte de água corrente e no ano que vem chega a eletricidade. E tudo isso graças a você.

Levaram as malas e as caixas para a área da frente.

Ganesh foi até a mangueira.

— Já íamos esquecendo disto.

Arrancou a tabuleta que anunciava GANESH, *Místico*.

— Não jogue fora — disse Beharry. — Vamos guardá-la na venda.

Ganesh e Leela entraram no táxi.

Ramlogan disse:

— *Sahib*, sempre falei que você era o radical da família.

— Trate de se cuidar, Leela querida — disse soluçando a mãe de Suruj. — Você parece *tão* cansada.

O táxi pôs-se em marcha e começaram os acenos.

A Grande Arrotadora soltou um arroto.

— Dipraj, leve esta tabuleta para casa e volte para ajudar sua mãe com as samambaias.

Leela acenava e olhava para trás. A varanda estava vazia, as portas e janelas permaneciam abertas; por cima da balaustrada os dois elefantes de pedra olhavam fixamente em direções opostas.

Seria difícil precisar exatamente quando Ganesh deixou de ser místico. Mesmo antes de se mudar para Port of Spain seu envolvimento com a política já era cada vez maior. Ainda expulsou um ou dois espíritos, mas já havia interrompido suas atividades ao vender a mansão de Fuente Grove para um joalheiro de Bombaim e comprar uma casa nova no elegante bairro de Saint Clair, em Port of Spain. A essa altura, abandonara por completo o *dhoti* e o turbante.

Leela não se adaptou a Port of Spain. Viajava bastante com a Grande Arrotadora. Visitava Soomintra com freqüência e via regularmente Ramlogan em Fourways.

Ganesh, todavia, descobriu que, para um MLC, Port of Spain podia ser um lugar aprazível. Acostumou-se à cidade e chegou mesmo a gostar dela. Havia duas boas bibliotecas e tantas livrarias! Deixou de lado os estudos indianos, a religião, a psicologia e passou a comprar livros enormes sobre teoria política. Travava longas discussões com Indarsingh.

A princípio, o amigo mostrou-se amargurado.

— Essa gente de Trinidad é esquisita, velho. São muito personalistas, não têm o menor respeito pelas idéias.

Mas com o passar do tempo Indarsingh amansou, e ele e Ganesh somaram forças na elaboração de uma nova teoria política.

— Foi um lampejo, meu velho. Estava lendo o livro do Louis Fischer sobre o Gandhi e de repente me veio isto: socialinduísmo. Socialismo com hinduísmo. Coisa fina. O esboço geral está pronto. Mas os detalhes são muito complicados.

O que vai dito até aqui concerne à autobiografia e à vida privada do homem.

No entanto, por essa época Ganesh havia se transformado em uma figura pública de grande importância. Estava sempre nos jornais. Seus discursos proferidos dentro e fora do Conselho Legislativo recebiam cobertura detalhada da imprensa; era regularmente fotografado conduzindo delegações de taxistas, garis ou peixeiros queixosos à Casa Vermelha; e estava sempre disposto a convocar entrevistas coletivas ou a enviar cartas ao editor. Tudo o que dizia ou fazia era notícia.

No Conselho Legislativo, era um terror.

Foi o primeiro em Trinidad a adotar a tática do abandono de plenário, transformando-a em popular forma de protesto. A estratégia não nasceu de um súbito momento de inspiração. Começou com uma coisa grosseira. De início, ele simplesmente se deitava de costas em cima da mesa do Conselho e recusava-se a sair. Tinha de ser retirado por policiais. Atos como esse chamaram a atenção do público e não demorou para que Ganesh se tornasse popular em todo o sul do Caribe. Sua foto aparecia sempre nos jornais. Então descobriu o abandono de plenário. A princípio, limitava-se a se retirar da sessão; depois, retirava-se e concedia entrevistas aos repórteres que encontrava nas escadarias da Casa Vermelha; por fim, retirava-se, concedia entrevistas e discursava do alto de um coreto para a multidão de mendigos e vadios da praça Woodford. O governador amiúde passava uma mão cansada na testa e dizia: "Senhor Ramsumair, o que foi que fizemos desta vez para ofendê-lo? Por favor, não vá abandonar o plenário novamente". E as manchetes anunciando a aprovação de novos projetos de lei eram invariavelmente acompanhadas pelo subtítulo GANESH ADOTA ESTRATÉGIA DE ABANDONAR PLENÁRIO. Mais tarde isso foi reduzido, e em geral as manchetes diziam algo como:

APROVADA LEI DE REOCUPAÇÃO DE TERRAS
Ganesh abandona o plenário

Inspiraram-se nele para compor o segundo mais tocado calipso dos desfiles do Carnaval de 1947:

Sofre certo político da oposição, quem diria,
De singular prisão de ventre legislativa.
Tenta o governo desobstruir a pauta do dia
Mas o sujeito é do contra e do plenário se retira.

A referência a *Evacuação lucrativa* era óbvia. Contudo, mesmo antes do calipso, Ganesh começara a encarar sua carreira de místico como fonte de constrangimento. Alguns parágrafos de *O que Deus me disse* haviam sido lidos com freqüência em voz alta na Câmara do Conselho; e em novembro de 1946, apenas quatro meses depois de tê-la publicado, Ganesh retirou de circulação a autobiografia *Os anos de culpa*, bem como seus outros livros, e encerrou as atividades da Companhia Editora Ganesh Limitada.

Não havia a menor dúvida de que Ganesh era a essa altura o homem mais popular de Trinidad. Nunca ia aos coquetéis da Residência Oficial. Nunca freqüentava os jantares lá oferecidos. Estava sempre inclinado a apresentar requerimentos ao governador. Denunciava um escândalo atrás do outro. E estava sempre disposto a prestar favores a qualquer cidadão, fosse ele rico ou pobre. Por tais favores, jamais cobrava altos honorários. Sempre dizia "Pague só o que puder pagar". Sujeitos como Primrose e o cristão estipulavam honorários elevados, não perdiam um coquetel na Residência Oficial e usavam *smoking*. Não se podia dizer que fossem verdadeiros representantes de seus distritos eleitorais. Na realidade, o cristão agora era dono da maior parte de seu distrito, e Primrose ficara tão rico que teve de ser sagrado cavaleiro.

Em relatórios do Gabinete de Assuntos Coloniais, Ganesh era menosprezado como um agitador irresponsável e sem seguidores.

Não fazia a menor idéia de que estava a caminho de se tornar um MBE.*

Aconteceu da seguinte maneira.

Em setembro de 1949, uma violenta greve irrompeu em algumas fazendas de cana-de-açúcar no sul de Trinidad. Foi o acontecimento mais emocionante desde os distúrbios de 1937 nos campos de exploração de petróleo. Os grevistas ateavam fogo aos canaviais, a polícia batia nos grevistas e cuspia na boca dos que conseguia prender. Pela imprensa ribombavam ameaças e contra-ameaças. A solidariedade em relação aos grevistas era ampla, e pessoas que jamais haviam pensado em fazer greve passavam de bicicleta pelos piquetes sussurrando "Agüentem firme, rapazes!".

Na ocasião Ganesh estava em Tobago, investigando o escândalo do Fundo de Assistência às Crianças. Proferiu um discurso vago sobre o conflito, mas o Pretograma imediatamente espalhou a história de que ele atuaria como mediador. Os fazendeiros disseram que não estavam sabendo de nada. Ganesh declarou a um repórter do *Sentinel* que faria tudo que estivesse a seu alcance para que as partes chegassem a um acordo amigável. Os fazendeiros negaram ter aceito a intervenção de quaisquer mediadores. Ganesh enviou carta ao *Sentinel* afirmando que iria mediar o conflito, fosse do agrado dos fazendeiros ou não.

(*) Abreviação de Member of the Order of the British Empire (Membro da Ordem do Império Britânico). (N. T.)

Nos dias seguintes a popularidade de Ganesh chegou ao ápice.

Afora o que havia lido nos jornais, não sabia nada sobre a greve, e era a primeira vez, desde sua eleição, que precisava lidar com uma crise no sul de Trinidad. Até então, estivera basicamente ocupado em denunciar escândalos ministeriais em Port of Spain. Tratou da greve de maneira tão impensada que talvez possamos — como ele próprio faria posteriormente — ver aí mais uma intervenção da mão da Providência em sua carreira.

Para começar, chegou ao Sul trajando um terno de executivo. Levava alguns livros consigo, mas nada sobre religião; eram obras de Tom Paine e John Stuart Mill, e um volume grosso sobre teoria política na Grécia Antiga.

Assim que pisou no Parque Lorimer, a uns poucos quilômetros de San Fernando, onde os grevistas o aguardavam, sentiu que havia algo de errado. Foi o que disse mais tarde. Talvez fosse a chuva que caíra na noite anterior. As faixas ainda estavam úmidas e seus dizeres não denotavam grande entusiasmo. A grama desaparecera sob a lama pisada e repisada pelos pés descalços dos grevistas.

O líder da greve, um sujeito baixo e gordo com um terno marrom listado, conduziu Ganesh ao palanque, que se resumia a dois grandes engradados, com caixas menores servindo de escada. O topo do palanque estava molhado e enlameado. Logo depois de apresentar Ganesh a cerca de meia dúzia de membros da comissão grevista, o sujeito do terno marrom pôs mãos à obra. Bradou:

— Irmãos e irmãs, sabem por que a bandeira vermelha é vermelha?

Os informantes da polícia anotaram escrupulosamente tudo por extenso em suas cadernetas.

— Deixem que anotem — disse o líder grevista. — Deixem que escrevam nas porcarias desses caderninhos pretos que não temos medo deles. Digam-me, por acaso esses caras metem medo na gente?

Um baixote parrudo saiu da multidão e caminhou até o palanque.

— Cala essa boca.

O líder grevista insistiu:

— Digam-me, por acaso esses caras metem medo na gente?

Não houve resposta.

O homem abaixo do palanque disse:

— Chega dessa conversa, fale alguma coisa rápido. — Estava arregaçando as mangas da camisa quase até as axilas. Tinha braços musculosos.

O líder grevista bradou:

— Oremos!

O aparteador riu.

— Orar pra quê? — protestou. — Pra você ficar mais gordo e não caber no terno?

Ganesh começou a ficar apreensivo.

O líder grevista separou as mãos após a oração.

— A bandeira vermelha foi tingida com nosso sangue. Chegou a hora de entrarmos de cabeça erguida no mercado, como homens livres e independentes, comandando poderosíssimos exércitos no céu.

Outros homens destacaram-se do ajuntamento. A multidão toda parecia ter se aproximado do palanque.

O aparteador gritou:

— Chega dessa conversa. Volte pros braços dos fazendeiros e peça pra pegarem de volta a bolada que te pagaram.

O líder grevista continuava falando sem que ninguém prestasse atenção. Os integrantes da comissão de greve remexiam-se em suas cadeiras de dobrar. O líder grevista deu um tapa na testa e disse:

— Mas onde é que eu ando com a cabeça? Já ia me esquecendo que vocês todos estão aqui para ouvir as palavras do grande defensor da liberdade, Ganesh Ramsumair.

Finalmente soaram alguns aplausos.

— Todos sabem que Ganesh escreveu livros importantíssimos sobre Deus e coisas assim.

O aparteador tirou o chapéu e o abanou para cima e para baixo.

— Meu Deus! — clamou. — Isso fede!

Ganesh podia ver suas gengivas.

— Irmãos e irmãs, peço agora que este homem honesto e de Deus lhes diga algumas palavras.

E Ganesh perdeu a deixa. Perdeu burramente a deixa. Esqueceu que estava se dirigindo a um grupo de grevistas impacientes na condição de homem honesto e de Deus. Em vez disso, falou como se aquele fosse o pachorrento populacho da praça Woodford e ele nada mais que o beligerante MLC.

— Meus amigos — disse (usando a fórmula que emprestara de Narayan) —, meus amigos, sei de seu enorme sofrimento, mas mesmo assim preciso estudar com maior profundidade o assunto e, até lá, peço que tenham paciência.

Ele não sabia que o líder grevista dizia-lhes a mesma coisa todos os dias havia quase cinco semanas.

E o discurso não melhorou. Ganesh falou sobre a situação política e econômica de Trinidad, tratou de Constituições e tarifas, dissertou sobre a luta contra o colonialismo e descreveu detalhadamente os princípios do socialinduísmo.

Justo na hora em que ia explicar de que forma a greve poderia ser o primeiro passo para o estabelecimento do socialinduísmo em Trinidad, o tumulto eclodiu.

O aparteador tirou o chapéu, jogou-o no chão enlameado e o pisoteou.

— Não! — berrou. — Não! Nããão!

Outros ecoaram o grito.

O líder grevista gesticulava com as mãos pedindo silêncio.

— Meus amigos, eu...

O aparteador tornou a pisotear o chapéu e esgoelou:

— Nããããão!

O líder grevista bateu com o pé no palanque e virou-se para a comissão de greve.

— Por que diacho esses negros são tão mal-agradecidos?

O aparteador deixou o chapéu em paz por alguns instantes, correu para o palanque e tentou agarrar o líder grevista pelos tornozelos. Tendo fracassado, esbravejou:

— Nããão! — E correu de volta para pisotear o chapéu.

Ganesh tentou de novo:

— Meus amigos, tenho...

— Ganesh, de quanto foi a bolada que te pagaram, hein? Nããão! Nããão!

O líder grevista disse para a comissão de greve:

— Nem que eu viva um milhão de anos nunca mais levanto um dedo para ajudar esses negros. Gente mal-agradecida!

O aparteador continuava a pisotear o chapéu.

— Não queremos ouvir nada! Nada! Nããããão! — A raiva era tanta que seus olhos deitavam lágrimas.

A multidão aproximou-se ainda mais do palanque. O aparteador virou-se para eles.

— O que é que nós queremos, pessoal? Por acaso queremos conversa?

A turba toda respondeu:

— Não! Não! A gente quer é trabalho! Trabalho!

O aparteador estava bem embaixo do palanque. O líder grevista entrou em pânico e vociferou:

— Tire essa mão preta imunda daí, este lugar é só pra gente branca! É melhor sair ligeiro daqui...

— Meus amigos. Não posso...

— Cala essa boca, Ganesh!

— Se não saírem ligeiro daqui, vou chamar a polícia. Se não derem o fora vão todos se foder!

O aparteador puxava os cabelos e batia os punhos contra o peito.

— Estão escutando esse gordo bunda-mole? Escutaram o que ele pretende fazer?

Então alguém gritou:

— Vamos, cara, vamos acabar de uma vez por todas com esta palhaçada.

A multidão avançou em bloco e cercou o palanque.

Ganesh escapou. Os policiais tomaram conta dele. Mas os membros da comissão de greve ficaram seriamente machucados. O grevista do terno marrom e um dos integrantes da comissão tiveram de passar algumas semanas no hospital.

Mais tarde Ganesh ficou sabendo da história toda. O líder grevista fora obviamente subornado, e o movimento que ele havia iniciado como greve não passava de um locaute durante a entressafra.

No fim daquela semana Ganesh convocou uma entrevista coletiva. Disse que a Providência lhe havia aberto os olhos para os equívocos de sua conduta. Advertiu que o movimento trabalhista de Trinidad era dominado por comunistas, aos quais ele amiúde e inadvertidamente servira de instrumento.

— De agora em diante — disse — dedicarei minha vida à luta contra o comunismo em Trinidad e no resto do mundo livre.

Seus pontos de vista foram desenvolvidos num último livro, *Saindo do vermelho* (Imprensa Oficial, Trinidad. Distribuição gratuita). Coube a Indarsingh notar a "mentalidade capitalista inerente ao título". Em artigo escrito para um semanário, Indarsingh também responsabilizou Ganesh pela violência ocorrida no Parque Lorimer, uma vez que ele havia cruelmente incitado as expectativas dos trabalhadores sem ter nada para lhes oferecer.

Ganesh nunca mais se retirou do plenário. Ia aos coquetéis na Residência Oficial e tomava limonada. Comparecia aos jantares oficiais de *smoking*.

No relatório de 1949 sobre Trinidad elaborado pelo Gabinete de Assuntos Coloniais, Ganesh era descrito como importante liderança política.

Em 1950, o governo britânico o enviou a Lake Success,* onde proferiu memorável discurso em defesa do regime colonial britânico. Percebendo que depois disso Ganesh teria poucas chances nas eleições gerais de 1950, o governo de Trinidad nomeou-o para o Conselho Legislativo e deu um jeito de transformá-lo em membro do Conselho Executivo.

Defendendo uma plataforma política baseada em uma versão modificada do socialinduísmo, Indarsingh foi eleito pelo antigo distrito de Ganesh.

Em 1953, Trinidad soube que Ganesh Ramsumair havia sido sagrado MBE.

(*) Brâmane versado em sânscrito e na filosofia e religião hindus. Tradicionalmente, desempenha funções sacerdotais. (N. T.)

Epílogo
UM ESTADISTA NO TREM DAS 12h57

No verão de 1954, eu estava em uma universidade inglesa, aguardando os resultados de uma prova. Recebi certa manhã uma carta do Gabinete de Assuntos Coloniais. A carta referia-se a uma comitiva de estadistas coloniais que viera à Grã-Bretanha participar de uma conferência. Perguntavam-me se eu estaria disposto a ciceronear um desses estadistas, que era meu conterrâneo. Eu estava de férias e tinha bastante tempo livre. Aceitei. Ficou acertado que eu seria, por um dia, anfitrião do Ilmo. MBE sr. G. R. Muir.

O dia da visita chegou e lá estava eu na estação ferroviária esperando pelo trem das 12h57, proveniente de Londres. À medida que os passageiros desembarcavam, procurei entre eles por alguém de rosto anegrado. Foi fácil localizá-lo, vestido de forma impecável, descendo de um vagão da primeira classe. Dirigi-lhe um grito extasiado.

— Pândita Ganesh! — exclamei, correndo em sua direção. — Pândita Ganesh Ramsumair!

— G. Ramsay Muir — respondeu-me em tom glacial.

ESTA OBRA FOI COMPOSTA EM GARAMOND PELA SPRESS E IMPRESSA
PELA PROL EDITORA GRÁFICA EM OFSETE SOBRE PAPEL PÓLEN SOFT DA
COMPANHIA SUZANO PARA A EDITORA SCHWARCZ EM JANEIRO DE 2003